The Concise
Handbook of World
Literature

世界文学速查手册

The Concise Handbook of World Literature

编著/郭月霞

光明日报出版社

图书在版编目（CIP）数据

世界文学速查手册 / 郭月霞编著 .—2 版 .—北京：光明日报出版社，2004
（2025.1 重印）

ISBN 978-7-80145-954-1

Ⅰ．世… Ⅱ．郭… Ⅲ．文学 – 作品 – 简介 – 世界 Ⅳ.I106

中国国家版本馆 CIP 数据核字 (2004) 第 141404 号

世界文学速查手册

SHIJIE WENXUE SUCHA SHOUCE

编　　著：郭月霞	
责任编辑：祝　菲	责任校对：徐为正
封面设计：玥婷设计	封面印制：曹　净

出版发行：光明日报出版社
地　　址：北京市西城区永安路 106 号，100050
电　　话：010-63169890（咨询），010-63131930（邮购）
传　　真：010-63131930
网　　址：http://book.gmw.cn
E – mail：gmrbcbs@gmw.cn
法律顾问：北京市兰台律师事务所龚柳方律师
印　　刷：三河市嵩川印刷有限公司
装　　订：三河市嵩川印刷有限公司
本书如有破损、缺页、装订错误，请与本社联系调换，电话：010-63131930

开　　本：170mm×240mm	
字　　数：218 千字	印　张：14
版　　次：2010 年 1 月第 2 版	印　次：2025 年 1 月第 4 次印刷
书　　号：ISBN 978-7-80145-954-1	
定　　价：36.00 元	

版权所有　翻印必究

出版说明

Publication Directions

本书结合专业辞典类图书及百科全书类图书的优点，注重人文色彩与艺术理念，具有科学实用、阅读方便、装帧精美的特点。

本书设计与制作注重艺术理念。图文互济互补、相辅相成的编排方式，简洁大方的版式，把多种视觉要素完美结合，这样，不仅彰显了该书浓厚的人文色彩，也给了读者更多的想象空间、审美享受和愉快体验。可以让读者随时随地从每页读起，读每页都会带给读者不同的感受和收获。

本书信息量丰富的多图版面、简洁明了的体例，在突出工具书基本功能的同时，增添阅读功能与审美功能，进一步提升了本套图书的实用价值、欣赏价值和收藏价值。

目 录

CONTENTS

欧洲古代文学

荷马……………………………………… 2
萨福……………………………………… 2
伊索……………………………………… 3
埃斯库罗斯……………………………… 4
品达罗斯………………………………… 4
索福克勒斯……………………………… 5
《俄狄浦斯王》………………………… 6
希罗多德………………………………… 6
欧里庇得斯……………………………… 7
修昔底德………………………………… 8
阿里斯托芬……………………………… 8
亚里士多德……………………………… 9
《圣经》………………………………… 10
普劳图斯………………………………… 10
泰伦提乌斯……………………………… 11
西塞罗…………………………………… 12
维吉尔…………………………………… 12
《埃涅阿斯纪》………………………… 13
贺拉斯…………………………………… 13
奥维德…………………………………… 14
塞内加…………………………………… 14
史诗……………………………………… 15
十四行诗………………………………… 15
巴别塔…………………………………… 16
希腊化时期……………………………… 16

欧洲中世纪文学

奥古斯丁………………………………… 18
亚瑟王传奇……………………………… 18
《特里斯丹和伊瑟》…………………… 19
四大民族史诗…………………………… 20
但丁……………………………………… 20
《神曲》………………………………… 21
骑士文学………………………………… 21
埃达……………………………………… 22
萨迦……………………………………… 22

欧洲文艺复兴时期文学

彼特拉克………………………………… 24
薄伽丘…………………………………… 24
乔叟……………………………………… 25
达·芬奇………………………………… 26
伊拉斯谟………………………………… 26
拉伯雷…………………………………… 27
蒙田……………………………………… 28
塞万提斯………………………………… 28

1

《堂吉诃德》……………… 29
斯宾塞……………………… 30
维加………………………… 30
马洛………………………… 31
莎士比亚…………………… 32
《罗密欧与朱丽叶》……… 32
《哈姆雷特》……………… 33
福斯塔福式的背景………… 34
文艺复兴…………………… 34
人文主义…………………… 35
七星诗社…………………… 35
流浪汉小说………………… 36
牧歌………………………… 36

十七世纪欧洲文学

培根………………………… 38
多恩………………………… 38
琼森………………………… 39
高乃依……………………… 40
弥尔顿……………………… 40
拉封丹……………………… 41
莫里哀……………………… 42
《达尔杜弗》……………… 42
卡尔德隆…………………… 43
约翰·班扬………………… 44
布瓦洛……………………… 44
拉辛………………………… 45
古典主义…………………… 45
巴洛克风格………………… 46
古今之争…………………… 46

十八世纪欧美文学

笛福………………………… 48

斯威夫特…………………… 48
蒲柏………………………… 49
孟德斯鸠…………………… 50
理查逊……………………… 50
伏尔泰……………………… 51
富兰克林…………………… 52
菲尔丁……………………… 52
哥尔多尼…………………… 53
卢梭………………………… 54
斯特恩……………………… 54
狄德罗……………………… 55
莱辛………………………… 56
哥尔德斯密斯……………… 56
博马舍……………………… 57
萨德………………………… 58
拉克洛……………………… 58
冯维辛……………………… 59
赫尔德……………………… 60
歌德………………………… 60
《浮士德》………………… 61
威廉·布莱克……………… 61
斯塔尔夫人………………… 62
奥斯丁……………………… 62
济慈………………………… 63
即兴喜剧…………………… 64
狂飙突进…………………… 64

十九世纪欧美文学

让·保尔…………………… 66
施莱格尔兄弟……………… 66
克雷洛夫…………………… 67
夏多布里昂………………… 67
荷尔德林…………………… 68
华兹华斯…………………… 68

司各特	69	缪塞	89
柯勒律治	70	盖斯凯尔夫人	90
蒂克	70	别林斯基	90
霍夫曼	71	萨克雷	91
司汤达	71	戈蒂耶	91
《红与黑》	72	狄更斯	92
茹科夫斯基	72	赫尔岑	92
欧文	73	冈察洛夫	93
曼佐尼	73	瓦格纳	94
格林兄弟	74	莱蒙托夫	94
拜伦	74	谢甫琴科	95
《唐璜》	75	特罗洛普	96
库珀	76	鲍狄埃	96
拉马丁	76	勃朗特姐妹	97
雪莱	77	施笃姆	98
海涅	77	屠格涅夫	98
莱奥帕尔迪	78	凯勒	99
密茨凯维奇	78	麦尔维尔	99
普希金	79	惠特曼	100
《叶甫盖尼·奥涅金》	79	冯塔纳	100
巴尔扎克	80	波德莱尔	101
《人间喜剧》	80	涅克拉索夫	101
《高老头》	81	福楼拜	102
豪夫	82	陀思妥耶夫斯基	102
大仲马	82	《罪与罚》	103
雨果	83	《卡拉马佐夫兄弟》	103
《巴黎圣母院》	84	龚古尔兄弟	104
《悲惨世界》	84	裴多菲	104
梅里美	85	奥斯特洛夫斯基	105
爱默生	86	小仲马	105
乔治·桑	86	萨尔蒂科夫	106
安徒生	87	车尔尼雪夫斯基	106
勃朗宁夫人	88	泰纳	107
爱伦·坡	88	凡尔纳	108
果戈理	89	易卜生	108

《玩偶之家》	109	纪德	130
列夫·托尔斯泰	110	梅特林克	131
《战争与和平》	110	伏尼契	131
《安娜·卡列尼娜》	111	吉卜林	132
《复活》	112	叶芝	132
狄金森	112	罗曼·罗兰	133
海泽	113	威尔斯	133
马克·吐温	113	克罗齐	134
都德	114	高尔斯华绥	134
左拉	114	皮兰德娄	135
哈代	116	高尔基	135
《德伯家的苔丝》	116	《母亲》	136
马拉美	117	克洛代尔	136
勃兰兑斯	118	库普林	137
詹姆斯	118	布宁	137
《贵妇人的画像》	119	辛格	138
霍桑	120	普鲁斯特	138
魏尔伦	120	《追忆似水年华》	139
法朗士	121	德莱塞	139
斯特林堡	122	瓦莱里	140
莫泊桑	122	托马斯·曼	140
斯蒂文森	123	亨利希·曼	141
王尔德	123	勃留索夫	142
柯南道尔	124	斯泰因	142
契诃夫	124	毛姆	143
欧·亨利	125	里尔克	144
豪普特曼	125	黑塞	144
印象主义	126	德布林	145
		辛克莱	145

二十世纪欧美文学

		莫里兹	146
		勃洛克	146
柯罗连科	128	罗伯特·穆齐尔	147
莱曼·弗兰克·鲍姆	128	茨威格	147
萧伯纳	129	乔伊斯	148
康拉德	130	《尤利西斯》	148

伍尔芙	149	马尔罗	171
阿·托尔斯泰	150	斯坦贝克	171
卡夫卡	150	伏契克	172
《城堡》	151	乔治·奥威尔	172
卡赞扎基斯	152	伊夫林·沃	173
扎米亚京	152	埃德加·斯诺	173
劳伦斯	153	萨特	174
刘易斯	154	肖洛霍夫	174
莫里亚克	154	《静静的顿河》	175
庞德	155	贝克特	176
《诗章》	155	奥登	176
阿赫玛托娃	156	莫拉维亚	177
尤金·奥尼尔	156	赖特	177
艾略特	157	西蒙娜·波伏娃	178
《荒原》	157	《第二性》	178
帕斯捷尔纳克	158	威廉·戈尔丁	179
布尔加科夫	158	尤内斯库	180
爱伦堡	159	加缪	180
赛珍珠	160	田纳西·威廉斯	181
马雅可夫斯基	160	玛格丽特·杜拉斯	181
赫胥黎	161	索尔·贝娄	182
伊瓦什凯维奇	162	阿瑟·米勒	182
叶赛宁	162	伯尔	183
菲茨杰拉尔德	163	索尔仁尼琴	184
福克纳	164	迪伦马特	184
《喧哗与骚动》	164	凯鲁亚克	185
布莱希特	165	罗布－格里耶	185
海明威	166	卡尔维诺	186
《太阳照常升起》	167	《我们的祖先》	186
雷马克	167	海勒	187
博尔赫斯	168	《第二十二条军规》	187
《小径分岔的花园》	168	金斯堡	188
玛格丽特·米切尔	169	加西亚·马尔克斯	188
西格斯	170	米兰·昆德拉	189
法捷耶夫	170	《生命中不能承受之轻》	189

克丽斯塔·沃尔夫	190	《一千零一夜》	200
品特	190	崔致远	201
翁贝尔托·埃科	191	菲尔多西	202
奈保尔	191	紫氏部	202
后现代主义	192	欧玛尔·海亚姆	203

亚非古典文学

		萨迪	204
		哈菲	204
		世阿弥	205
蚁垤	194	贾米	205
《吉尔伽美什》	194	井原西鹤	206
印度两大史诗	195	松尾芭蕉	206
《雅歌》	196	近松左卫门	207
《佛本生故事》	196	和歌	207
迦梨陀娑	197	俳句	208
《沙恭达罗》	198	草纸文学	209
《万叶集》	198	悬诗	210
《古事记》	199	物语文学	210
往世书	200		

欧洲古代文学

OUZHOU GUDAI WENXUE

欧洲最初的文学源于人类崇拜某种超自然的神秘力量而创作的神话，"神"是早先时期欧洲文学表达的主题。然而，随着人类社会的发展，欧洲文学由神性，而英雄，再到人的时代，文学样式也逐渐成熟起来。

以"英雄"为题材的各民族史诗；体验人的情感、追问人类命运的古希腊悲剧；充满生活情趣、揭露社会问题的古罗马喜剧……都成为人类从愚昧到文明的历史变化的见证。

荷 马

荷马：Homer，约前9世纪
代表作：《伊利亚特》、《奥德赛》
作品特点：口头创作，结构巧妙，语言贴切生动

荷马，相传是古希腊两大史诗《伊里亚特》和《奥德赛》的作者，是否确有其人以及他的身份、出生地等，一直是西方学者有争论的问题。现在，大多数学者认为，荷马可能是公元前八九世纪时一位朗诵史诗的盲艺人，他根据口头流传的篇章，整理了这两部史诗。《伊里亚特》写由于特洛伊王子帕里斯骗走了斯巴达王后海伦，引发希腊联军讨伐特洛伊的十年战争。史诗集中描写第十年希腊英雄阿喀琉斯和伊利昂城主将赫克托尔之间的决战，以赫克托尔的死告终。其中阿喀琉斯是一个理想的部落英雄形象。《奥德赛》则写战争结束后，希腊主将奥德修斯返乡途中的海上冒险和机智地维护自己的财产、与妻儿团聚的故事，它的形成比《伊里亚特》稍晚，反映了奴隶制度萌芽时期的生活场景，体现了对私人财产的捍卫，并通过奥德修斯之妻佩涅洛佩的贞洁勇敢提倡新的家庭道德规范。两部史诗的结构巧妙，布局完整，塑造了众多英雄人物，也被称为"英雄史诗"。基本主题是热爱现实，肯定人的奋斗精神，强调对人生采取积极进取的态度。史诗的语言也很有特点，尤其比喻丰富多彩，贴切生动，被称为"荷马式比喻"。此外还常用重复的手法，增强了诗歌的感染力。

荷马雕像

荷马吟诗图

萨 福

萨福：Sappho，约前610－前580
代表作：《致阿佛罗狄忒》、《在我看来那人有如天神》等
作品特点：语言朴素自然，其诗歌题材"萨福体"多为后人袭用

古希腊女诗人。出生在公元前612年左右，出身贵族阶层，具有民主精神。她幼年时曾逃亡到西西里岛一段时间。相传她有过短暂的婚姻生活，生过一个女儿。关于她的生活有不少故事，如传说她爱上一个年轻男子法翁，失恋后在海边跳崖自杀；又传说她同一群少女关系暧昧。她的诗歌语言自然朴素，多抒发个人情感，尤以独唱琴歌成就突出。但由于中古基督教

萨福 1857年 杜布列 罗马国立近代美术馆藏
古希腊女诗人萨福是19世纪的欧洲艺术家喜爱表现的人物，常被当作绘画与雕刻的主题。雕刻家杜布列的作品深深地体现出这位为情所苦的女诗人忧愁的心情。

会的毁禁,她的诗在今天只有一些断简残章被保存下来,其中以《致阿佛罗狄忒》和《在我看来那人有如天神》两篇最为著名。近代欧洲不少诗人都曾袭用她用过的一种诗歌题材,称之为"萨福体"。

伊索

伊索：Aesop, 约前6世纪
代表作：《伊索寓言》
作品特点：寓言形式短小精悍,语言形象生动

《伊索寓言》插图
描绘了经典故事"鹿和狮子"、"狼和小羊"中的情节。

伊索,约公元前6世纪的希腊寓言家,传说本是一个奴隶,因擅长讲寓言故事而获得自由,常出入吕底亚国王的宫廷。公元前5世纪时,伊索的名字已被希腊人所熟知,希腊寓言开始都归在他的名下。今天流传的《伊索寓言》,是后人收集改编的,共有三四百个小故事。伊索寓言大部分是动物故事,这些故事通过描写动物之间的关系来反映当时的社会关系,尤其是压迫者和被压迫者之间的不平等关系,如《狼与小羊》、《狮子与鹿》、《狗和公鸡与狐狸》、《两个锅》等;也有一些总结了人们的生活经验,教人处世和做人的道理,如《龟兔赛跑》、《狐狸与葡萄》等。伊索寓言形式短小精悍,比喻恰当,形象生动,对法国的拉封丹、俄国的克雷洛夫、德国的莱辛等都产生了明显的影响。

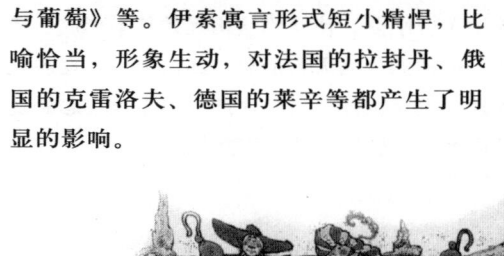

《伊索寓言》中"旅人和熊"的插图

埃斯库罗斯

> 埃斯库罗斯：Aeschylus，约前525—前456
> 代表作：《普罗米修斯》三部曲、《阿伽门农》等悲剧
> 作品特点：抒情气氛浓郁，诗句庄严，人物形象单纯高大

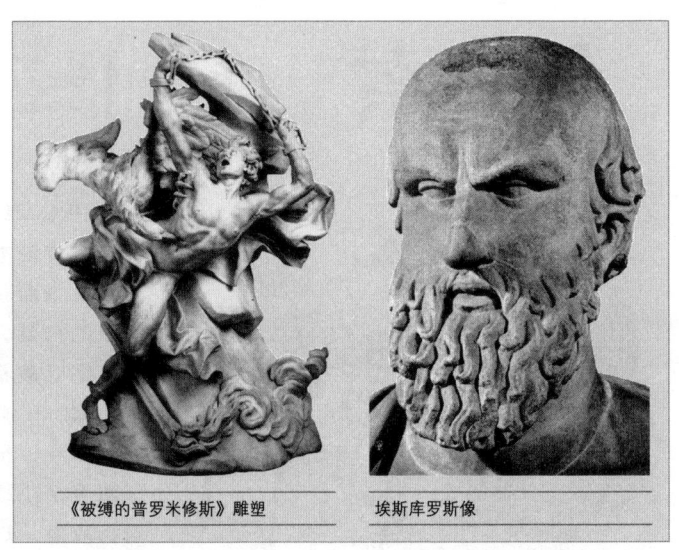

《被缚的普罗米修斯》雕塑　　埃斯库罗斯像

古希腊悲剧的创始人之一，与索福克勒斯、欧里庇得斯合称为古希腊三大悲剧诗人。他出身贵族，共写了70部悲剧（一说是90部），生前得过13次奖，死后还得过4次。完整保存下来的只有《波斯人》、《普罗米修斯》三部曲、《阿伽门农》、《奠酒人》等7部。其中《普罗米修斯》三部曲的第一部《被缚的普罗米修斯》是诗人最负盛名的代表作，情节取材于希腊神话中普罗米修斯盗天火赐予人类的故事，却被赋予了丰富的现实意义。剧中的普罗米修斯受尽折磨也决不向宙斯屈服，象征着当时雅典民主派对寡头派的斗争，普罗米修斯被马克思誉为"哲学日历中最高尚的圣者和殉道者"。埃斯库罗斯对悲剧艺术做出了很大贡献，他增加了第二名演员，使对话成为戏剧的主要部分；简缩了合唱队，使戏剧结构程式基本形成；还创造了舞台背景，并使演员面具基本定型。但他的作品人物形象单纯高大，是理想化的性格，并且一般是静止的，缺少发展。抒情气氛浓郁，诗句庄严。由于他在悲剧发展阶段对内容和形式等方面都做出了很多贡献，故被称为"悲剧之父"。

品达罗斯

> 品达罗斯：Pindar，约前518—前442或前438
> 代表作：《奥林匹亚竞技胜利者颂》
> 作品特点：风格庄重，形式严谨，辞藻华丽

古希腊合唱琴歌诗人。出生在忒拜附近的库诺斯凯法勒的一个贵族家庭，曾师从一些著名音乐家，后来在希腊境内漫游。他写过各种合唱琴歌，如颂神歌、酒神颂、迎神赛会合唱歌和少女合唱歌等。他最擅长的是写竞技胜利者颂，按作品中地点的

不同可以分为4卷：《奥林匹亚竞技胜利者颂》、《皮托竞技胜利者颂》、《涅墨亚竞技胜利者颂》和《伊斯特摩斯竞技胜利者颂》。各部分之间没有必然的联系，通常是先说明演唱的缘由，然后对胜利者进行评论，主要是讲述他的氏族的故事或传说，中心是歌颂氏族贵族的品德。他的诗歌风格庄重，形式严谨，辞藻华丽，被欧洲古典主义诗人看作"崇高颂歌"的典范。

图为酒神祭礼歌舞队，参加祭典者扮成半人半兽的撒特模样，在祭礼上演奏关于酒神的赞美诗。

索福克勒斯

索福克勒斯：Sophocles，约前496—前406
代表作：《俄狄浦斯王》、《埃勒克特拉》等悲剧
作品特点：注重刻画人物性格，鼓吹英雄主义，古希腊悲剧经典

索福克勒斯半身雕像

古希腊三大悲剧诗人之一。生在雅典西北郊科洛诺斯乡。他父亲是一个兵器制造厂厂主，他受过很好的教育，对音乐和诗歌方面造诣很深。公元前468年在戏剧比赛中击败了埃斯库罗斯，得了头奖，是希腊悲剧作家中得奖最多的一位。据说他一共写了120多个剧本，现存的只有《安提戈涅》、《俄狄浦斯王》、《埃勒克特拉》等7部悲剧。他的作品反映的是雅典民主制度繁荣时期的思想意识，鼓吹英雄主义，强调人对命运的反抗，他的剧作中很少出现神或神力，而是依靠人物性格的发展来推动戏剧情节的发展。他在悲剧中加入了第三个演员，使对话成为戏剧中刻画人物的重要手段，还使歌队成为戏剧整体中的有机组成部分，并打破了"三部曲"的形式而变为三部独立的悲剧。索福克勒斯的创作标志着希腊悲剧进入成熟阶段。

图为索福克勒斯的剧作《伊底帕斯》中的一幕，亚里士多德称此剧为悲剧的形式典范。

《俄狄浦斯王》

《俄狄浦斯王》：Oedipus Rex，索福克勒斯最著名的悲剧
衍生：著名心理学大师弗洛伊德将俄狄浦斯的行为归结为恋母情结，并将这种潜意识定名为"俄狄浦斯情结"

俄狄浦斯与斯芬克司 1864年 居斯塔夫·莫罗 纽约大都会博物馆

　　索福克勒斯最著名的悲剧。"俄狄浦斯"在希腊文中是双脚肿胀的人的意思。忒拜王预知自己的儿子长大后会弑父娶母，就在他刚出生时，用铁丝穿其脚踵，让牧羊人将他抛弃在山上。恰巧科任托斯的一个牧人将他救起，并成了国王的养子。俄狄浦斯长大后，从神谕中知道了自己可怕的命运，就逃离了科任托斯的"父母"。到忒拜时，因为解开了狮身人面女妖斯芬克司的谜语，并使女妖羞愤之下跳崖自杀而被拥戴为王，并娶了前王的妻子。悲剧开始时，忒拜发生瘟疫，神示必须找出杀害前王的凶手。俄狄浦斯千方百计追查，却发现凶手竟然是自己——他曾在三岔路口误杀一个老人。这时，科任托斯的牧人赶到，又说出了俄狄浦斯的身世。真相大白，王后自尽，俄狄浦斯则将自己刺瞎双眼流放。悲剧表现的是个人意志与残酷的命运之间的冲突，是对与命运抗争的英雄精神的肯定和对命运合理性的怀疑。当代心理学家弗洛伊德把俄狄浦斯的行为视为人类依恋母亲仇视父亲的潜意识的反映，并将这种恋母情结命名为"俄狄浦斯情结"。

希罗多德

希罗多德：Herodotos，约前484－前430
代表作：《历史》
作品特点：富于文采，文学性强，语言生动流畅

　　古希腊历史家。他的生平没有很多的文献记载，只知道出生在小亚细亚一个城市，前455年到前447年，他游历了埃及、叙利亚、意大利南部等很多地方，后来又在雅典住过。他的《历史》记述了公元前6至前5世纪波斯帝国和希腊诸城邦之间的战争，被认为是西方最早的一部真正的历史著作，古罗马作家西塞罗称他为"历史之父"。《历史》的传世抄本有10多种，

希罗多德像
希罗多德的《历史》于1570年出版，该书结构被称为史学著作中最复杂的一部。

一般都把全书分 9 卷,每卷以一位缪斯的名字命名,故又称"缪斯书"。除希波战争外,还记载了很多传说、地理、人种志等方面的内容。他的文字风格与荷马有很多相似之处,语言生动流畅,富于文采,文学性强。我国在 1959 年出版了《历史》的全译本。

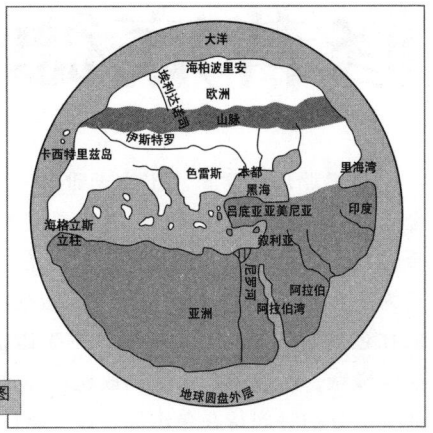

希罗多德所著《历史》中描绘的世界地图

欧里庇得斯

欧里庇得斯:Euripides,约前 485 — 前 406
代表作:《特洛伊妇女》、《美狄亚》
作品特点:重视刻画被压迫的妇女和奴隶,采用写实手法和心理描写

古希腊三大悲剧作家之一。出生在雅典领土阿提卡东海岸佛吕亚乡,贵族出身。他学习过绘画,热心于研究哲学,被称为"舞台上的哲学家"。晚年,反对当局的暴政和侵略政策,流落到马其顿王宫并死在那里。他的作品大多是在内战时期写成的,反映了雅典奴隶民主制危机中的社会现实和思想意识,以沉重的笔触描绘了社会的黑暗以及人们在反抗不合理的现实时所付出的巨大代价。在他的剧作中,神和英雄的描写削弱了,代之以对人的激情和意志的刻画,被压迫的妇女和受奴役的奴隶受到了前所未有的重视。如《特洛伊妇女》、《美狄亚》、《阿尔克提斯》对妇女命运的关注。除了在题材上有所开创,他的写实手法和心理描写对后人影响深刻,有"心理戏剧鼻祖"之称。欧里庇得斯采用的是神话题材,反映的却是日常生活的画面,塑造的人物也更接近现实,他的创作标志着"英雄悲剧"的终结。

欧里庇得斯像

美狄亚与伊阿宋 1865 年 居斯塔夫·莫罗 巴黎奥赛博物馆

画中,欧里庇得斯作品《美狄亚》中的人物美狄亚与她的恋人伊阿宋在合力谋取金羊毛。

7

修昔底德

修昔底德：Thucydides，约前460—前400
代表作：《伯罗奔尼撒战争史》
作品特点：注意历史真实，努力探索历史发展的规律

古希腊历史学家。出生于雅典，父亲在色雷斯拥有金矿，自幼受到良好的教育，其世界观的形成深受雅典"黄金时代"的社会思想的影响。公元前424年被雅典人推选为十将军之一，统率一支由七艘战船组成的舰队，驻泊在色雷斯附近的塔索斯岛。不久因被诬贻误军机，有通敌嫌疑，而被革职并遭到放逐。在这以后的二十年中，他大部分的时间待在色雷斯，并一直注视着战争的进程。他的传世之作《伯罗奔尼撒战争史》，共分8卷，努力以客观公正的态度记述他亲历的这场战争，写到前400年因去世而中断。他把历史的真实放在首位，注意各种政治因素的影响，努力探索历史发展的规律，从而使历史成为科学。他很少直接做结论，而是让读者从他的记

修昔底德

述中自己去判断。这部史书问世之初就受到高度重视，据说当时著名演说家狄摩西尼曾把此书抄写8遍。1502年第一个编订本问世以来，很多国家都有了译本。

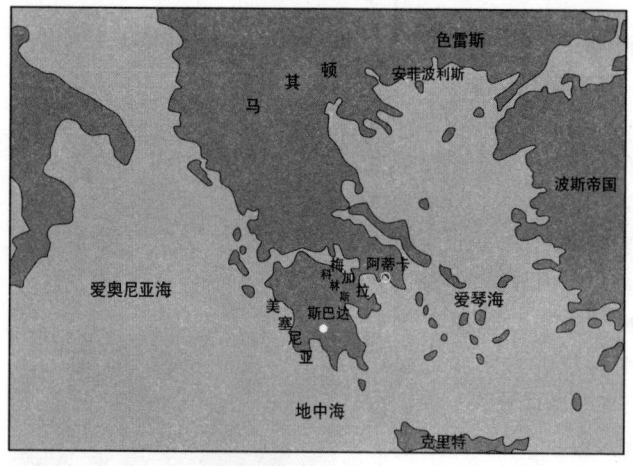

伯罗奔尼撒战争形势图，这场战争使几乎所有希腊城邦卷入其中。

阿里斯托芬

阿里斯托芬：Aristophanes，约前446—前385
代表作：《阿卡奈人》、《鸟》
作品特点：风格多样，想象丰富，语言诙谐

古希腊旧喜剧诗人。生于雅典，同苏格拉底和柏拉图都是朋友。据说他共写过44部喜剧，得过七次奖，现存11部。阿里斯托芬认为喜剧应该有严肃的政治目的，

关于阿里斯托芬剧本情节的描绘

他的创作题材广泛,几乎涉及当时所有重大的政治和社会问题,反映了自耕农的思想和立场。如《阿卡奈人》通过农民狄凯奥波斯单独与敌人讲和,从而一家人过着幸福生活的荒诞故事,谴责不义战争,主张重建和平;《鸟》中两个年老的雅典人厌弃城市生活和诉讼风气,建立了一个"云中鹧鸪国",这里没有压迫与贫穷,所有人都平等地参加劳动。这也是现存的唯一以神话为题材的旧喜剧,同时也可以说是西方文学中乌托邦理想的最早表现。阿里斯托芬的创作风格多样,想象丰富,吸取了民间语言的自然诙谐,在当时深受欢迎,对后世的喜剧和小说创作也产生了广泛影响,被称作"喜剧之父"。

希腊喜剧演员

亚里士多德

亚里士多德:Aristotle,前384－前322
代表作:《诗学》、《修辞学》等
作品影响:为西方现实主义文艺理论的发展奠定了基础

古希腊哲学家、自然科学家、文艺理论家。生于卡尔基狄克半岛,曾师从柏拉图学习哲学。在奴隶主民主派和贵族派的斗争中,采取折中调和的立场。他的文艺理论著作传世的有《诗学》和《修辞学》。《诗学》对希腊文学作了理论总结,主要围绕悲剧和史诗,深刻探讨了两个根本问题:一是文艺与现实的问题,亚里士多德认为艺术的本质是对自然的模仿,而且要描写现实中那些带有普遍性的东西,也应该高于现实。一是文艺的社会功用问题,他提出悲剧可以通过引起悲悯与恐惧的感情,并使之得到净化(或宣泄),使人的心理恢复健康。另外,他还强调情节的完整和统一。亚里士多德为西方现实主义文艺理论的发展奠定了基础。《修辞学》论述了古代散文的写作方法。

亚里士多德像

绘有柏拉图与他的学生亚里士多德像的彩陶画

《圣经》

《圣经》：Bible，基督教的经典
特点：文笔优美，具有宗教与文学双重含义

基督教的经典，包括《旧约全书》（39卷）和《新约全书》（27卷）。《旧约》原文是希伯来文，本是犹太教的经典，是古希伯来文学遗产的总汇。公元前285至公元前249年之间，由70个学者在亚历山大城图书馆将其译成希腊文，称为"七十士译本"，它为基督教的产生铺平了道路。包括《摩西五经》、历史书、先知书和诗文集等几部分，表现了犹太民族对耶和华上帝的信仰，而抒情诗中的《雅歌》等文笔优美，文学性很强。《新约》原文是希腊文和亚兰文，公元1、2世纪时陆续写成，主要内容是四福音书、《使徒行传》和《启示录》等。福音书是《新约》的核心，体现了初期基督教的思想，生动描绘了耶稣基督的形象和精神面貌。《圣经》除宗教意义外，对西方文学艺术的影响也很大，历代都有许多取材《圣经》的作品，如英国诗人弥尔顿的长诗《天路历程》等。

《圣经》福音书封面

《新约》内页

普劳图斯

普劳图斯：Titus Maccius Plautus，约前254－前184
代表作：《一罐金子》、《吹牛的军人》
作品特点：情节巧妙，富于动作，语言接近民间喜剧风格

古罗马喜剧作家。生于意大利东部翁布里亚的萨尔栖那，后来到罗马，长期从事戏剧活动。他的喜剧流传至今的有20部（另有一部残稿），主要是根据希腊米南德等人的新喜剧改编而成，却反映了罗马人的生活。他用滑稽可笑的情节，生动鲜活的人物形象，揭露了当时的贫富不均、妇女地位卑贱等社会问题，嘲笑讽刺富裕阶层的人物，同情争取婚姻自由的青年和奴隶。如《一罐金子》写了一个吝啬鬼拾到一罐金子后患

普劳图斯的神话滑稽模仿剧《安菲特律翁》中的插图

得患失、坐卧不宁的心理，后来莫里哀根据它写出了《悭吝人》；《吹牛的军人》写奴隶巴勒斯特里奥利用自己的机智和勇敢，不但使自己摆脱了一个军人的奴役，还帮助军人霸占的一个妓女回到了她的爱人身边；其他还有《凶宅》、《孪生兄弟》等。普劳图斯的喜剧情节巧妙，富于动作，对话充满戏谑成分，接近民间喜剧风格，深受一般群众的欢迎。

图中最右面的奴隶头戴带有嘲讽神情的假面具，正在帮助一个喝醉酒的青年回家，而另外一人则用双管笛给他们吹奏小夜曲。这样的贫苦人的题材正是普劳图斯喜剧的取材主题。

泰伦提乌斯

泰伦提乌斯：Publius Terentius Afer，约前190－前159
代表作：《婆母》、《两兄弟》
作品特点：结构严谨，风格严肃，语言多用上流社会口语

古罗马喜剧作家。生于北非的迦太基，幼年在罗马为奴，因得到主人欣赏，受到了良好的教育，并解除了奴籍。此后与许多贵族青年来往密切。前159年在去往希腊的旅途中病逝。他的喜剧共六部，主要描写年轻人的爱情和由此而来的家庭冲突，反映罗马奴隶制生产迅速发展时期新旧思想的冲突和老少两代人之间的矛盾，主张家庭成员之间互相宽容、忍让，如《婆母》、《两兄弟》等。他的喜剧具有新喜剧固有的人物类型，如狡诈的妓女、贪嘴的食客、愚蠢的老人等，结构严谨，剧情发展自然，戏谑成分较少，语言是上流社会有教养阶级的口语。他的喜剧风格比较严肃，不如同时代的普劳图斯受下层民众欢迎，但对莎士比亚、莫里哀等都有影响。

此图是一幅体现罗马剧场彩色幕布的壁画

罗马的马塞勒剧场的模型
从模型可以看出，这座剧场设置华丽，有三个供演员进出的大门，并分多层供不同阶层的人入席。可以想象，当年泰伦提乌斯适合上流社会口味的喜剧在这里上演时的情景。

西塞罗

西塞罗：Marcus Tullius Cicero，前106－前43
作品：著述58篇演说辞与12部政治、哲学著作
作品特点：文辞优美，句法谨严，富于说服力

　　古罗马演说家、修辞学家、政治活动家。出身于骑士家庭。在罗马、雅典等地学过修辞、法律、文学和哲学。他是罗马贵族共和制的维护者，很早即从事政治活动，曾担任过执政官。恺撒被刺后，因抨击安东尼，前43年被杀害。作为演说家和散文家，他留下了丰富的著述，有58篇演说辞，12部政治、哲学著作。他的演说文辞优美，句法谨严，音韵和谐，说理透彻，说服力强，常用夸张的手法突出有利的方面。西塞罗的演说辞、修辞学著作和政治哲学论文对罗马演说艺术和散文的发展影响很大，对拉丁文学语言的形成和规范化起了很大的促进作用。他的演说风格也被后代欧洲很多作家奉为楷模。

西塞罗像
他的专长是演说。无论是政治演说或是法律辩论等各类文章，他都能得心应手，且处处可见其精辟、风趣。西塞罗的雄辩演说以《布鲁图》及《论演说》两篇最有名。

维吉尔

维吉尔：Publius Vergilius Maro，前70－前19
代表作：《埃涅阿斯纪》、《牧歌》
作品特点：语言优美，生动有趣，知识性强

　　古罗马杰出诗人。原名普布留斯·维吉留斯·马罗，生于高卢的曼图亚附近的农村，家境比较富裕。他幼年在农村长大，熟悉农村和农业劳动，热爱大自然。后来去米兰、罗马等地接受了良好的教育。因体弱多病，从事律师失败后，回到农村家中，专心写诗。后加入了麦凯纳斯庇护下的文学集团，深受屋大维的尊敬。他的主要作品除代表作《埃涅阿斯纪》外，还有《牧歌》、《农事诗》等。《牧歌》共有10首，是其成名作，通过一个牧人的独唱或一对牧羊男女的对唱，歌唱牧人的生活和爱情，还表达了对当前社会和政治的看法与感受；《农事诗》共4卷，描写罗马农民的工作与生活。这些作品将农业知识的介绍、农业政策的阐释和对自然景色、历史传说的描写结合起来，语言优美，生动有趣。维吉尔在中古时代一直享有特殊的声誉，如但丁在《神曲》中就尊他为老师和带路人。

古罗马著名诗人维吉尔

《埃涅阿斯纪》

《埃涅阿斯纪》：Aeneid，维吉尔创作的史诗
作品特点：语言音律谨严，风格严肃哀婉

维吉尔创作的史诗。共12卷，叙述罗马帝国的建立和历史，歌颂罗马祖先的丰功伟绩。根据当时罗马的神话传说，罗马最早的祖先是特洛伊的英雄埃涅阿斯，他是爱神同安吉赛斯所生的儿子。特洛伊被希腊联军攻陷后，他和父亲等人在天神护卫下逃了出来，辗转到了意大利，娶了当地的公主为妻，建立了王都。这成为史诗内容的主要依据。史诗以荷马史诗为范本，从结构上可以分为两部分。前半部分写埃涅阿斯的海上历险，主要写了他和女王狄多的爱情悲剧。第7－12卷，写他依据神灵的指示到达意大利后，和当地拉丁部族的战斗。最后，以拉丁部族首领图尔努斯的死结束全诗。诗人通过主人公的经历，歌颂了罗马帝国的神圣传统和先王建国的艰辛；通过他游历地府的见闻，歌颂了恺撒和屋大维的功绩并肯定了罗马帝国统治世界的使命。这部史诗被看作是文人史诗的范本，语言音律谨严而富于暗示性，风格严肃而哀婉，尤其对爱情心理的描写，生动感人。

> 罗慕洛为养母
> 那棕色的狼皮感到喜悦
> 于是就统率起整个部落
> 修建了御敌作战用的城墙
> 并且根据自己的名字
> 把部落的民众叫作罗马人
> 对于这些说法
> 我不限定时间和空间
> 它们将主宰到永远永远
> 　　　——选自《埃涅阿斯纪》

雕塑"孪生子与母狼"
取自于罗马建城的传说。孪生子位于母狼身下，它们是罗马的创始人，而母狼由于哺育了孪生子，所以成为罗马人崇拜的圣物。维吉尔在《埃涅阿斯纪》里又一次叙述了这一神话传说。

贺拉斯

贺拉斯：Quintus Horatius Flaccus，前65—前8
代表作：作品集《讽刺诗集》、《歌集》等，文学论文《诗艺》
文学观点：在文艺的功用上，提出了"寓教于乐"的原则；在艺术创作方面，提出了"合式"的原则

古罗马奥古斯都时期杰出诗人，也是一位有重要影响的文艺理论家。他推崇希腊文化，早年参加共和派，后支持帝制。他的诗歌题材多样，有的歌颂奥古斯都的统治，有的针对社会生活的一些恶习进行讽刺，有的赞美友谊和田园生活。主要的诗歌作品集有《讽刺诗集》、《歌集》等。《诗艺》是他重要的文学论文，他根据自己及同时代人的创作实践，重申了艺术模仿现实的观点，在文艺的功用上，提出了"寓教于乐"的原则；在艺术创作方面，提出了"合式"的原则，即要求一部作品具有统一与调和的美。他的主张对后来的古典主义文艺理论产生了很大影响。

奥维德

奥维德：*Publius Ovidius Naso*，前43—前18
代表作：诗歌《爱的艺术》，长诗《变形记》、《岁时记》
作品影响：奥维德的爱情诗在中世纪的修道院和大学里暗中流传，他更被称为"奥维德大师"，是研究爱情的导师

十四世纪伦巴底学院所有的《爱的艺术》手稿插图，奥维德著。

古罗马诗人。出生于罗马附近的小城苏尔莫一个骑士阶层家庭。青年时期受到良好的教育，并游历了很多地方。由于妻子的关系，得以出入罗马上层社会。晚年被流放到黑海东岸，最后病死异乡。奥维德从18岁左右开始写诗，早期作品主要是爱情诗，代表作有《恋歌》、《爱的艺术》（一译《爱经》）、《爱的治疗》、《烈女志》（一译《女杰书简》）等。《爱的艺术》以教授年轻人获得爱情的方法和艺术为主要内容，曾因内容轻佻、语言大胆而被禁。长诗《变形记》和《岁时记》是他创作成熟时期的作品。《变形记》根据古希腊哲学家毕达哥拉斯的"灵魂轮回"说，以"变形"为线索串联起250多个故事，是古希腊罗马神话故事的总汇，后代很多作家、艺术家都从中吸取创作材料。奥维德流放期间的主要作品是《哀歌》和《黑海零简》，主要表现流放途中的感受和当地的风土人情。

塞内加

塞内加：*Lucius Annaeus Seneca*，约公元前4—公元65
代表作：《美狄亚》、《阿伽门农》等九部悲剧
作品特点：情节较简单，语言夸张，多取材于希腊神话，以希腊悲剧为蓝本，影射罗马的现实生活

古罗马政治活动家、悲剧作家。他的父亲是著名的修辞学家老塞内加，他学习过修辞和哲学，斯多葛派哲学对他影响较大。公元49年开始任大法官，并任尼禄的老师，开始了他一生中最显赫的时期。晚年因受牵连自杀而死。塞内加的著作包括自然科学、哲学、文学等多方面。文学上悲剧创作的成就较大，现存《特洛伊妇女》、《腓尼基少女》、《美狄亚》、《阿伽门农》等九部悲剧。它们取材希腊神话，以希腊悲剧为蓝本，影射罗马的现实生活，反映贵族反对派的心理。塞内加的悲剧情节比较简单，语言夸张，还有不少流血场面和关于鬼魂、巫术的描写。

迈锡尼纯金面具
迈锡尼王阿伽门农陪葬面具，为国王陪葬的纯金面具，它是用单独的一张锤锻金叶制成的，表现出一种令人恐怖的美感。在它的左边，迈锡尼城堡主门上面威严的雄狮构成了人形山墙。阿伽门农的悲剧在于为了维护希腊民族整体利益而杀掉了自己的亲生女儿，塞内加对此进行了深入的刻画。

史 诗

> 史诗：epic，古代民间文学的一种体裁
> 特点：史诗是一个民族的人民集体智慧的结晶，风格一般庄严崇高，表现朴实自然，常用夸张、比喻等修辞手法，形象丰富鲜明

古代民间文学的一种体裁，常指以传说或重大的历史事件为题材的古代长篇民间叙事诗。史诗主要歌颂各个民族在形成和发展过程中战胜和经历各种艰难险阻如克服自然灾害、抵御外侮的斗争及其英雄业绩。史诗在产生初期，一般以口头形式在民间流传，其内容随着时间的变化会有所增删，发展到一定时期再由专人进行整理加工，成为有固定文本的作品。所以，史诗是一个民族的人民集体智慧的结晶，风格一般庄严崇高，表现朴实自然，常用夸张、比喻等修辞手法，形象丰富鲜明。流传至今的外国史诗中，著名的有古希腊的"荷马史诗"、印度的《摩诃婆罗多》和《罗摩衍那》等。由于史诗所包含的深刻社会意义，现在也常把比较全面地反映一个历史时期的社会面貌和人民生活的长篇艺术作品称为史诗式的作品。

表现特洛伊战争的想象图
希腊军队采用了奥德修斯的计策，军士们藏在巨大的木马之中，在特洛伊人把木马拖进城后，希腊人破马而出，里应外合，攻下了伊利昂城，长达10年之久的特洛伊战争结束。这就是历史上希腊军队最终攻下特洛伊城所使用的"木马计"。

十四行诗

> 十四行诗：Sonnet，欧洲中世纪流行民间的抒情诗
> 影响：到十三世纪末，十四行诗的运用从抒情诗领域扩大到叙事诗、教谕诗、政治诗等，押韵方式也发生变化

欧洲的一种抒情诗，音译为"商籁体"，源出普罗旺斯语Sonnet。起初泛指中世纪流行于民间，用歌唱和乐器伴奏的短小诗歌。意大利中世纪的"西西里诗派"诗人雅科波·达·连蒂尼是第一个使用这种诗歌形式并使之具有严谨的格律的文人。它由两部分组成，前一部分是两节四行诗，后一部分是两节三行诗，共十四行。每行诗句通常是11个音节，抑扬格。每行诗的末尾押脚韵，押韵方式是ABAB, ABAB, CDE, CDE。十三世纪末，十四行诗的运用从抒情诗领域扩大到叙事诗、教谕诗、政治诗等，押韵方式也变为ABBA, ABBA, CDC, CDC 或 ABBA, ABBA, CDC, EDE。文艺复兴时期，彼特拉克等人的创作，使十四行诗在艺术上和表现上更加完美，对欧洲诗歌的发展产生了重大影响，莎士比亚、雪莱等都创作过很多优秀的十四行诗。

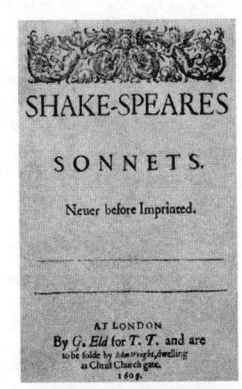

莎士比亚的十四行诗集封面

巴别塔

> 巴别塔：Tower of Babe，《旧约·圣经》中的传说衍生；《圣经》中的"巴别塔"象征着凡人的狂妄自大和一次徒劳无功的努力

巴别通天塔 油画 1563 年 勃鲁盖尔

《旧约·圣经》中的传说。洪水过后，挪亚的子孙繁衍了众多后代，虽居住在不同的地方，却都说同一种语言。后来，他们往东迁移，计划在示拿地方修建一座通天大塔。但上帝不喜欢他们的目的和做法，于是，在塔快要建成时，变乱了他们的语言，使他们相互之间无法交流，塔也就不能再修建下去。后来，这些人散居世界各地，各说各的方言，从此，人类的语言不再统一。造塔的地方名叫巴别，希伯来文的字根是"变乱"的意思，也有的学者认为它在巴比伦语中意为"神之门"。《圣经》中的"巴别塔"象征着凡人的狂妄自大和一次徒劳无功的努力。

希腊化时期

> 希腊化时期：Hellenistic Age，公元前 4 世纪后期到公元前 2 世纪中叶 代表作：米南德的新喜剧和忒奥克里托斯的牧歌

公元前 4 世纪后期到公元前 2 世纪中叶，是古希腊历史的后期，马其顿王亚历山大远征，希腊文化以亚历山大城为中心传播到西亚、中亚和北非的许多地方，希腊语成为这一广大区域的普通话，所以，这一时期被称为希腊化时期，又被称为亚历山大时期。这一时期的希腊文学成就不大，只有米南德（前 342—前 291）的新喜剧和忒奥克里托斯（前 310—前 250）的牧歌有一定影响。米南德的喜剧今只存有《恨世者》和《萨摩斯女子》两部，他的喜剧多描写日常生活，常以劝善规过为主题，性格鲜明，情节曲折。很多罗马喜剧家都改编过他的戏剧。

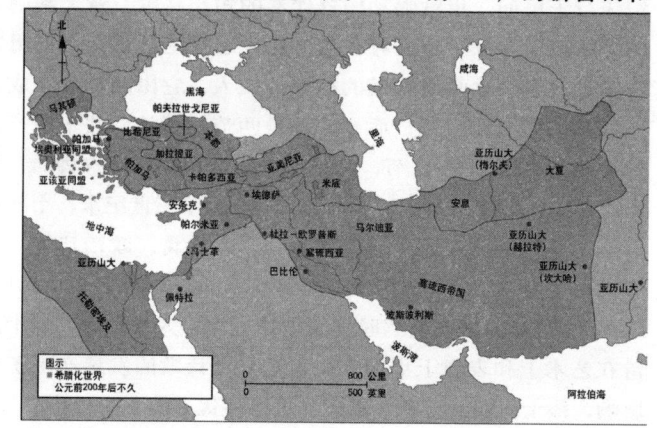

欧洲中世纪文学

OUZHOU ZHONGSHIJI WENXUE

欧洲中世纪文学，自5世纪迄13世纪，最显著的特征是基督教文化垄断了一切精神生活领域，成为欧洲封建社会的精神支柱，而古希腊罗马文化却由于其世俗的性质而被排斥。

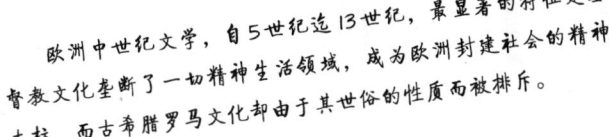

这一时代的文学一般分为四种类型：教会文学、英雄史诗、骑士文学和城市文学。它们因各自的孕育背景不同而具有不同的特色。

奥古斯丁

奥古斯丁：Aurelius Augustinus, 354 – 430
代表作：《忏悔录》、《天国论》
作品主旨：宣传基督教

罗马基督教作家、思想家。出生在努米底亚的塔加斯特，母亲是一个虔诚的基督教徒。他少年时代在家乡和迦太基学习，先研究修辞学，后转向哲学。384年皈依基督教，395年成为希波的主教。奥古斯丁的著述今存83种，有的是反对异教的论战文章，有的是论述基督教义的作品，还有大量书信和布道词。其中《忏悔录》和《天国论》是他的代表作。《忏悔录》是一部自传体作品，讲述他自己皈依基督教之前的思想历程，并做了深刻的自我剖析。后来，卢梭也写过同名的作品。《天国论》对古老的罗马宗教和各种异教哲学进行了批判，指出只有通过基督教的启示才能通向永生之路。他的教理著述对基督教和后来的西方文化都有很大的影响。

奥古斯丁《天国论》的古英语手稿中的插图。图中描绘的是圣奥古斯丁的门徒。

圣奥古斯丁像

亚瑟王传奇

作品体裁：Arthurian Romances，中世纪的西欧骑士传奇文学
作品主题：为欧洲文学提供冒险、爱情和宗教三大主题，并开始关注人的内心世界

中世纪欧洲主要国家有关亚瑟王故事的许多作品的总称，包括亚瑟王的诞生、魔法师梅林的故事、"圆桌骑士团"的建立、亚瑟和他的骑士的冒险事迹以及亚瑟之死等。其中比较重要的是第一骑士郎斯洛和王后圭尼维尔的爱情故事和寻找圣杯的故事。亚瑟王本是6世纪不列颠岛上威尔士和康沃尔一带凯尔特人的领袖，抵抗了盎格鲁－撒克逊人的入侵，久之成为民间传说中的人物。9世纪时有关亚瑟王的传说流传到法国，并有不少诗人开始以

亚瑟王的"圆桌骑士团"

此为题材进行创作，使之在欧洲广泛流传。亚瑟王传奇是中世纪西欧骑士传奇文学的三大系统之一（其他两大系统是法兰西和古代系统），它为后世的欧洲文学提供了冒险、爱情和宗教三大主题，除了故事情节引人入胜以外，也开始关注人的内心世界，可以说是长篇小说的滥觞。

《特里斯丹和伊瑟》

《特里斯丹和伊瑟》：Tristan and Isolde，流传最广的骑士叙事诗之一
作品体裁：取材于不列颠凯尔特人的骑士叙事诗
作品主题：以爱情为主题，流传久远

流传最广的骑士叙事诗之一，取材于不列颠凯尔特人的传说。法、德两国的诗人都曾据此改编成叙事诗。13世纪还出现了散文体的传奇。内容主要讲康瓦尔王马尔克派外甥特里斯丹到爱尔兰迎娶公主金发伊瑟，两人在归途中误饮药酒，产生了不可遏制的爱情。伊瑟同马尔克结婚后，仍一心爱着特里斯丹，马尔克的种种迫害和压制，也不能分开这对恋人。后来，特里斯丹被迫远走，并娶了白发伊瑟为妻。但他对金发伊瑟

特里斯丹骑马图

仍念念不忘，最后积郁成疾，临终前想见金发伊瑟最后一面，就派人前去找她。并且约定，如果接到金发伊瑟，归来时船上挂白帆，否则挂黑帆。从此，每日派人前去海边探望，终于等到船只挂着白帆归来。但白发伊瑟心生嫉妒，就骗他说船上挂着黑帆，特里斯丹大叫一声死去。金发伊瑟在他的尸首旁自刎而死。诗中歌颂了真挚的爱情，对封建的婚姻提出了抗议。

中世纪的法国农村一景
图的右下角是一位四处漂泊的游吟诗人，特里斯丹和伊瑟的爱情悲剧最初就是由13世纪初一位不知名的法国行吟诗人讲述的。

四大民族史诗

> 四大民族史诗：Four National Epics，中世纪后期
> 代表作：法国的《罗兰之歌》、西班牙的《熙德之歌》、德国的《尼伯龙根之歌》、俄罗斯的《伊戈尔远征记》
> 主题：反映封建制度形成后的特点

中世纪后期出现的四部民族史诗的合称，它们是：法国的《罗兰之歌》（约1080）、西班牙的《熙德之歌》（约1140）、德国的《尼伯龙根之歌》（约1200）和俄罗斯的《伊戈尔远征记》（1185－1187）。其中，《罗兰之歌》是最有代表性的作品，叙述了查理大帝远征西班牙时期，大臣加奈隆与敌人勾结，在大军撤退时偷袭后卫部队的故事。断后的罗兰率军英勇奋战，终因众寡悬殊全军覆灭。史诗的主题是爱国主义，查理大帝是一个理想的君主形象，罗兰则是一个保卫祖国的英雄。诗中多用重叠和对比手法，风格朴素。《熙德之歌》写熙德反抗外族侵略者的故事；《尼伯龙根之歌》写围绕尼伯龙根宝物所产生的争夺和流血冲突；《伊戈尔远征记》通过对罗斯王公伊戈尔远征波洛夫人失败的记叙，表达了强烈的爱国主义思想。这四部史诗的内容和反映的主题在不同程度上都有封建制度形成后的特点。

> 罗兰是8世纪法国一位带有传奇色彩的骑士，是11世纪法国的历史叙事诗《罗兰之歌》中的英雄。左图为罗兰吹响号角，要求叔父查理大帝的增援，右图为罗兰率军奋勇杀敌。

但丁

> 但丁：Dante Alighieri，1265－1321
> 代表作：《论俗语》、《新生》、《神曲》
> 评价：中世纪与新时期转折处的诗人

意大利诗人。1265年5月出生在佛罗伦萨的一个小贵族家庭，少年时代就师从著名学者布鲁内托·拉蒂尼学习修辞学、文法和拉丁文等，并掌握了丰富的古典文化知识。当时佛罗伦萨城内有贵尔夫党和吉伯林党两个对立派别，但丁青年时代就加入了贵尔夫党，并一度当选执政官。后来因政治失意而被流放。他提倡用意大利语进行文学创作，并写有《论俗语》一书，对意大利民族语言的形成有重要影响。《新生》（1292－1293年）是他第一部作品，这部作品把31首献给贝阿特丽采的情诗用散文连缀起来，歌颂了纯洁的爱情，风格清新自然，并带有中世纪文学的神秘色彩，是"温柔的新体"诗的最高成就，也是西欧文学史上第一部向读者剖析作者最隐秘的思想感情的自传性作品。放逐期间写的《神曲》是但丁最著名的作品，此外还有《飨宴》、《帝制论》等著作。由于但丁的作品有从中世纪向资本主义时代过渡的特点，所以他被恩格斯称为"中世纪的最后一位诗人，同时又是新时代的最初一位诗人"。

《神曲》

《神曲》：Divine Comedy，但丁
内容：分为《地狱》、《炼狱》、《天堂》三部分
主题：表现人类经过迷惘和错误，经过苦难和考验，在理性指导下走向光明与至善的历程

意译是"神圣的喜剧"，但丁原题为《喜剧》。这首诗的写作年代不确定，大概是1307－1321年之间陆续完成的。全诗分为《地狱》、《炼狱》和《天堂》三部分。诗人采用中世纪流行的梦幻文学的形式，叙述自己在人生的中途迷失在一片黑暗的森林中，刚开始登山，忽然出现三只野兽——豹、狮、狼拦住了去路。在危急关头，古罗马诗人维吉尔出现，他受贝阿特丽采之托来拯救但丁，并引导他游历了地狱、炼狱，最后贝阿特丽采引导诗人游历了天堂。书中充满了寓意，比如豹象征情欲，狮子

《神曲》插图 1490年 波提切利
波提切利为但丁的《神曲》绘制了大量的插图，这幅画对地狱的描绘有点像中国传说中的奈何桥。

象征暴力，狼象征贪婪，它们象征着阻碍人们走向光明的邪恶势力；维吉尔象征着理性哲学，贝阿特丽采象征着信仰和神学。作品的主题是表现人类经过迷惘和错误，经过苦难和考验，在理性的指导下走向光明与至善的历程。围绕着这个中心，《神曲》艺术性地总结了中古文化，同时也有着强烈的现实性，更有不少内容直接取材意大利的现实生活，有鲜明的政治倾向。《神曲》结构巧妙严整，全诗分三部，三行分节，奇偶连韵，每部33篇，加上叙诗共100篇，每行长度又大致相等，看起来匀称整齐。

骑士文学

骑士文学：Knight's Literature，产生于11、12世纪的欧洲
主要体裁：抒情诗和叙事诗
代表作：《特里斯丹和伊瑟》

11、12世纪的欧洲进行了多次十字军东征。由于战争需要，很多小封建主作为骑士从军，逐渐形成了"骑士精神"。其信条是"忠君、护教、行侠"，把"荣誉"看得高于一切，还要效忠和保护女主人。骑士文学的主要体裁有抒情诗和叙事诗。法国的骑士文学最为兴盛。普罗旺斯的骑士抒情诗非常繁荣，主要表现骑士们的"典雅的爱情"，中心主题是骑士对贵妇人的爱和崇拜。《破晓歌》是其代表作。骑士叙事诗又称骑士传奇，主要流行于法国北部地区，内容一般写骑士对贵妇人的爱情，写他们为博得荣誉和贵妇人的青睐，进行各种冒险活动。《特里斯丹和伊瑟》是其中的代表性作品。骑士叙事诗的情节大多荒诞，但它的结构形式、人物刻画及心理描写等对后来欧洲长篇小说的发展有一定影响。

埃 达

> 埃达：Edda，中世纪早期冰岛诗歌的一种
> 分类：旧"埃达"，是诗体；新"埃达"是散文体，是旧埃达的诠释性著作

中世纪早期冰岛诗歌的一种。"埃达"一词在古代斯堪的那维亚语里本是"太姥姥"或"古老传统"之意，后转化为"神的启示"或"运用智慧"，12世纪末时才有了诗作或写诗的意思。分两部，一部是旧"埃达"，是诗体，另一部是新"埃达"，或称"散文埃达"，是旧埃达的诠释性著作。诗体埃达韵律简单，诗句很短，语言简练，共收有诗歌30余篇，按题材分为神话诗和英雄史诗两大类。神话诗记录了有关北欧一些异教神的传说，如神王奥丁、战神提尔等。其中最有名的作品是《沃卢斯帕》(又名《女法师的预言》)，记录了关于世界产生、毁灭和再生的故事。著名诗人斯诺里·斯图鲁松的散文埃达《斯诺里埃达》分为神话、吟唱诗的诗语和诗的韵律三部分，其中神话是了解古代日耳曼神话最有价值的资料，被称为有关神话和诗学的教科书。英雄史诗中不少是关于民族大迁徙后期的英雄齐格夫里特等人的传说。

12世纪北欧人的木刻画
图中的两人正为北欧英雄齐格夫里特锻打利剑，而英雄题材正是埃达所体现的内容。

萨 迦

> 萨迦：Saga，大约形成于10至14世纪的冰岛与挪威
> 特点：以文字记载的古代居民的口头创作，短小精悍
> 意义：保存了丰富的北欧史传故事材料

"萨迦"一词源于德语，本意指短小的故事。指冰岛和挪威人用文字记载的古代居民的口头创作，是一种散文叙事体文学，包括神话和英雄史诗，大约形成于10至14世纪，在12至14世纪被记录下来。13世纪是"萨迦"创作的黄金时代，这期间至少有12部萨迦问世，主要反映氏族社会的生活。流传至今的萨迦从内容上大致可以分为"史传萨迦"和"神话萨迦"两类。"史传萨迦"亦称"家族萨迦"，主要作品有《定居记》和《冰岛人萨迦》等。前者列举了930年以前到冰岛定居的名人年表和许多关于宗教、法律、习俗等的材料；后者叙述了950－1130年冰岛有名望的人物的生平、成就和他们的身世，大部分是短篇，其中著名的有《贡劳格传》和长篇《尼雅尔传》、《海姆斯克林拉》（即《挪威王列传》）等。"神话萨迦"包括属于神话一类的古代英雄传说，如《沃尔松格传》等。14世纪中期以后，"萨迦"的创作艺术开始衰退，但因为其保存了丰富的北欧史传故事材料而在欧洲文学中占有重要地位，具有很高的历史与文学价值。

欧洲文艺复兴时期文学

OUZHOU WENYIFUXING SHIQI WENXUE

文艺复兴,作为一个专有名词,特指14至16世纪由意大利开始,扩展至整个欧洲的一种从形式到实质模仿古典文化并使之由死复活的文化复兴,它意味着中世纪教会钳制思想的黑暗终结,也代表了近代欧洲一个创造性的新黄金时代的来临。

欧洲文明在这几个世纪出现了一个光彩夺目、百花齐放的文化高潮:从意大利的但丁、彼特拉克、薄伽丘,到英国的乔叟、法国的拉伯雷、荷兰的伊拉斯谟、西班牙的塞万提斯,再到最伟大的作家莎士比亚,这些文学巨匠创作的作品无一不体现着思想解放的内涵,闪耀着人文主义的光芒。

彼特拉克

彼特拉克：Francesco Petrarca, 1304—1374
代表作：《歌集》
作品特点：继承了"温柔的新体"派爱情诗传统，又更接近现实生活，语言精练，文辞淡雅，善于借景抒情

彼特拉克像

意大利诗人，早期人文主义文学的代表人物。出生于阿雷佐，1311年开始在普罗旺斯旅居多年。他学识渊博，最早突破了中世纪神学观念，用人文主义的观点阐释古典名著，成为文艺复兴运动的先驱。他早期用拉丁文写了许多诗歌和散文，而最著名的作品是后来用意大利语写作的抒情诗集《歌集》。其中主要是抒发诗人对少女劳拉的爱情，表达了以现实生活和个人幸福为中心的爱情观。还有部分是政治抒情诗，歌颂祖国，呼吁统一。他的抒情诗在风格上继承了"温柔的新体"派爱情诗的传统，又更接近现实生活，语言精练，文辞淡雅，善于借景抒情。诗集的形式，以十四行诗为主，并使得这种诗体在艺术上达到接近完美的境界，成为近代诗歌的重要体裁之一，为后来的欧洲抒情诗开辟了一条新路。

薄伽丘

薄伽丘：Giovanni Boccaccio, 1313—1375
代表作：《十日谈》、《菲洛斯特拉托》、《菲爱索莱的仙女》
作品影响：开创了欧洲文学中短篇小说这一文学体裁

意大利作家。据说是一个商人的私生子，受过大学教育，是意大利第一个通晓希腊文的学者，并能熟练掌握拉丁文和当时流行的俗语。早年在那不勒斯和上层贵族、人文主义者有交往，后回到佛罗伦萨，拥护当地的共和派。1350年和彼特拉克结识，共同提倡古典文学。薄伽丘的创作丰富，有传奇、史诗、叙事诗、十四行诗和短篇小说等，早年作有许多以爱情为体裁的抒情诗和叙

薄伽丘像（左）和15世纪时克利威利为薄伽丘《十日谈》手抄本所绘插图

事长诗，如富有传奇色彩的故事诗《菲洛斯特拉托》、《菲爱索莱的仙女》等。代表作是短篇小说集《十日谈》。作品叙述1348年黑死病流行时，10个青年男女到乡间避难，每人每天讲一个故事，十天共讲了一百个故事。其中许多故事取材历史事件、传说和民间故事，薄伽丘通过这些故事，抨击了教会的腐化和僧侣的奸诈与伪善，否定了中世纪的宗教观和禁欲主义道德观，肯定爱情和人的自然愿望，同时塑造了一系列新兴的资产者的形象，歌颂他们的聪明才智。《十日谈》奠定了意大利散文的基础，开创了欧洲文学中短篇小说这一文学体裁。

乔叟

乔叟：Geoffrey Chaucer, 约1343–1400
代表作：《悼公爵夫人》、《百鸟会议》、《坎特伯雷故事集》
作品影响：开创了英国文学的现实主义传统

他出生于伦敦一个富裕的商人家庭，受过大学教育，熟悉法语和意大利语。1357年开始出入宫廷，后常出访欧洲，在意大利接触到了但丁、薄伽丘等人的作品，这影响了他后来的文学创作。1400年在伦敦去世，葬在威斯敏斯特教堂的"诗人之角"。他的创作可分为三个时期，早期受法国诗人影响，创作有《悼公爵夫人》，并用

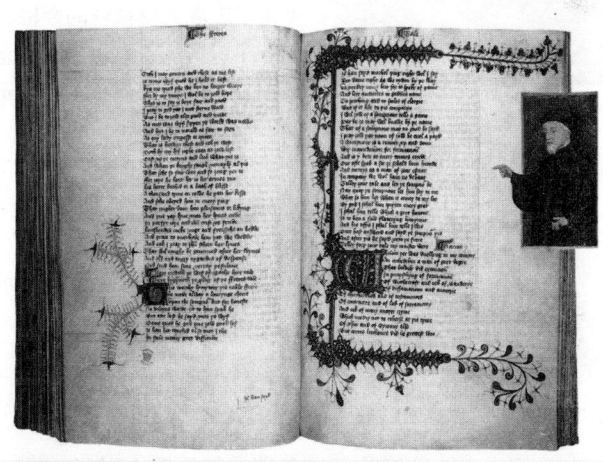

乔叟（右上角）与他的作品《坎特伯雷故事集》手稿中的一页

伦敦方言翻译了法国中世纪的长篇叙事诗《玫瑰传奇》等。中期受意大利人文主义文学影响，创作有《百鸟会议》、《好女人的故事》、《特罗伊勒斯和克莱西德》等，反映了作家现实主义的创作态度。成熟期创作的短篇故事集《坎特伯雷故事集》是他的代表作，讲一群准备去坎特伯雷朝圣的香客，在路上为了解闷，轮流讲故事，共写了24个短篇故事。香客身份各异，代表了英国中世纪各个阶层的人物，他们所讲的故事，广泛地反映了英国社会的现实。作者用生动活泼的伦敦方言，讽刺幽默的创作手法，揭露了封建教会对人们的压迫和欺骗，表达了人文主义的爱情观和婚姻观。作品在形式上用君王诗体和双韵诗体写成，在风格上开创了英国文学的现实主义传统。

达·芬奇

达·芬奇：Leonardo Da Vinci, 1452 – 1519
代表作：《绘画论》、《东方游记》
创作理论：以人为本，以自然为源，人文主义艺术观

达·芬奇像

意大利艺术家、科学家和文艺理论家。青年时代在佛罗伦萨度过，曾做过艺徒，刻苦钻研了天文、数学、解剖学和植物学等多个领域的知识。他的绘画如《蒙娜丽莎》、《最后的晚餐》等都属于文艺复兴时期最优秀的艺术作品，他的《绘画论》探讨了艺术的特点和规律，还有大量笔记广泛论述了哲学、科学等方面的问题。达·芬奇强调艺术模仿自然，准确地再现自然，做"自然的儿子"，而不可一味模仿别人的作品。但这种模仿不是像镜子一样反映事物，而是应该有思想的指导，选取比较优美、有价值的部分加以表现。艺术家要善于表现人物独特的性格和思想。达·芬奇的创作和理论，确立了以人为本、以自然为源泉的人文主义艺术观。他的文学作品有书信体幻想小说《东方游记》和许多寓言等。

伊拉斯谟

伊拉斯谟：Desiderius Erasmus, 1469 – 1536
代表作：《愚人颂》
评价：文艺复兴运动理想全才之最伟大典范

荷兰天主教改革家、古典文学家和文艺复兴人文主义学者。他生于荷兰豪达，是牧师杰勒德的私生子，早年曾于教会学校就读近10年时间，形成重视虔诚及原始、简朴、纯洁基督教的宗教信仰态度。后来结识人文主义者阿格里科拉，受其热爱古典研究与反中世纪教会权威极大的启发。1495年，伊拉斯谟进入著名的巴黎大学蒙塔古学院就读，于1498年获神学学士学位，翌年造访英格兰，结交英格兰顶尖人文主义学者科利特和莫尔，促使他致力于圣经和教父遗书的研究。1500年出版的《箴言集》使他闻名世界；1505年，搜集希腊文手稿，编订希腊文版《新约》，之后首次根据希腊文本校订出

伊拉斯谟像

版拉丁文翻译本《新约》，这为长期苦于没有权威圣经文本参照的教会教条批评家们提供了批判的武器。伊拉斯谟最有名的文学作品是集幽默与讽刺于一体的巨作《愚人颂》，这部书对人性作了许多讽喻，引人入胜。伊拉斯谟是将人文主义思想介绍到北欧最主要的学者，是文艺复兴运动理想的全才人之最伟大典范。

拉伯雷

> 拉伯雷：Francois Rabelais, 1494－1553
> 代表作：《巨人传》
> 作品特点：语言通俗易懂，丰富多变

法国文艺复兴时期的代表作家。生于法国中部的希农城一个法官家庭。自幼受教会教育，1527年后游历了法国中部主要城市，后来走上了从医的道路。1532年，他在一部民间故事的启发下，开始写作《巨人传》，全书共5卷，是在不同的时期写成的。小说写了高康大、庞大固埃父子两代巨人的故事，主要叙述庞大固埃的求学和与巴奴日、约翰修士一起寻找"神瓶"的游历经过。这两代巨人超出常人的体魄和力量、公正善良的品质和乐观精神，体现了人

拉伯雷像

文主义者对"人"、"人性"和人的创造力的充分肯定。小说表现了反封建、反教会的严肃主题，歌颂了新兴资产阶级"巨人"般的力量，书中约翰修士在高康大支持下建立的特来美修道院是人文主义的理想国，集中反映了拉伯雷在政治、社会和宗教等方面的理想原则，其核心是个人自由和个性解放。《巨人传》最大的艺术特色是对民间文学的借鉴和发展，以夸张和讽刺为主要艺术手法，语言通俗易懂，丰富多变。作为法国第一部长篇小说，开创了通俗小说形式的先河。

法国作家拉伯雷所著的讽刺小说《巨人传》第二卷的首版封面。

蒙 田

蒙田：Michel de Montaigne, 1533 – 1592
代表作：《随笔集》2 卷
作品特点：行文旁征博引，语言平易流畅

法国思想家、散文家。出身于新贵族家庭，曾做过 15 年文官，并游历过意大利、瑞士等地，后来相当长时间闭户读书。他把旅途见闻、日常感想等记录下来，集成《随笔集》2 卷，晚年修订为 3 卷。书的卷首写道"我本人就是这部书的材料"，它介绍了作者的思想和生活，结构松散自然，又彼此连贯。蒙田把渊博的知识和丰富的个人经验结合起来，形成了独特的思想意境和艺术风格。书中的思想是趋于中庸的，他对当时的迷信、偏见、巫术和破坏进行否定，认为绝对的真理无法认识，只能探索部分的寻常真理。他在政治上又是保守的，尊重现存社会和秩序。《随笔集》行文旁征博引，语言平易流畅，对同时代的英国作家莎士比亚及 17、18 世纪法国文学都有深远影响。

《蒙田随笔全集》中译本封面

蒙田像

塞万提斯

塞万提斯：Miguel de Cervantes, 1547 – 1616
代表作：《堂吉诃德》
作品特点：情节生动，富于开创性

西班牙作家、戏剧家和诗人。出生于马德里附近一个穷苦医生的家庭，只上过中学。1569 年作为红衣主教的随从，游历了罗马、威尼斯、米兰等地，并阅读了大量文艺复兴时期的作品。1571 年在对土耳其的海战中左臂残废。1582 年前后开始创作，同时为生活做过收税员等，并因得罪教会数度被诬入狱。这时期的生活丰富了他的阅历，影响着他的创作。他的著名小说《堂吉诃德》就是在狱中构思的。

马德里广场上塞万提斯纪念碑

其他作品还有短篇小说《惩恶扬善故事集》（又译《训诫小说》）、历史剧《奴曼西亚》、长诗《巴尔纳斯游记》、《八出喜剧和八出幕间短剧集》等。《惩恶扬善故事集》共13篇短篇小说，体现了作家憎恶欺骗、奴役和压迫的思想，如《两狗对话》通过两只狗的对话，揭露了当时社会的阴暗面和形形色色人物的丑恶行为，情节生动。这部作品集也是西班牙文学中第一部完全摆脱意大利文学影响的富有开创性的杰作。

塞万提斯像

《堂吉诃德》

《堂吉诃德》：Don Quixote，塞万提斯的代表作
特点：叙述优美、自然，以"戏拟体"写成，极具人情味

《堂吉诃德》是塞万提斯最负盛名的长篇小说，全名为《奇情异想的绅士堂吉诃德·德·拉·曼却》，作者称创作的目的"无非是要世人厌恶荒诞的骑士小说"。全书用"戏拟体"写成，借用骑士小说的体裁，写一个穷乡绅堂吉诃德因阅读骑士小说入迷，决心离家去冒险，他穿上曾祖留下的一身破烂的盔甲，提着长矛，骑上一匹瘦马，悄悄离家去冒险。他说服了一个农民桑丘·潘沙作自己的侍从，还选中邻村一位姑娘作自己的钟情的"夫人"。小说描写了他的三次游历中许多荒唐可笑的事，如把风车当巨人，把羊群当敌人，把旅店当城堡，还不断被人愚弄。最后，堂吉诃德败于"白月骑士"手下，病倒在床，临终悔悟自己的荒唐。小说以堂吉诃德企图恢复骑士道来扫尽人间不平的主观愿望和西班牙丑恶现实之间的矛盾为情节的基础，在充满笑料的情节中，塑造了一个悲剧性的人物堂吉诃德，同时反映了16、17世纪之交的西班牙社会的现实，是读者最喜爱的世界名著之一。

画家笔下的堂吉诃德

《堂吉诃德》一书的封面（1605）

斯宾塞

斯宾塞：Edmund Spenser, 1552 – 1599
代表作：长诗《仙后》
作品特点：注重诗歌的形式表现，创造了适于长诗的"斯宾塞诗节"

斯宾塞像

英国诗人。出生于伦敦一个布商家庭，少年时代入伦敦布商学校，后入剑桥大学学习，并于1576年获得硕士学位。这期间他进一步学习了古希腊罗马的文学、哲学及一些自然科学，受到清教思想的影响，并开始诗歌创作。他的主要作品是长诗《仙后》，以亚瑟王追求仙后为引子，写仙后派遣12位骑士去解除灾难的冒险事迹，作品的主旨是为了培养符合新兴资产阶级的新贵族，全诗的思想内容比较复杂，既有人文主义者对生活的热爱，又有新柏拉图主义的神秘，还有清教徒的伦理道德观念。斯宾塞在艺术上刻意求工，在诗歌的形式方面积极探索，创造了适于长诗的"斯宾塞诗节"，对马洛、拜伦、雪莱等诗人都有重要影响，他也因此被称为"诗人的诗人"。

> **"斯宾塞诗节"**
> 英语诗歌中的一种诗体，由九行组成，前八行用抑扬格五音步格律，第九行用抑扬格六音步格律（或用亚历山大诗行法），韵式ababbcbcc。这种诗体是斯宾塞在他的史诗《仙后》中所创造的，该诗体曾受到冷落，后来却受到浪漫派诗人拜伦、济慈和雪莱的欢迎。

维 加

维加：Lope de Vega, 1562 – 1635
代表作：戏剧《园丁之犬》、《带罐的姑娘》等
作品特点：取材广泛，注重人文主义思想，以反映现实为首要任务

西班牙戏剧家、作家、诗人。出生在马德里一个工匠家庭，上过耶稣会学校，后来曾参军，做过神职人员等。他处于西班牙文学的"黄金世纪"，同时受到人文主义和神权思想的影响。他在戏剧、小说和诗歌三个方面丰富了西班牙古典文学，被塞

布尔戈斯大教堂
即西班牙民族英雄熙德的纪念堂，带有浓郁的西班牙民族特色。维加的戏剧中对于这种民族特色大加渲染，展示了方方面面的西班牙风情。

万提斯称为"大自然的奇迹"。他的主要成就在戏剧方面,据说写过1800多部剧本,今存400多部。主要作品有《园丁之犬》、《带罐的姑娘》、《羊泉村》、《最好的法官是国王》、《塞维利亚之星》等。维加的戏剧题材广泛,有的反映了爱情和家庭问题,有的反映了当时重大社会问题和各阶层人民的生活,思想上以人文主义为主导,歌颂了人民的反抗精神,揭露了封建制度的黑暗。他的创作确立并巩固了西班牙民族戏剧的艺术形式,主张突破悲喜剧的界限,以反映现实为首要任务。

马 洛

马洛:Christopher Marlowe, 1564 – 1594
代表作:《马耳他岛的犹太人》、《帖木儿》(上、下)、《浮士德博士的悲剧》
作品特征:采用以单个人物为中心的结构,富于时代气息,充满浪漫主义色彩

英国戏剧家、诗人。生于坎特伯雷的一个鞋匠家庭,靠奖学金在本地大学和剑桥学习。他共写了7部剧本,其中《马耳他岛的犹太人》描写了一个一意追求无限财富的犹太人,表现了作者对文艺复兴时期金钱崇拜风气的批判;《帖木儿》(上、下)表现了人定胜天的思想;《浮士德博士的悲剧》是他的代表作,根据德国民间故事改编而成,写浮士德与魔鬼订约的故事,作者肯定了知识的力量,认为有了知识就可以征服自然,实现社会理想。此外还著有历史剧《爱德华二世》,《巴黎的大屠杀》(未完成),抒情短诗《热情的牧羊人致情人书》等。马洛的主要贡献在于他使英国戏剧的结构由传统的以因果律来安排,改为以一个人物为中心的统一结构,这样使情节的发展与人物的个性和命运得到了有机的统一。他还第一个在舞台上创造了巨人性格,他的戏剧富于时代气息,充满浪漫主义色彩,打破了悲喜剧的界限,对莎士比亚的创作启发很大。

马洛像

图中,帖木儿骑在一匹浑身披甲的战马上,用马鞭指挥其部队作战。马洛写的《帖木儿》对其英武雄姿进行了描述。

莎士比亚

莎士比亚：William Shakespeare, 1564 – 1616
代表作：《罗密欧与朱丽叶》、《哈姆雷特》、《暴风雨》
作品特点：早期宣传人文主义理想，富含浪漫色彩；中期转入悲愤沉郁，批判力度加深，后期宣扬宽恕与容忍

莎士比亚像

英国戏剧家和诗人。出生于沃里克郡一个富裕市民家庭，莎士比亚曾在当地文法学校学过拉丁文和古代历史、哲学、诗歌等。1585年前后，他到伦敦，起初在剧院打杂，后来才逐渐成为雇佣演员、股东。莎士比亚共写作37部戏剧，154首十四行诗，两首长诗和其他诗歌。他的戏剧创作可以分为三个时期：早期（1590–1600）主要是历史剧和喜剧，代表作有《亨利四世》（上、下）、《亨利六世》、《仲夏夜之梦》、《威尼斯商人》、《无事生非》、《皆大欢喜》、《第十二夜》和《罗密欧与朱丽叶》等，主要是正面宣扬人文主义的理想，充满愉快乐观的浪漫主义色彩。中期（1601–1607）是悲剧时期，代表作有《哈姆雷特》、《麦克白》、《李尔王》和《奥赛罗》四大悲剧，和《一报还一报》、《雅典的泰门》等，随着对现实认识的深入，这时期剧作的批判力度加强了，风格也变为悲愤沉郁。后期（1608–1612）是传奇剧时期，有《暴风雨》等四部传奇剧和历史剧《亨利八世》，都宣扬宽恕和容忍。

莎士比亚故居

《罗密欧与朱丽叶》

《罗密欧与朱丽叶》：Romeo and Juliet, 莎士比亚早期创作的一部悲剧
特点：反映了人文主义者的爱情理想与封建压迫之间的冲突，歌颂了自由的爱情，批判了不合理的婚姻制度

这是莎士比亚早期创作的一部悲剧。写罗密欧与朱丽叶一见钟情，成为恋人。但却因两个家族是世仇而不能结合。在神父的帮助下，两人秘密举行了婚礼。一次罗密欧为替朋友复仇，刺死人而被流放。朱丽叶为了逃避父母的逼婚，喝下神父的药酒"假死"。由于报信人的耽搁，罗密欧误以为朱丽叶真的死去，在她身边自杀了。朱丽

《罗密欧与朱丽叶》的电影剧照

叶醒来,悲痛万分,也结束了自己的生命。这部作品反映了人文主义者的爱情理想与封建压迫之间的冲突,歌颂了自由的爱情,批判了不合理的婚姻制度。罗密欧与朱丽叶这两位主人公已经成为世界文学中争取爱情自由的著名典型。

《哈姆雷特》

《哈姆雷特》:Hamlet,莎士比亚的四大悲剧之一
特点:注重人文主义思想的体现,具有强烈的反封建意识

五幕悲剧,是莎士比亚的四大悲剧之一。故事取材于12世纪一部丹麦史,讲丹麦王子哈姆雷特为父复仇的故事。哈姆雷特在大学受到了人文主义教育,对人生正充满了幻想和希望。突然,父王暴毙,母亲又很快改嫁新王即哈姆雷特的叔叔。坚贞的爱情,忠贞的友谊,都开始破灭。就在他痛苦之际,父王的亡魂又向他显现自己被害真相,要他复仇。哈姆雷特感到责任重大,要负起重整乾坤的重任。为选择最佳时机,也为整理自己混乱的思想,他开始装疯。由于延宕,他最终落入新王的圈套,在一次决斗中与之同归于尽。莎士比亚的这个故事,具有强烈的反封建意识,表现了人文主义理想与现实的矛盾,成功地塑造了哈姆雷特这一文艺复兴时期的人文主义者的典型。这部戏剧也是莎士比亚的创作在艺术上成熟的标志,以哈姆雷特为父复仇为主线,雷欧提斯和福丁布拉斯为父复仇为副线,三者相互联系又彼此衬托。另外,又把悲剧和喜剧因素结合在一起,形成了"奇妙的混合"。

戏剧《哈姆雷特》中的场面

福斯塔福式的背景

福斯塔福：莎士比亚的历史剧《亨利四世》中的一个破落贵族

　　福斯塔福是莎士比亚的历史剧《亨利四世》中的一个破落贵族，后来又在《温莎的风流娘们》等剧作中出现。就出身说，他是一个破落的封建贵族，身上体现了封建贵族寄生生活的特点：好酒贪杯，纵情声色。他是一个军人，却缺乏封建骑士的荣誉观念和勇敢，同时他也混迹于下层市民中，沾染了他们的愉快乐观和自我享受，他利用拍马吹牛、逗笑取乐来谋取生活。莎士比亚通过他的活动，通过一系列令人难忘的喜剧场景，展示了五光十色的英国社会各阶层的生活状况。恩格斯称赞莎士比亚这种"情节的生动性和丰富性的完美融合"，并称之为"福斯塔福式的背景"。

> 莎士比亚塑造"福斯塔福"这一剧作人物形象的由来：英国宫务大臣科柏翰勋爵和莎士比亚过不去，并针对莎士比亚及其剧团关闭了十字匙酒馆，造成了莎士比亚及剧团的直接损失，因此莎翁在《亨利四世》中，就把那位肥胖懦弱的武士冠上科柏翰祖先的名字，即约翰·古堡爵士。科柏翰大声抗议，莎翁遂改为福斯塔福这一惹人发笑的人物形象，使科柏翰的众多敌人大乐。莎士比亚在此报了一箭之仇，这个名字被人牢牢记住，从此以后科柏翰就被戏称为福斯塔夫，受到人们耻笑。

文艺复兴

文艺复兴：Revival of Learning，13世纪到17世纪初
来源：意大利古典文化的复兴
特点：反封建、反宗教神权的一次思想解放运动

　　13世纪到17世纪初的文艺复兴运动，最早发源于意大利，后来在欧洲许多国家相继发展起来，是一次由封建社会向近代资本主义社会过渡时期的思想解放运动，主要特点是反封建、反宗教神权。从4世纪起基督教文化统治欧洲长达一千年，宣扬神权思想和禁欲主义，使人民长期处于穷困和愚昧的落后状态。13世纪，新兴的资产阶级与封建制度的矛盾日益尖锐。1453年，东罗马帝国灭亡，大批学者逃到意大利，掀起了搜集、研究古籍抄本和古代艺术作品的高潮，声称要"回到希腊"，把久被淹没的古典文化复兴起来。"文艺复兴"也因此得名。其实他们是借着古人的亡魂宣扬新的思想意识，即"人文主义"。文艺复兴在自然科学和哲学艺术等多个方面都取得了巨大成就，在文学方面也涌现出了但丁、莎士比亚、塞万提斯、拉伯雷等一批大师。

盛期文艺复兴威尼斯建筑代表桑索维诺的作品《查嘉宫殿》于1535年至1537年间完成。

人文主义

人文主义：Humanism，欧洲文艺复兴时期的主要思潮和理论
特点：肯定人，歌颂人，主张个性解放，提倡现世的幸福和享受，提倡理性和知识

欧洲文艺复兴时期的主要思潮和理论，是在早期资产阶级反封建反教会的过程中形成的，发源于14世纪的意大利，后流传到其他国家。中世纪教会以神为宇宙的核心，人文主义则提出一切以"人"为本，反对神权，在城市的世俗学校中还开设了"人文学科"，以人和自然为研究的对象，包括对古希腊罗马文化的研究。人文主义的名称也由此而来。人文主义肯定人的价值，热情歌颂人的力量，主张个性解放，反对宗教禁欲主义和来世思想，提倡现世的幸福和享受，反对蒙昧主义和经院哲学，提倡理性和知识。意大利人文主义15世纪下半叶开始趋向保守，而法国和西班牙的人文主义则在16世纪分别迎来了繁荣期。人文主义思潮是欧洲历史上的一次思想解放，在它的推动下，涌现出了一批多才多艺的巨人，奠定了现代自然科学的基础，也为后来的资产阶级革命作了思想上和舆论上的准备。

蒙娜丽莎　1503—1506年 达·芬奇
《蒙娜丽莎》是达·芬奇最杰出、最神秘的肖像作品。

七星诗社

七星诗社：The Pléiade，16世纪，法国诗人团体
代表诗人：龙沙、杜·贝雷等
特点：反映出法国人文主义化中的贵族倾向

16世纪法国诗人团体。以诗人龙沙为中心，由杜·贝雷、巴伊夫、德·蒂亚尔和佩勒蒂耶等诗人组成。1549年，杜·贝雷发表的《保卫和发扬法兰西语言》是七星诗社的宣言书。之后杜·贝雷在《橄榄集》序言、龙沙在《诗学概论》和《福朗西亚德》两书的序言中又分别对该派的理论主张做了进一步的阐述。他们肯定法语可以同拉丁语一样用来表达高深的学问和思想，主张通过吸收希腊语和拉丁语词汇创造新词汇等方法扩大法语词汇，推进法兰西语言的统一和发展，用法语来创作。但是，他们歧视劳动人民的语言。在文学表现形式上，他们主张模仿希腊、罗马诗体文学及意大利十四行诗体，摒弃民间诗歌体裁，反映了他们脱离人民的贵族倾向。与拉伯雷相对立，他们代表了法国人文主义化中的贵族倾向。

流浪汉小说

流浪汉小说：Picaresque Novel，16、17世纪，西班牙小说类别
特点：以流浪汉的生活及其遭遇为题材；一般是自传体，也有一些用回忆录形式写成

16、17世纪在西班牙流行的一种小说，它以流浪者的生活及其遭遇为题材，反映下层平民的生活。一般是自传体，也有一些用回忆录的形式。16世纪中叶开始，西班牙经济开始衰落，大批农民和手工业者破产，沦为无业游民，同时商业经济上升，冒险风气盛行，流浪汉小说就是在这样的背景下产生的。它的主人公多是出身贫苦的流浪汉，为了自保和活命，学会了欺骗、偷窃等手段。小说通过他们的经历，从下层人物的角度观察社会，批判现实，揭露了衰落中的贵族和教士的贪婪、伪善，讽刺唯利是图的资产阶级观念，慨叹世道不公和生活的艰难。《小癞子》（又名《托梅斯河上的小拉萨罗》）是最早的一部此类小说。该书以主人公自述的方式展开，"我"10岁时就为生活所迫给一个走江湖的盲丐当引路童，并跟着他学会了许多江湖上的勾当，学会了偷窃等。后来，又给一个吝啬的老教士当仆人，不久因为偷吃面包被赶走，接着又给一个绅士当仆人，但衣冠楚楚的绅士却要靠小癞子沿街乞讨来养活。此后他又先后换了好几个主人，最后在大祭司家当仆人，依靠妻子和大祭司的私情发了财，不久妻子死去，他又一贫如洗。小说语言幽默，对人物的刻画生动深刻。其他的作品还有马提奥·阿列曼的《古斯曼·德·阿尔法拉切的生平》、德·乌维达的《流浪女胡斯蒂娜》等。

《多姆斯的生活》封面 西班牙
流浪汉小说是表现歹徒生活的一种长篇文学叙事体，内容浪漫，但在风格上则为写实，具嘲讽寓意。

牧 歌

牧歌：Eclogue，欧洲文学中流传久远的一个文学体裁
特点：表现牧人田园生活情趣，其主题极大地满足了人们回到自然，回归乡土和单纯生活状态的愿望

欧洲文学中一个历史悠久的文学体裁，一般表现牧人田园生活情趣。诗人往往借这种体裁将乡村生活的恬静与城市或宫廷生活的腐化堕落相对立。希腊的忒奥克里托斯是最早的牧歌作者之一，之后维吉尔的牧歌表现了理想化的庄园生活。作为一个文类，牧歌的高峰期在文艺复兴时期，还出现了利用牧歌主题的田园小说和田园戏剧，如莎士比亚的《皆大欢喜》等，浪漫主义文学中也可以发现牧歌的影子，而且在发展的过程中，它的含义也扩大了，20世纪现实主义文学兴起以后，它的一些艺术手法和主题不但保留了下来，还广泛渗透到了欧洲之外的其他民族文学中。一般认为可能是因为牧歌中表现的城市生活和乡村生活二元对立的模式，极大地满足了人们回到自然，回归乡土和单纯生活状态的愿望。

十七世纪欧洲文学

SHIQI SHIJI OUZHOU WENXUE

17世纪的欧洲文学是站在文艺复兴时期巨人肩膀上的寻觅与开拓,此时代存在着一种奇特的矛盾心理:灵与肉的冲突,现实与幻想的模糊、存在与虚无的交织……

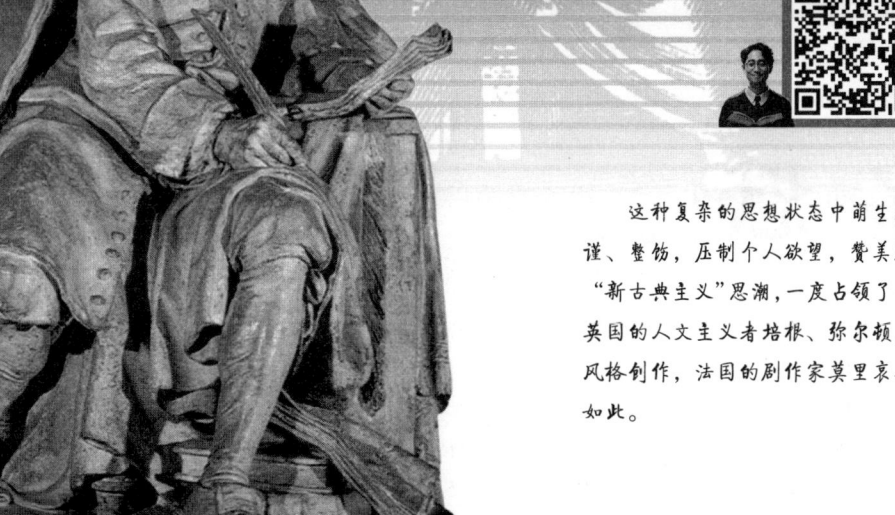

这种复杂的思想状态中萌生出了追求严谨、整饬,压制个人欲望,赞美服从原则的"新古典主义"思潮,一度占领了整个欧洲。英国的人文主义者培根、弥尔顿,均以古典风格创作,法国的剧作家莫里哀、拉辛也是如此。

培 根

培根：Francis Bacon, 1561－1626
代表作：《随笔》
作品特点：短小的摘记式文章，文笔紧凑锐利，说理透彻，警句迭出

培根像
培根担任过掌玺大臣（1617年）和大法官等高职（1618年），1621年封为子爵，由于接受朝臣贿赂，被免职。

后人所做的想象画
文学巨匠莎士比亚将一顶文学名誉桂冠戴到培根头上。人们甚至还猜测莎士比亚戏剧的真正作者是培根，而不是传说中的莎士比亚，依据是他们生活在同一时代以及培根深厚的文学功底。

英国哲学家、作家。他出生在伦敦一个官宦家庭，自幼受到良好的家庭教育。12岁时即被送入剑桥大学三一学院学习，后到法国游历。1579年进入葛莱法学院，取得律师资格。1602年受封为爵士，后被弹劾去职。晚年居家著述，致力科学研究。他的主要建树在哲学方面，为英国经验论哲学的兴起扫清了障碍。文学上的主要贡献是《随笔》，该书的副题是"社会与道德的劝言"，以短小的摘记式文章，对哲学、伦理、友谊以及对艺术和大自然的欣赏等进行讨论，文笔紧凑锐利，说理透彻，警句迭出，如"德行犹如宝石，朴素最美"，"善择时即省时"等。由于他的示范性创作，随笔成为英国文学中有特色的体裁之一。

多 恩

多恩：John Donne, 1572－1631
代表作：诗集《歌与短歌》等
作品特点：语言接近口语，构思富于戏剧性，意象奇特，充满奇思妙喻

英国玄学派诗歌的代表诗人。出生在伦敦一个富有的天主教家庭，幼年丧父。依靠亲戚的资助，他先后在牛津大学和伦敦学习，对法律、神学、医学和古典文学都有所涉猎。早年一心从仕，一度生活潦倒。后受到国王詹姆斯一世赏识，1621年任伦敦圣保罗大教堂教长，直至去世。他的诗歌大致可分为爱情诗、讽刺诗、宗教诗、书简和布道文等，以爱情诗和宗教诗最为著名。他的爱情诗共55首，收在诗集《歌与短歌》中，大

部分以死亡、离别为主题，充满神秘思想，以分析爱情的性质和心理见长。宗教诗主要是他较晚写的一系列《圣十四行诗》。此外还有《挽歌》20首，《讽刺诗》7首，《警句》若干则。他的诗歌语言接近口语，构思富于戏剧性，意象奇特，充满奇思妙喻，给人出其不意的新鲜感和深入的联想。他的诗集在1633年出版，由于艾略特等人的推崇，多恩在文学史上的地位大为提高。

基督进入耶路撒冷 勒布仑 法国
宗教内容也是多恩作品所体现的题材。

琼 森

琼森：Ben Jonson, 1573－1637
代表作：悲剧《西亚努斯的覆灭》、喜剧《福尔蓬涅》、《炼金术士》等
作品特点：现实主义风格，叙述真实而生动

英国诗人、剧作家。出生在伦敦，家境贫困。在古代史学者坎姆登的资助下到威斯敏斯特学校读书，掌握了丰富的古希腊罗马文学知识。约1597年左右开始当演员和剧作家，1618年获得詹姆斯一世颁发的年金。他是17世纪初英国文坛的盟主，共写有18部戏剧，抒情诗、评论集若干。他的悲剧只有《西亚努斯的覆灭》等两部，均取材于古罗马历史，以忠实于历史文献著称。他的喜剧大部分是社会讽刺剧，以伦敦市民和宫廷生活为背景，多按古典主义的原则写作，代表作有《福尔蓬涅》、《炼金术士》、《巴托罗缪市集》、《人人高兴》、《冒牌诗人》、《狐狸》、《安静的女人》

琼森像

等，用现实主义的方法，真实而生动地描绘了英国社会的风俗，熟练地刻画出人物性格，而且提出一系列道德问题。他的创作在人物和情节方面对17、18世纪的英国喜剧很有影响。琼森知识广博，被称为文艺复兴时期的"标准"作家。

诗人的灵感 普桑 法国
画中，阿波罗头戴桂冠，正在抚弄七弦琴，命令他的缪斯记下他被灵感所激发出来的诗句。古典主义的审美观是这一时期一部分艺术家与文学家（如琼森）所崇尚的。

39

高乃依

高乃依：Pierre Corneille, 1606 – 1684
代表作：悲剧《熙德》、《贺拉斯》等
作品特点：突出反映感情与理智矛盾的主题，强调感情要服从理智

法国剧作家。他出生在卢昂，父亲是法官，少年时受天主教影响较深，1628年起成为律师，同时开始诗歌创作。1635年发表第一部悲剧《梅黛》，此后一度成为黎塞留写作班子中的一员。1647年成为法兰西学院院士，以后的创作每况愈下。他的主要成就是《熙德》、《贺拉斯》、《西拿》和《波利厄克特》四大悲剧。这些剧作的基本主题都是感情与理智的矛盾，强调感情要服从理智。《熙德》是他的代表作，写贵族青年罗狄克和施曼娜相爱，但因二人的父亲有冲突，罗狄克奉父命和施曼娜的父亲决斗时，将其杀死。施曼娜不得不请求为父报仇。由于罗狄克在抗击摩尔人的斗争中立下大功，成为"熙德"光荣归来。施曼娜却要求报仇，国王劝她以国家为重，二人和好。这里的基本冲突是义务和情感的矛盾，这种矛盾在国家利益和国王权力高于一切的原则下得到了解决。

法国剧作家高乃依的肖像　　高乃依的著作《论戏剧》的封面(1698)

弥尔顿

弥尔顿：John Milton, 1608 – 1674
代表作：长诗《失乐园》、《复乐园》等
作品特点：继承古典史诗的传统，语言充满激情，富有政论性，多采用比喻和多变的句法

英国诗人、政论家、资产阶级革命活动家和革命文学的代表。出生在伦敦一个富裕的清教徒家庭，从小喜爱文学。1625年入剑桥大学，并开始写诗，著有《圣诞清晨歌》、姐妹篇《快乐的人》和《沉思的人》、挽歌《黎西达斯》等。英国革命爆发后，站在革命的清教徒一边，发表了《论出版自由》、《为英国人民声辩》、《再为英国人民声辩》等政论文，鼓舞士气。因劳累过度双目失明，王朝复辟后一度被捕入狱，之后专心写诗。共写出3首长诗：《失乐园》、《复乐园》和悲剧诗《力士参孙》。其中，《失乐园》是他的代表作，选用了《圣经》

弥尔顿像

中魔鬼撒旦引诱亚当和夏娃偷吃禁果，被上帝逐出乐园的故事。在艺术手法上，他从多方面继承了古典史诗的传统，语言充满激情，富有政论性，多用比喻和多变的句法表现自由奔放的思想感情。尤其是充满叛逆精神的撒旦，给人留下了深刻的印象。弥尔顿的创作标志着文艺复兴传统风格向古典主义风格的过渡。

《失乐园》的插图
画中，撒旦正在煽动反抗的天使。在弥尔顿的笔下，魔鬼撒旦成了英雄。

拉封丹

拉封丹：Jean de La Fontaine, 1621－1695
代表作：《寓言诗》十二卷
作品特点：取材于伊索寓言、古希腊罗马和印度寓言家的作品及民间故事，大多采用自由诗体，语言流畅自然，思想内容更为深刻

拉封丹像

法国诗人。他出生在一个森林管理员家庭，幼年在农村度过，热爱大自然，熟悉下层劳动人民的生活。1645年赴巴黎学习法律，结业后返回故乡，潜心阅读和写作。之后，依附财政大臣富凯，后者被捕后被迫逃亡。先后投靠两个公爵夫人出入上流社会。他的主要文学成就是《寓言诗》十二卷，1668－1694年之间陆续出版，共有故事240多个。其中大多取材于伊索寓言、古希腊罗马和印度寓言家的作品及民间故事，加工改写后进行再创作，大多采用自由诗体，语言流畅自然，思想内容更为深刻。其中不少为脍炙人口的名篇，如《狼和羔羊》通过一只小羊饮水时被狼强行吞噬，说明强者总是最"有理"的；《农夫和蛇》说明对恶人不能讲仁慈，否则反被其害；其他还有《患瘟疫的野兽》、《死神和樵夫》、《兔子和乌龟》等。

拉封丹的《寓言诗》封面

41

莫里哀

莫里哀：Molière，1622 – 1673
代表作：戏剧《伪君子》
作品特点：大胆吸收了很多民间艺术手法，语言自然，把生活中的矛盾和人物性格都表现得透彻

法国古典主义喜剧家。本名让-巴蒂斯特·波克兰，父亲是宫廷室内陈设商。他自幼喜爱戏剧，1643年和朋友组成了剧团，亲自参加演出，并为此放弃了继承权。1650年起任剧团负责人并开始喜剧创作。1659年公演的《可笑的女才子》嘲讽当时贵族矫揉造作的风气，也奠定了莫里哀喜剧家的地位。他的主要作品还有讽刺天主教会的《伪君子》，批判修道院妇女教育的《太太学堂》、《丈夫学堂》、《屈打成医》、《吝啬鬼》（一译《悭吝人》）、《乔治·唐丹》、《唐·璜》、《恨世者》、《史嘉本的诡计》、《无病呻吟》，舞蹈剧《布索那克先生》、《醉心贵族的小市民》等。其中，《太太学堂》的演出标志着法国古典主义喜剧的诞生。莫里哀是法国现实主义喜剧的首创者，他对喜剧形式作了多方面的探索，主要讽刺对象是上层资产者和没落贵族，提出了各种严肃的社会问题，用喜剧的形式揭露封建制度、宗教与一切虚假的事物。在艺术手法上，他大胆吸收了很多民间艺术手法，语言自然，把生活中的矛盾和人物性格都表现得很透彻，法国人评价他是"无法模仿的莫里哀"。

莫里哀像

莫里哀的作品《太太学堂》有趣地道出了他的婚姻烦恼

《达尔杜弗》

《达尔杜弗》：Tartuffe，莫里哀的代表喜剧
特点：严格按照古典主义原则进行创作，结构严谨，层次分明，冲突集中

一译《达尔杜尔弗》，是莫里哀的代表喜剧。主人公达尔杜弗伪装宗教虔诚，取得奥尔恭的信任，尊他为精神导师，并强迫自己的女儿嫁给他。达尔杜弗并不满足，反而无耻地勾引奥尔恭的妻子。奥尔恭的儿子向父亲告发这一丑行，反而被赶出家门，并被取消了财产的全部继承权。这时，奥尔恭的妻子设下巧计，让丈夫亲眼看到了达尔杜弗的丑态。但达尔杜弗露

莫里哀的晚期作品《达尔杜弗》中的插图

出真面目，不但要霸占奥尔恭的家产，还想把他置于死地。幸好国王英明，逮捕了骗子。这部喜剧严格按照古典主义原则进行创作，结构严谨，层次分明，冲突集中。特别是主要塑造了达尔杜弗的形象，逐层深入地揭露了他的本质，深刻揭示了教会和贵族上层社会的伪善、狠毒、荒淫无耻和贪婪，突出批判了宗教伪善的欺骗性和危害性。达尔杜弗已经成了伪善者、故作虔诚者的代名词。

卡尔德隆

卡尔德隆：Calderon，1600-1681
代表作：喜剧《人生如梦》、《坚贞不渝的王子》等
作品特点：风格独具，语言优美，尤其是丰富的隐喻和复杂的象征运用，是黄金时代末期精美的巴洛克文体之极致

西班牙剧作家。他是西班牙文学与艺术黄金时代——约自16世纪中叶至17世纪中叶顶尖的戏剧家。出生于马德里的显赫家庭，曾入耶稣会学校就读。1614-1615年在埃纳雷斯堡大学求学，1616年入萨拉曼加大学攻读法律。1623年在创作首部戏剧《爱情荣誉与权威》后，前往国外游历。返回西班牙后，担任腓力四世宫廷戏剧家，声名鹊起，成为继维加之后，西班牙最重要的剧作家。卡尔德隆是位多产作家，作品总计200余部，可分三类：喜剧、宗教剧与短剧；短剧包括滑稽剧和说唱剧。喜剧数量最多，有100余部，著名的有《人生如梦》、《坚贞不渝的王子》、《秘密上诉》等；宗教剧作品有70多部，

卡尔德隆像

这些作品通常在基督圣节时公演，包含异教与宗教主题，通常属寓言式，将感官、地球和罪恶等观念人格化，重要的有《世界伟大的戏剧》、《巴尔塔萨的晚餐》等；滑稽剧和说唱剧约有20余部。卡尔德隆的戏剧作品风格独具，语言优美，尤其是丰富的隐喻和复杂的象征运用，是黄金时代末期精美的巴洛克文体之极致。

卡尔德隆的得意之作《人生如梦》剧照

约翰·班扬

约翰·班扬：John Bunyan, 1628－1688
代表作：《天路历程》
作品特点：采用现实主义手法，巧妙运用比喻、民间口语及平民化的语言，通俗易懂

约翰·班扬像

英国散文作家。他出生在农民家庭，父亲是一个补锅匠。他没有受过正规教育，很早就继承了父业。英国内战时，他在军队接触到清教徒和各阶层的人物，对以后的宗教信仰和创作都产生了影响。退伍后，加入了清教徒教会，并成了传教士。后因传教活动，于1660年被捕，监禁12年。他的代表作《天路历程》就是在狱中所写。这是一部讽喻体作品，共上下两部，采用梦境寓意的手法，写一个"基督徒"从"将亡城"逃出，经过"失望沼泽"、"死荫幽谷"、"名利场"等地，到达天都的经历。作者用现实主义的方法表现了当时英国乡村的一些景象和人物，巧妙运用比喻、民间口语及平民化的语言，通俗易懂，出版后产生了很大影响，许多西方文学史家把《天路历程》与但丁的《神曲》、奥古斯丁的《忏悔录》并列为最伟大的三部宗教题材的文学名著。

布瓦洛

布瓦洛：Nicolas Boileau, 1636－1711
代表作：文学理论作品《诗艺》
作品特点：全书用亚历山大诗体写成，继承了亚里士多德的"模仿说"，认为文学的最高任务是"模仿"，而模仿又必须服从理性，是古典主义文学理论的经典

布瓦洛像

法国诗人、文学理论家。本来学习法律，继承父亲的遗产后，开始专心从事文学创作。他年轻时和莫里哀、拉辛等有来往，并写了一些讽刺诗，讪笑某些官方和半官方人士。这时期的作品集为《讽刺诗》。中年后开始和权势人物接近，并完成了他的代表作《诗艺》。这部著作被看作古典主义文学理论的经典，全书用亚历山大诗体写成，继承了亚里士多德的"模仿说"，认为文学的最高任务是"模仿"，而模仿又必须服从理性。还论述了悲剧、喜剧、史诗和牧歌等体裁的创作规律，把古代希腊罗马文学看作永恒的典范，模仿古代作品就是成功的捷径。布瓦洛的理论对17世纪以后的法国文学影响很大，如悲剧的"三一律"等。

拉 辛

拉辛：Jean Racine, 1639－1699
代表作：诗剧《安德洛玛克》
作品特点：文笔细腻，富于抒情意味，擅长分析人物心理，尤其是贵族妇女心理活动的刻画，十分出色

　　法国古典主义悲剧诗人。他出生在一个小官吏家庭，幼年父母双亡，由祖母抚养大。1658年在巴黎学习期间结识了古典主义理论家布瓦洛，之后开始从事文学创作。由于作品揭露了封建社会的罪恶，他受到贵族保守势力的仇视，曾被迫停笔10年。他的代表作有五幕诗剧《安德洛玛克》、《费得尔》、《爱丝苔尔》等，这些作品大多取材于古希腊故事，描写王公贵妇丧失理性，感情放纵，结局悲惨。《安德洛玛克》写特洛伊城主将赫克托尔的妻子安德洛玛克战争后成了爱庇尔国王庇吕斯的奴隶。国王却爱上了她而不愿娶自己的未婚妻爱尔米奥娜，并以她儿子的性命相要挟。因嫉生恨的爱尔米奥娜唆使有意于她的希腊特使奥莱斯特去刺杀国王。婚礼上，安德洛玛克自杀，国王被奥莱斯特杀死，爱尔米奥娜也自杀而死。剧本谴责了这些受情欲支配的贵族男女。在艺术方面，他文笔细腻，富于抒情意味，擅长分析人物心理，尤其是贵族妇女心理活动的刻画，十分出色。此外还有以圣经故事为题材的悲剧《以斯贴记》和《亚他利雅记》。

古典主义

古典主义：Classicism, 17世纪初法国文艺思潮
特点：具有为君主专制王权服务的鲜明倾向，注重理性，模仿古代，重视格律。创作实践上以古希腊罗马文学为典范

　　17世纪初产生于法国的一种文艺思潮，后在欧洲各国都产生很大影响，一直持续到18世纪初。法国古典主义在17世纪中叶形成，以笛卡儿的唯理主义为哲学基础，其主要特征是具有为君主专制王权服务的鲜明倾向，注重理性，模仿古代，重视格律。创作实践上以古希腊罗马文学为典范。布瓦洛的《诗艺》是古典主义理论的重要著作，集中阐述了许多古典主义原则性的创作理论，比如戏剧创作的"三一律"原则，即要求时间、地点、情节三者的单一，就是说一出戏只演一件事，剧情必须发生在同一地方，一昼夜之内。这其实是对亚里士多德的"三一律"的一种曲解。古典主义在欧洲流行了200多年，文学创作上的主要成就是高乃依和拉辛等人的悲剧。古典主义虽然范围狭窄，但对法国文学的影响十分深远。

抢劫海伦 1631年 列尼
迷人的海伦露出娇羞的神态，特洛伊的王子帕里斯挽着海伦的手，一幅志满意得的表情，殊不知这将给特洛伊带来毁灭性的灾难。

巴洛克风格

> 巴洛克风格: Baroque Style, 最早出现在意大利, 兴起于16世纪中后期, 17世纪达到鼎盛
> 特点: 重视辞藻的雕琢和堆砌, 意象繁复, 讲究形式和技巧

  巴洛克（Baroque）一词，原来的意思是形状不整的珍珠，最初是在建筑方面来表明一种艺术形式，后来影响音乐、绘画等众多领域。它最早出现在意大利，兴起于16世纪中后期，17世纪达到鼎盛。在文学史上，主要指17世纪文学中出现的一种重视辞藻的雕琢和堆砌，意象繁复，讲究形式和技巧的创作风格。它惯用的主题是宗教的狂热，人类在上帝的残酷威严面前无能为力，用极端混乱、支离破碎的形式来表现悲剧性的沮丧，用夸张、雕琢的辞藻来玩弄风雅。意大利巴洛克文学的代表是马里诺派，马里诺以夸饰的辞藻散布人生的悲哀情绪；西班牙的代表是贡哥拉派，提倡一种与晦涩思想相结合的华丽雕琢的诗歌语言；在英国有玄学派，以神秘主义诗人多恩为代表，他的创作把神秘的宗教情绪和色情、好战交织在一起。西欧著名的巴洛克风格文学家是卡尔德隆，他的剧作《人生如梦》表现了一种对人生的蔑视和对宗教的狂热，还宣扬对国王的忠诚，是典型巴洛克风格的作品。

阿波罗和达佛妮 1622-1624年 贝尔尼尼
群雕《阿波罗与达佛妮》是贝尔尼尼为当时罗马有势力的红衣主教波尔盖兹所作，题材取自希腊神话，陷入情网的阿波罗正在发狂地追赶着达佛妮，而美丽的少女却冷若冰霜，竭力躲避他。这幅作品是巴洛克风格的典型代表。

古今之争

> 古今之争: The Debate between Ancient and Modern, 17世纪席卷英法两国的一场文学论争
> 争论交点: 文学是否与科学一样, 是从古代进步到现代的? 如果有进步, 是直线的还是周期性的?

  指17世纪席卷英法两国的一场文学论争，一直延续到18世纪初。"崇古派"有布瓦洛、拉封丹和拉辛等人，坚持希腊和罗马的古典文学是优秀文学作品的唯一楷模；"现代派"的支持者有文学家佩罗和法兰西学院的大部分院士，他们认为现代作家比古代作家并不逊色。1687年，佩罗的诗作《路易大帝的世纪》引起双方的激烈交锋，此后发表了不少战斗性的诗歌等，互相攻击、讽刺。其主要争论点有两个：文学是否与科学一样，是从古代进步到现代的；如果有进步，是直线的还是周期性的。这些问题在当时的一片混乱中并未得到解决，但历史已经证明"厚今派"的胜利是决定性的。

十八世纪欧美文学

SHIBA SHIJI OUMEI WENXUE

18世纪的欧美文学,充满了社会激烈动荡前的不安与骚动:德国的"狂飙突进";法国崇尚理性、宽容与进步,反封建维持现状的启蒙运动以及崇尚知识的百科全书派;英国的哥特小说、感伤主义;意大利的假面喜剧……这一时期的文学在一定程度上突破了17世纪古典主义的框架,更立足于重塑新的秩序。

笛福

笛福：Daniel Defoe, 1660 – 1731
代表作：《鲁滨孙漂流记》
作品特点：多采用流浪汉小说的结构形式，以普通人的现实生活为主要描写对象，反映了18世纪英国资本主义初期的繁荣和强烈的海外扩张意识

笛福像

出生于伦敦。年轻时曾辗转欧洲各国经商。1692年破产，之后为谋生做过政府秘密情报员、开发工作等。他在59岁时开始写小说，1719年处女作《鲁滨孙漂流记》（第一部）发表后大受欢迎。此后，陆续写了《鲁滨孙漂流记》续集和《辛格尔顿船长》等5部小说和多篇传记、游记。他的小说多采用流浪汉小说的结构形式，以普通人的现实生活为主要描写对象，反映了18世纪英国资本主义初期的繁荣和强烈的海外扩张意识。《鲁滨孙漂流记》正是这样有鲜明时代色彩的作品，写主人公鲁滨孙不安于父母给他安排的小康之家的生活，到

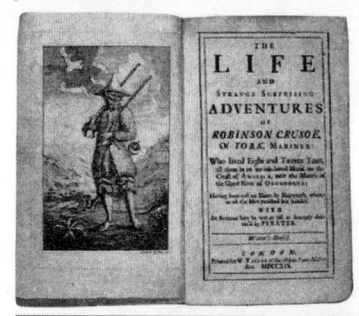

1791年出版的《鲁滨孙漂流记》扉页

海外去经商。一次去非洲进行奴隶贸易时遇到海难，流落到一个荒岛上。他以惊人的毅力顽强地用双手为自己创造了一个文明人所必需的生活条件，还驯化了一个土人星期五做自己的仆人。鲁滨孙的形象集中体现了上升时期资产阶级的创业精神，他也是欧洲文学史上第一个理想化的资产者形象。

斯威夫特

斯威夫特：Jonathan Swift, 1667 – 1745
代表作：讽刺寓言小说《格利佛游记》
作品特点：精妙地融合虚构、寓言、政治、冒险、讽刺诸要素，从哲学观点透视人类最为深沉且黑暗的本性

斯威夫特像

英国作家。出生在爱尔兰，是一个英国牧师的遗腹子，由叔父抚养大。1686年毕业于都柏林三一学院，1692年获牛津大学硕士学位，1701年获三一学院神学博士学位。1688年后前往英国，在辉格党人和托利党的斗争中仕途不顺，1713年左右回到爱尔兰，支持并参加了当地人民反抗英国殖民者的斗争，被尊为爱尔兰民族英雄。他在文学上的主要

成就是讽刺寓言小说《格利佛游记》，小说通过格利佛漫游小人国、大人国、飞岛国、慧骃国等的故事，通过幻想旅行的方式来影射现实，讽刺了英国统治阶级内部为一己私利进行的掠夺战争，从道德、制度、社会风尚等多个侧面表现了文明人的堕落。这部作品实际上是针对当时流行的笛福式的小说所写的，表现了高超的讽刺艺术技巧。另外，他还著有讽刺散文《一个小小的建议》、《书之战》等。

后人所绘的想象画：斯威夫特在小人国里。

蒲 柏

蒲柏：Alexander Pope, 1688－1744
代表作：《批评论》、《夺发记》、《群愚史诗》
作品特点：信奉新古典主义，重节制讲法则，在技巧上精心雕琢，特别是对英雄双韵体的运用

蒲柏像

英国诗人。出生在一个天主教徒的家庭，12 时患重病，从此家居读书。16 岁时发表诗作，后以诗篇《批评论》成名，开始成为以写诗和翻译为生的职业作家。他在文学上信奉新古典主义，重节制讲法则，在技巧上精心雕琢，特别是对英雄双韵体的运用，达到英国诗歌史上的最高水平。他的代表作《批评论》宣扬新古典主义，《夺发记》表现了上流社会人们生活的空虚无聊，《群愚史诗》讽刺了他的论敌，《致阿勃斯诺特医生》是他的自传和自我辩护词，写得真切实在，讽刺也入木三分。他的文名盛于 18 世纪，后受到浪漫主义诗人的批评。进入 20 世纪后，再度受到重视。此外，他还翻译了荷马史诗，编辑了《莎士比亚全集》。

蒲柏的作品《群愚史诗》封面　1729 年

孟德斯鸠

> 孟德斯鸠：Montesquieu, 1689－1755
> 代表作：书信体讽刺小说《波斯人信札》
> 作品特点：通过文学形象以表达政论，思想进步，风格清新明快，创立哲理小说这类新型文学

法国思想家。出生在波多尔附近的贵族家庭，自幼受到良好的教育。对法学、史学、哲学和自然科学都有很深的造诣，是法国启蒙主义的先驱之一。晚年致力于研究政治革新问题，著有《论法的精神》等。他在文学上的主要成就是1721年托名发表的书信体讽刺小说《波斯人信札》，作者假托两个波斯贵族到法国游历的故事，揭露和抨击了封建社会的罪恶，用讽刺的笔调勾画出法国上流社会中形形色色人物的嘴脸，如荒淫无耻的教

孟德斯鸠像

士、夸夸其谈的沙龙绅士、傲慢无知的名门权贵、在政治舞台上穿针引线的荡妇等。这部小说实际是通过文学形象以表达政论，不但思想进步，而且风格清新明快，可以说是法国启蒙文学第一部重要的文学作品和最早的一部哲理小说，它为新型哲理小说开辟了道路，对法国文学产生了深远影响。

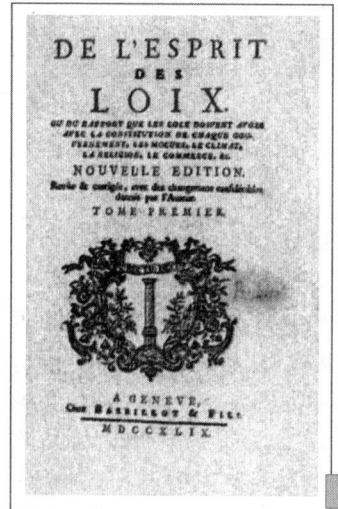

孟德斯鸠的著作《论法的精神》在1748年出版时的封面

理查逊

> 理查逊：Samuel Richardson, 1689－1761
> 代表作：书信体小说《帕美勒》、《克拉丽莎》
> 作品特点：思想保守，题材狭窄，主要分析人物的感情和心理。在结构上集中描写一个完整的事件，语言自然有力，包含有丰富的英语习语

英国小说家。出身于小资产阶级家庭，父亲是清教徒，坚信诚信、勤俭和忠贞等美德是社会的支柱，对他影响很大。1721年开始自办印刷厂，经营之外，从事写作。1740年出版第一部书信体小说《帕美勒》（又名《美德受到了奖赏》），写一个女仆坚守贞洁，拒绝男主人的求爱，后嫁给男主人的故事。它把对社会环境的描写和对人物心理活动的分析结合起来，在文学史上被称为英国第一部现代

小说。这部作品还把感伤主义引进了西欧文学,对浪漫主义运动的兴起有先导作用。其他作品还有书信体小说《克拉丽莎》(又名《一个青年妇女的故事》)和《查尔斯·葛兰底森爵士》等。他的作品思想保守,题材狭窄,主要写家庭生活中的爱情、婚姻问题,善于分析人物的感情和心理。在结构上突破了流浪汉小说以主人公的经历了串连多个事件的办法,而是集中描写一个完整的事件,语言自然有力,包含了丰富的英语习语,当时十分流行。

理查逊像

伏尔泰

伏尔泰:*Voltaire, 1694 – 1778*
代表作:《哲学书简》,剧本《恺撒之死》、《穆罕默德》、《查第格或命运》等
作品特点:运用各种文学手法揭露和讽刺现实,表现某种深刻的哲理,宣扬启蒙思想

　　法国哲学家、史学家和文学家。出生在巴黎一个富裕的公证人家庭,曾在耶稣会主办的贵族学校读书,并因创作讽刺诗两度入狱。1726－1729年避居英国,回国后发表了《哲学书简》(又名《英国书简》),热情赞扬了英国革命后的成就,被法国当局列为禁书。作者此后长期隐居在西雷庄园。1750年到柏林,接触到年轻一代的启蒙思想家。1760年起,定居在法国和瑞士边境的费尔奈山庄,但仍积极参与社会活动。他在文学上的主要成就是戏剧和哲理小说的创作。他共有50多部剧本,大部分是悲剧,把舞台当作启蒙思想的讲坛,宣扬宗教宽容和政治独立,代表作有《恺撒之死》、《穆罕默德》、《扎伊尔》、《布鲁图斯》、《中国孤儿》等。哲理小说是伏尔泰开创的一种小说体裁,他写有《查第格或命运》、《老实人或乐观主义》和《天真汉》等26部。《查第格或命运》通过伪托古波斯青年查第格的故事,颂扬了开明的君主制,《天真汉》作为对卢梭"回归自然"主张的回应,纠正了卢梭对文明的粗暴否定。《老实人》直接描述欧洲当时的社会生活,把盲目乐观主义哲学思想作为揭露和嘲笑的对象,并描写了一个完美的理性王国的黄金国的蓝图。最后,老实人得到一个启示:"种我们的园地要紧。"这些小说通过讽刺性的人物和荒诞离奇而有寓意的情节,揭露和讽刺现实,表现某种深刻的哲理,是伏尔泰最重要的贡献之一。

伏尔泰像

51

富兰克林

> 富兰克林：Benjamin Franklin，1706－1790
> 代表作：《自传》、《格言历书》
> 作品意义：开创了美国传记文学的优秀传统，对美国人的人生观、事业观等都产生了深远影响

富兰克林像

美国政治家、作家和科学家。出生在波士顿一个小工业主家庭，只读过两年小学，12岁就开始在一家印刷场当学徒。利用工余时间刻苦自学，练习写作。依靠勤劳和智慧，他30余岁时已经成为学识渊博的学者和启蒙思想家。在美国独立运动中，他成为最有影响的人物之一，曾起草北美各殖民地实行联盟的方案，并参与起草《独立宣言》。他重要的文学著作是《自传》和《格言历书》。前者叙述了自己的家庭身世、青少年时期自学和工作的情况等，也从一个侧面表现了北美人民不断觉醒和争取解放的过程，开创了美国传记文学的优秀传统，对美国人的人生观、事业观等都产生了深远影响。

菲尔丁

> 菲尔丁：Henry Fielding，1707－1754
> 代表作：《大伟人江奈生·魏尔德传》、《汤姆·琼斯》
> 作品特点：采用流浪汉小说的结构，情节曲折，心理描写深刻，是18世纪英国现实主义小说的典型

英国小说家、戏剧家。出生于英格兰一个贵族家庭，先后求学于伊顿公学和荷兰的莱顿大学，因经济困难，1728年辍学到伦敦谋生。最初写作剧本，多是讽刺喜剧，如《堂吉诃德在英国》、《巴斯昆》等，讽刺英国政治制度的虚伪与腐败。1742年开始小说创作。他的小说广泛反映了当时英国社会生活中许多重要现象，而且勇于对传统道德、法律等提出尖锐的批评。在艺术形式上，他的小说多采用流浪汉小说的结构，情节曲折，心理描写深刻。他把自己的小说称为"散文滑稽史诗"。他的主要作品有《大伟人江奈生·魏尔德传》、《阿米莉亚》、《约瑟·安德鲁传》等，1749年发表的长篇小说《汤姆·琼斯》是他的代表作，主人公汤姆是个来历不明的私生子，被乡绅奥尔华绥收养。他和另一个乡绅的女儿索菲亚两情相悦，但

菲尔丁像

奥尔华绥的外甥布立非贪图财产也在追求索菲亚,并在舅父面前中伤汤姆,致使汤姆被赶出家门。索菲亚也因父亲逼她和布立非成亲而出走。两个人在前往伦敦的途中分别遭遇了种种险情。最后,布立非的诡计被揭穿,汤姆的身世也大白,原来他也是奥尔华绥的外甥。于是,奥尔华绥立汤姆为继承人,并同意他和索菲亚结婚。通过汤姆和索菲亚为争取婚姻自由而进行的斗争,描绘了各个阶层的人物,是18世纪英国现实主义小说的最高成就。菲尔丁和笛福、理查逊并称为英国近代小说的三大奠基人。

哥尔多尼

哥尔多尼:Carlo Goldoni, 1707 – 1793
代表作:《一仆二主》、《女店主》
作品特点:有固定台词,从生活中汲取素材,反对三一律,强调建立有民族特色的"风俗喜剧"或"性格喜剧"

近代意大利现实主义喜剧的奠基人。出生在威尼斯,父亲是一个爱好戏剧的医生。在家庭的熏陶下,他自幼酷爱戏剧。1731年从帕多瓦大学毕业任律师,同时兼职为剧团创作剧本,并开始探索喜剧的改革道路。当时意大利盛行一种"假面喜剧",这种戏是即兴的,没有固定的台词。哥尔多尼主张写作有固定台词的文学,从生活中汲取素材。他反对三一律,强调建立有民族特色的"风俗喜剧"或"性格喜剧"。他一生写了267个剧本,其中喜剧有150多个,其中最著名的是《一仆二主》和《女店主》。后者是他"性格喜剧"中的精品,讽刺了以侯爵和伯爵为代表的没落贵族和资产阶级暴发户,生动刻画了勤劳乐观、美丽聪慧的年轻姑娘米兰多琳娜的形象。此外还有《狡猾的寡妇》、《喜剧剧院》、《老顽固》等。哥尔多尼的创作开创了轻松自然、生活化的意大利式喜剧风格。

哥尔多尼像

意大利北部维琴察的奥林匹克剧场
在哥尔多尼所处时代的意大利贵族中,
存在着一种戏剧制作的传统。

卢 梭

> 卢梭：Jean-Jacques Rousseau, 1712 – 1778
> 代表作：书信体小说《新爱洛伊丝》、哲理小说《爱弥儿》、自传性作品《忏悔录》
> 作品特点：张扬自我，抒发感情，热爱自然，控诉封建专制，社会对人的迫害与腐蚀，是浪漫主义文学作品的典型

卢梭像

　　法国思想家、文学家。出生在日内瓦，信仰新教。父亲是一个钟表匠，培养了他对阅读和小说的兴趣。15 岁开始做学徒，因不堪忍受粗暴的待遇，很快外出流浪。后改信天主教，为德·瓦朗夫人收留，系统地学习了各方面的知识，接受了伏尔泰哲学思想的影响。1749 年写了《论科学和艺术》参加第戎学院的征文比赛，获得成功，文章指出人类道德的败坏是由科学和艺术的发展引起的。1755 年又写了《论人类不平等的起源》，以辩证方法说明私有观念和私有制的产生是人类不平等的起源，把原始社会看作人类的黄金时代。这两篇文章以惊世骇俗的叛逆思想奠定了卢梭在欧洲思想史上的地位。1756 – 1762 年他隐居在巴黎近郊，创作了大量文学和哲学著作，对封建等级制度发出了强烈的抗议。后流亡多年，晚年生活凄清。他在文学上的主要贡献是书信体小说《新爱洛伊丝》和哲理小说《爱弥儿》，前者通过贵族小姐尤丽和她年轻的家庭教师圣·普乐的恋爱悲剧，批判了封建婚姻制度，提出了以真实自然的感情为基础的婚姻理想。后者讨论人的教育问题，提出教育要"顺乎天性"。卢梭张扬自我、抒发感情、热爱自然，故被看作浪漫主义文学流派的先驱。晚年怀着悲愤的心情写出了自传性作品《忏悔录》和续篇《一个孤独的散步者的梦想》。前者被称为"文学史上的奇书"，他把自己作为人的标本来剖析，控诉了封建专制社会对人的迫害和腐蚀，也是维护人权宣言的一部宣言书。

斯特恩

> 斯特恩：Laurence Sterne, 1713 – 1768
> 代表作：《感伤的旅行》
> 作品特点：注重体现人物丰富复杂的内心感情

斯特恩像

　　英国小说家。出生在爱尔兰，父亲是驻当地的一个军官。幼年时随军迁徙，后在亲戚的资助下进入剑桥大学。毕业后当了牧师。1759 年因写《项狄传》而成名，这部小说共 6 卷，主人公在第六卷时还是一个孩子，此后便销声匿迹。全书没有情节，充满了顺手拈来的插话、割断或颠倒时空等，文字上也大量使用拉丁文和星号、白页等，基本情调是幽默、感伤和暗示。1768 年发表

的《感伤的旅行》（今又译《多情之旅》）是其代表作，写在法国旅途的见闻，由一系列插曲组成，主要表达作者的感受和同情，成为感伤文学的奠基之作。另外，他还有一些布道文和书信，均在去世后出版。斯特恩的主要贡献在于使人物丰富复杂的内心感情成为小说的主要内容，从而丰富了小说的表现领域。

> 斯特恩的主要作品：
> 《绅士项狄的生活和思想》（1759）
> 《约里克先生训诫》（1760）
> 《致伊丽莎的日记》（1767）
> 《感伤的旅行》（1768）

狄德罗

狄德罗：Denis Diderot，1713－1784
代表作：《修女》、对话体小说《宿命论者雅克和他的主人》和《拉摩的侄儿》
作品特点：打破悲喜剧的界限，建立一种运用日常语言、表现市民家庭生活的"严肃喜剧"或"市民剧"

狄德罗像

法国启蒙主义哲学家和作家。出生于一个富裕的作坊主家庭，幼年受教会教育，后到巴黎上中学。曾因发表无神论著作而入狱，出狱后主持编纂了《百科全书》。他在哲学、美学、戏剧理论和小说方面都有所建树。他在《美之根源及性质的哲学研究》、《绘画论》等著作中提出了真善美统一的理论，主张把美建立在真与善的基础上。在艺术表现上提出"要真实"、"要自然"的要求。狄德罗的文学成就主要是他的三部小说：《修女》、对话体小说《宿命论者雅克和他的主人》和《拉摩的侄儿》。后者通过作者和拉摩的侄儿的对话，塑造出一个才华出众而寡廉鲜耻的人，他的自白控诉了封建制度的黑暗，揭示了正在成长中的资产阶级的一些心理特征，被恩格斯誉为"辩证法的杰作"。在戏剧方面，狄德罗主张打破悲喜剧的界限，建立一种运用日常语言、表现市民家庭生活的"严肃喜剧"或"市民剧"，他的主张为欧洲近代戏剧开辟了道路。

《百科全书》的作者们聚集在一起讨论理性主义、新科学、宽容和人道主义的发展。

莱 辛

莱辛：Gotthold Ephraim Lessing, 1729－1781
代表作：戏剧《萨拉·萨姆逊小姐》、《爱米丽雅·伽洛蒂》
作品特点：取材于德国普通市民生活，对德国民族文学的发展有重大影响

德国剧作家、文艺理论家。出生在一个牧师家庭，读书时精通了希腊文、拉丁文和英文、法文，爱好文学和哲学。大学毕业后，成为德国第一个靠写作维持生活的职业作家。他的创作有寓言、抒文学评论等多种体□的主要成就是悲剧萨拉·萨姆逊小姐》描写少女萨拉和密勒封的恋爱悲剧，第一次使普通市民阶层的青年男女成为悲剧的主人公，是德国第一部市民悲剧。《爱米丽雅·伽洛蒂》描写文艺复兴时期，爱米丽雅的父亲为保护女儿的贞操将她杀死，表现了对封建专制主义的抗议。他在文学评论方面的著作有《拉奥孔》、《汉堡剧评》和《文学书简》等，在一定程度上为德国文学的发展奠定了基础，对后世影响很大。

莱辛像

拉奥孔 石雕 古希腊 公元前1世纪
拉奥孔是西方文艺创作中一个常新的话题。

哥尔德斯密斯

哥尔德斯密斯：Oliver Goldsmith, 1730－1774
代表作：小说《世界公民》、《威克菲尔德的牧师》
作品特点：通过描写理想化了的田园家庭生活，尖锐地反映出现实社会的问题

英国诗人、小说家和剧作家。出生在爱尔兰一个牧师家庭。1749年毕业于都柏林三一学院，之后先后到爱丁堡大学和莱顿大学学医，之后徒步漫游欧洲。1756年开始任杂志编辑，1759年开始写评论文章并进行创作。他的诗歌代表作是《荒村》，怀念过去乡

收获 夏尔—弗朗索瓦·多比尼 1851年 法国
哥尔德斯密斯对于田园家庭生活的描绘风格与现实主义绘画的风格殊途同归。

村美好的田园生活，同时尖锐批评了社会现实。他的小说主要有《世界公民》和《威克菲尔德的牧师》，后者创造了一幅理想化了的田园家庭生活图画，并对狄更斯的创作在多个方面产生影响。他的剧本主要有喜剧《委曲求全》和《好脾气的人》，这些现实主义风格的喜剧纠正了18世纪英国喜剧的感伤主义倾向，前者更被认为是英国戏剧史上最完美的喜剧之一。

博马舍

博马舍：Beaumarchais，1732－1799
代表作：喜剧《塞维勒的理发师》、《费加罗的婚姻》、《有罪的母亲》
作品特点：热情洋溢，充满活力，且集古典主义与近代戏剧的特点于一体

法国启蒙戏剧家。生于巴黎一个钟表匠家庭，自幼学习制造钟表，后成为王家钟表师，是上流社会和金融界的活跃人物。他在启蒙运动影响下开始戏剧创作，并发起成立了法国剧作家协会。他在创作上的主要成就是以费加罗为主人公的三部喜剧：《塞维勒的理发师》、《费加罗的婚姻》和《有罪的母亲》。其中《费加罗的婚姻》通过费加罗与伯爵的冲突把法国大革命前夕紧张的阶级矛盾搬上了舞台。费加罗机智、敏感、富有斗争精神和乐观精神，集中

博马舍像

体现了第三等级的特征，他对伯爵的胜利就是第三等级反封建斗争的胜利。博马舍的喜剧是古典主义过渡到近代戏剧的桥梁。

图为法兰西喜剧院的演员们正在上演喜剧，这是一种在18世纪同悲剧并驾齐驱的最为流行的戏剧形式。

57

萨德

萨德：Sade, 1740 – 1806
代表作：《贞节的厄运》、《阿斯汀娜》
作品特点：以大胆的性描写和性虐待等情色内容为主，渲染性暴力

法国作家。原名多纳西安，出身贵族家庭，父亲和叔父的放荡生活，以及他自己的生活经历，使之养成了目空一切的狂妄性格，并且热衷在作品中表现鞭笞、鸡奸和被动接受等，因其作品有大胆的性描写和性虐待等而不容于当时统治者，他曾两次被投入巴士底狱。他的主要作品有《贞节的厄运》（一译《美德的磨难》）、《阿斯汀娜》、《爱之诡计》、《爱之罪》、《隆维尔的女主人》等。《贞洁的厄运》描写一对姐妹，妹妹想恪守操节，却先后落入淫乱的修士等人之手，遭受了种种磨难。姐姐淫乱放荡，却享受荣华富贵。由于小说对妹妹遭受的蹂躏进行了详细的描写，一度因为渲染性暴力而被禁。

以萨德为中心绘制的萨德内心世界的想象画

萨德个人行为相当放浪且心理病态，行为中的"施虐淫"（sadism）一词即来自他的姓氏，萨德的作品也带有这种色情的风格，遭到很多人的贬斥。不过他的作品还是值得一提，至少风格鲜明，思想深刻以及角度新颖。

拉克洛

拉克洛：Choderlos de Laclos, 1741–1803
代表作：长篇小说《危险关系》
作品特点：采用书信体的形式，反映了法国大革命前夕贵族阶级的堕落生活和一些人在感情上的玩火自焚

拉克洛，意大利作家。出生在亚眠市。从年轻时就参军，在军旅生活之余从事小说创作。1782年发表长篇小说《危险关系》而一举成名。小说采用书信体的形式，讲述情场老手瓦尔蒙子爵一面追求以贞洁出名的杜尔维夫人，一面奉老相好梅尔兑侯爵夫人之命，占有了情窦初开的赛西尔小姐。此后，他利用杜维尔夫人的同情心，终于攻克了她。但梅尔兑夫人又嘲笑他动了真情，他就写了一封刻薄

拉克洛像
十八世纪的重要作家。他所创作的书信体杰作《危险关系》毫不保留地凸现出小说中出身良好的主角内心品质之堕落邪恶。

的绝交信，使杜维尔夫人在痛苦中逝去。这时梅尔兑夫人又向唐塞尼骑士卖弄风情，冷落了他。最后，唐赛尼在和瓦尔蒙的决斗中伤重而死，临终前将他和梅尔兑夫人的通信都交给了后者。梅尔兑夫人身败名裂，出国躲藏。小说反映了法国大革命前夕贵族阶级的堕落生活和一些人在感情上的玩火自焚。此后，他又发表过回忆录《论战争与和平》等，但影响不大。

冯维辛

冯维辛：Denis Fonvizin, 1744 – 1792
代表作：喜剧《纨绔少年》
作品特点：人物塑造与对话处理高超，利用讽刺的方式揭露了社会的阴暗面，奠定了现实主义的基石

俄国戏剧家。出身贵族家庭，莫斯科大学哲学系肄业，后曾在外交部任职。1780年上演的社会讽刺喜剧《旅长》是他的成名作，这也是俄国最早的一部讽刺戏剧。《旅长》针对当时俄国非常流行的以半法国式教育为时髦的社会背景加以嘲讽。该剧结构紧凑，令人忍俊不禁。1782年上演的喜剧《纨绔少年》也是一出社会讽刺剧。描写了农奴主家庭生活对青少年个性形成的不良影响，指出农奴制是社会上一切不幸的根源，体现了作家的启蒙思想和反对农奴制的倾向，但该剧颇为严肃。其他的讽刺作品如《某些能引起聪明和正直的人们特别注意的问题》等，揭露了宫廷显贵和贵族们的厚颜无耻，涉及时代的弊病，曾一度被禁止出版。冯维辛作品中的人物塑造与对话都很高超，奠定了现实主义的基石，为19世纪的优秀喜剧开了先河。

图为冯维辛成名作品社会讽刺剧《纨绔少年》首演时的宣传海报。

赫尔德

> 赫尔德：Johann Gottfried Herder, 1744 — 1803
> 代表作：《诗歌中各族人民的声音》、《关于人类历史哲学的思想》、《关于促进人性的通信》
> 贡献：其思想是德国启蒙运动文学向古典文学过渡的一个重要环节，他还非常重视民间文学，并收集了大量民歌，他对民间文学的收集整理工作对德国文学界也有颇大影响

赫尔德像

德国思想家、作家。出生于手工业者家庭，1762年开始在大学学习医学、神学和哲学。1769年旅行法国，会见了狄德罗和歌德等，丰富了他的思想，完成了从启蒙运动到狂飙突进的过渡，在他的影响下德国掀起了一场新的文学运动。他全部著作的基本思想是总体主义、民主主义和历史主义。这些思想集中体现在他的《诗歌中各族人民的声音》、《关于人类历史哲学的思想》和《关于促进人性的通信》中。他的思想影响了包括歌德和席勒在内的一批作家，成为狂飙突进的精神领袖。他的思想是德国启蒙运动文学向古典文学过渡的一个重要环节，他本人是从康德与莱辛通向黑格尔与歌德的一座桥梁。此外，他还非常重视民间文学，并收集了大量民歌，他对民间文学的收集整理工作对德国文学界也有颇大影响。

歌 德

> 歌德：Goethe, 1749 — 1832
> 代表作：小说《少年维特之烦恼》、诗体哲理悲剧《浮士德》
> 作品特点：运用和谐、宁静的古典美的艺术表现形式，反映当时青年人追求个性解放和爱情自由的心声

德国文学家。他出生于法兰克福一个富裕市民的家庭，曾先后在莱比锡大学和斯特拉斯堡大学学法律，但主要志趣在文学创作方面，是德国"狂飙突进"的中坚。1775年应聘到魏玛公国做官，但一事无成。1786年前往意大利，专心研究自然科学，从事绘画和文学创作。1788年回到魏玛后任剧院监督，政治上倾向保守，艺术上追求和谐、宁静的古典美。1794年与席勒交往后，开创了德国的"古典文学"。歌德的创作囊括诗歌、散文、小说、戏剧等诸多方面，主要作品有剧本《铁手骑士葛茨·冯·伯里欣根》、《伊菲格尼亚在陶里斯》、《托夸多·塔索》等，小说《少年维特之烦恼》，牧歌式叙事诗《赫尔曼和窦绿苔》，诗体哲理悲剧《浮士德》、长篇小说《亲和力》、《威廉·迈斯特》（包括《学习时代》和《漫游时代》）、自传《诗与真》（四卷）和抒情诗集《东西合集》等。《少年维特之烦恼》是一部书信体小说，它描写青年维特和绿蒂之间的爱情悲剧，反映了当时青年人反对封建，追求个性解放和爱情自由的心声，使歌德享有世界性的声誉。

歌德旅行意大利画像

《浮士德》

《浮士德》：Faust
特点：全剧没有首尾连贯的情节，以浮士德的思想发展为线索，着重反映人生理想以及怎样实现理想的问题

  歌德的诗体哲理悲剧，与荷马史诗、但丁的《神曲》齐名，是一部史诗性的巨著。这部诗剧的创作从1770年开始构思到1831年完成历经60年之久。取材于中世纪关于浮士德博士的传说。共两部，第一部共25场，不分幕，第二部分为5幕。全剧没有首尾连贯的情节，以浮士德的思想发展为线索。《天上序幕》是全剧的开端，写魔鬼靡菲斯特和上帝打赌，浮士德与魔鬼定下了契约：愿以灵魂为赌注使魔鬼满足他的一切要求。第一部主要写浮士德和甘泪卿的爱情以及由此引发的种种悲剧性纠葛。第二部写浮士德的政治活动，对政治生活失望后，接着写他和象征古典美的海伦的结合，并生有一子欧福良，欧福良向高处飞时，不幸陨落在父母脚下，海伦也在痛苦中隐去。对古典美的追求也以幻灭告终。这时，浮士德又产生了征服大海的雄心，在魔鬼的帮助下开始填海造田的工程。已是百岁老人的他把死灵们为他挖掘坟墓的声音，当成了群众在劳动，不由满意地说出了"你真美啊，请停留一下！"按照契约，他倒地死去。但天使把他的灵魂引向了天堂。全剧的基本主题是人生理想以及怎样实现理想的问题。浮士德是一个文艺复兴时代的巨人形象，是新兴资产阶级知识分子的代表，他的一生反映了欧洲自文艺复兴到19世纪初期文化发展的历程。

威廉·布莱克

威廉·布莱克：William Blake, 1757－1827
代表作：诗集《天真之歌》、《经验之歌》，预言诗《法国革命》、《亚美利加》，长诗《四天神》
作品特点：摆脱了古典主义教条的束缚，以清新的歌谣体和奔放的无韵体抒写理想和生活，重热情，重想象，具有神秘象征主义倾向

  英国诗人、版画家。出生在伦敦一个小商人家庭，一生靠刻绘版画度日。他早年参加过国内的民主斗争，并写有诗集《天真之歌》和《经验之歌》。前者反对教会的禁欲观点，肯定生活和人生的欢乐，歌颂耶稣和天使。后者和前者有一种对应关系，表现了现实社会对人的美好天性的摧残。他的语言有一种灵动之美，追求令人心醉的顿悟。18世纪70至90年代，受美国独立战争和法国革命影响，他创作了预言诗《法国革命》和《亚美利加》等，歌颂资产阶级民主革命，要求人类平等。进入19世纪，长诗《四天神》揭露了英国工商业繁荣的基础是剥削和奴役，对砖窑工人的疾苦作了真实生动的描写；《弥尔顿》和《耶路撒冷》等作品则强调基督教的仁慈和博爱。布莱克的诗歌摆脱了古典主义教条的束缚，以清新的歌谣体和奔放的无韵体抒写理想和生活，重热情，重想象，是英国浪漫主义文学的先驱。另外，他诗作中的神秘象征主义倾向对现代诗歌也有较大影响，如叶芝、艾略特等人。

斯塔尔夫人

斯塔尔夫人：Madame de Staël, 1766 – 1817
代表作：文学理论著述《论德国》、《论文学》等，小说《黛尔菲娜》、《高利娜》等
作品特点：带有明显的浪漫主义色彩

　　法国作家。原名热尔曼娜·内克，父亲是银行家，少年时代即以才智见称。20岁时与瑞典驻法国大使斯塔尔－霍尔斯坦男爵结婚。拿破仑执政时不许她留居巴黎，遂前往欧洲各国游历。复辟王朝时期，回到巴黎，主持文学沙龙。她的文学理论著述有《论德国》、《论文学》等，前者评述了德国人的特点、德国的文学艺术等，对19世纪初期法国浪漫主义文学的发展起了促进作用；后者根据狄德罗的文学与社会风尚相互联系的观点，评论从希腊时期到18世纪的欧洲文学，表示了对浪漫主义文学的偏爱。她还著有小说《黛尔菲娜》、《高丽娜》等，塑造了热情奔放的女性形象，特别是勇于追求爱情，不肯轻易屈服于外界的压力，带有一定的自传性。

图为画家热拉尔(F.Gerand)所绘之画《米塞诺海岬上的高丽娜》，其中心人物高丽娜即为斯塔尔夫人的化身。

奥斯丁

奥斯丁：Jane Austen, 1775 – 1817
代表作：小说《傲慢与偏见》、《爱玛》
作品特点：基本都以乡镇中产阶级青年男女的爱情婚姻为主题，描写日常生活的风波和人物之间的喜剧性冲突，在轻松诙谐的氛围中表达其独特的思想

　　英国女小说家。出生在一个叫史蒂文顿的小乡镇，父亲是当地的牧师。她没有进过正规学校，在家由父母指导阅读了很多古典文学和流行小说。她终身未嫁，长期居住农村，生活圈子很狭窄。她共创作了6部小说，《傲慢与偏见》和《爱玛》是其代表作，其他作品还有《教导》、《曼斯菲尔德山庄》、《理智与情感》等。她

的作品基本都以乡镇中产阶级青年男女的爱情婚姻为主题，描写日常生活的风波和人物之间的喜剧性冲突，在轻松诙谐的氛围中表达她的婚姻观：为了财产和地位结婚是错误的，但完全不考虑财产也是愚蠢的。18世纪70年代以后，英国充斥着庸俗无聊的"感伤小说"和"哥特小说"，奥斯丁的创作虽然反映的生活面不广，但扭转了当时小说创作的庸俗风气，在英国小说发展史上具有承上启下的作用。

《理智与情感》中的两位人物

济慈

济慈：John Keats, 1795 – 1821
代表作：颂诗《夜莺》，抒情诗《无情的美人》，十四行诗《灿烂的星，愿我能与你永在》等
作品特点：诗中有画，色彩感和立体感甚强，是浪漫主义诗歌的经典

英国诗人。生于伦敦，父母早逝。曾做过医生，同时又深爱诗歌，在创作中受诗人亨特和华兹华斯的影响。1817年出版第一部诗集，受到人们的好评。后来形成了"天然接受力"的思想。1818年写成叙事诗《伊萨贝拉》，他的思想从强调感官享受转而强调思想深度。1819年济慈写出了传世之作：颂诗《夜莺》、《希腊古瓮》、《哀感》、《心灵》和抒情诗《无情的美人》，十四行诗《灿烂的星，愿我能与你永在》等，成为济慈诗作的精华和英国诗歌中的不朽之作。同年又写作了抒情诗《莱米亚》等作品。济慈诗中有画，色彩感和立体感甚强。他是英国浪漫主义诗人中最有才气的诗人之一，他的诗对后世影响巨大，维多利亚时代诗人丁尼生、布朗宁，以及唯美派诗人王尔德和20世纪的"意象派"诗人都受其影响。

济慈像

济慈是浪漫时期伟大文学家中最年轻的一位，也是出身最寒微的一位。

即兴喜剧

> 即兴喜剧：Commedia Dell'Arte，16世纪下半叶至18世纪下半叶，意大利一种独特喜剧形式
> 特点：无成文的文学剧本，只有"提纲"，演员根据提纲提示即兴发挥；每个演员固定扮演一种类型的角色；剧情简单，具有生动的艺术形式和一定的社会讽刺作用

又称"假面喜剧"。16世纪下半叶至18世纪下半叶在意大利广泛流行的一种独特的喜剧形式。它没有成文的文学剧本，只有"提纲"，演员根据提纲提示即兴发挥。剧中的主要角色及姓名、性格都是固定的，有各自定型的假面、服装；演员在舞台上依靠夸张的动作和模拟姿态来取得戏剧效果。每个演员固定扮演一种类型的角色。它的剧情简单，通常都是叙述青年男女曲折的爱情经历，它的演员都是职业艺人，他们组成戏班在各地巡回演出。在初登舞台时，因具有生动的艺术形式和一定的社会讽刺作用而受到群众的欢迎，后来，它的思想内容和艺术形式脱离了现实生活，成为趣味庸俗的闹剧。18世纪下半叶启蒙主义剧作家哥尔多尼对它进行了改革，废除幕表和假面，并写固定的文学剧本，从而创立了"性格喜剧"。

哥尔多尼是18世纪意大利杰出的喜剧作家，著有约150部喜剧。其写作主题常为历史和古典题材，他创立了"性格喜剧"。

狂飙突进

> 狂飙突进：Sturm and Drang，18世纪70年代至80年代中叶，德国文学运动
> 特点：创作揭露性较强，着重反映市民阶层和封建贵族的冲突，向封建意识形态进行了猛烈的攻击

18世纪70年代在德国兴起的一次文学运动。"狂飙突进"这个名称来自作家克林格的同名剧本。主要参加者是市民阶层的青年作家，以赫尔德为旗手，向封建意识形态进行了猛烈的攻击。它的主要精神特征是：主张发挥人的主观能动性，实现个性解放；崇尚"天才"，倡导"返归自然"和德国民族风格；反对一切束缚人的僵化保守的教条，强调感情，有着浓郁的感伤色彩。狂飙突进作家的创作揭露性都比较强，尤其反映市民阶层和封建贵族的冲突。在戏剧和小说方面都有较大成就，歌德的剧本《铁手骑士葛兹·冯·伯里欣根》、书信体小说《少年维特之烦恼》，席勒的剧本《强盗》、《阴谋与爱情》，华格纳的剧本《杀婴女人》等都是狂飙运动的代表作。80年代中叶后，狂飙运动逐渐消退，它对德国民族文学的形成起了极大的推动作用。

十九世纪欧美文学

SHIJIU SHIJI OUMEI WENXUE

19世纪的欧美文学,大师辈出,流派纷呈。初期,欧洲浪漫主义文学思潮占据欧美文坛主导地位,早期的德国浪漫派、英国"湖畔派"诗人,以及后期的拜伦、雪莱……他们都追求创作上的自由表达,重视主观感情,反对古典主义的清规戒律与理性原则;30至60年代,欧美现实主义文学兴起,早期无产阶级文学萌芽,早期象征主义与唯美主义也继承浪漫主义某种精神出现在文坛上,并成为颓废派先导。

19世纪的最后30年是欧美文学史上从传统向现代转变的过渡时期,自然主义、象征主义、唯美主义、无产阶级文学……各种文学流派并存,并出现前所未有的复杂多变局面。

让·保尔

> 让·保尔：Jean Paul, 1763 — 1825
> 代表作：短篇小说《武茨》等
> 作品特点：形式散漫、结构松散，但语言很有魅力，是幽默小说的典型

德国小说家。原名为里希特尔。父亲是乡村教师，还当过牧师和管风琴师。让·保尔在农村度过了童年。父亲死后家境贫寒，1781年入莱比锡大学攻读神学，1784年被迫辍学，在家乡当教师。大学时开始创作，早期作品是一些讥讽性的答语与警句。1790年经历了亲友的自杀或早故，人生态度转向人类狭窄的爱，形成了幽默的文风，标志着让·保尔创作的转折，是幽默小说的典型。他的大部分小说是在此后10年中创作的。短篇小说《武茨》等给他带来了盛名。1795年发表的《黄昏星》引起了魏玛文人的注意，与赫尔德结成了终生友谊。他的《美学入门》中把小说分成三类。他的小说思想受到18世纪英国作家斯威夫特和其他小说家，尤其是劳伦斯·斯特恩的影响。他的作品对后来的画家、作家产生了深远的影响。其小说的特点是形式散漫、结构松散，但语言很有魅力。

让·保尔的语言风格

让·保尔的原名是里希特尔，他以创新了一种写作风格而备受尊敬，其名气之大甚至甚于其作品被阅读的程度。这种风格以怪异传世，为间接的嘲讽和利用不完全的参考资料观察外界社会。其作品包括许多狂喜、幽默、精巧奇特的段落形态，探讨人物间的冲突，通常涉及理想主义者和现实主义者之间以及灵魂和肉体二元性间的冲突，他是一位狂想、杰出和可爱的作家；是一位富有想象力的浪漫大师。不过，其作品阅读是需要一点耐心，其中缺乏精彩的好故事。

施莱格尔兄弟

> 施莱格尔兄弟：Schlegel Brothers, 德国浪漫派作家
> 代表作：《关于文学和艺术的讲稿》、《论戏剧艺术和文学》两部评论著作，长篇小说《路清德》和悲剧《阿拉尔柯斯》等

指德国浪漫派作家奥古斯特·威廉·施莱格尔（August Wilhelm von Schlegel, 1767—1845）和弗里德里希·施莱格尔（Friedrich von Schlegel, 1772—1829）。他们出生于汉诺威，大施莱格尔1786年入哥廷根大学学习神学和语言学，毕业后做过家庭教师等。1798 — 1800年和弟弟创办早期浪漫派核心刊物《雅典娜神殿》，他的主要成就在文学批评、语言学和翻译上，著有

大施莱尔

小施莱尔

《关于文学和艺术的讲稿》、《论戏剧艺术和文学》两部评论著作，系统阐释了早期浪漫主义的世界观和美学观，对欧洲 19 世纪上半期的文学影响很大。小施莱格尔 1791-1794 年在莱比锡大学学习艺术史、古典文学等，随后开始创作。著有长篇小说《路清德》和悲剧《阿拉尔柯斯》等。他还是德国浪漫派的重要理论家，《片断》奠定了浪漫派美学的基础。

克雷洛夫

克雷洛夫：Ivan Andreevich Krylov，1768 – 1844
代表作：喜剧《用咖啡渣占卜的女人》，寓言《狮子打猎》、《杂色羊》等
作品特点：前期多创作讽刺戏剧与小说，倾向激进；后期则善写寓言，文笔简练，语言丰富，是俄国批判现实主义文学的典型

俄国寓言作家。他出生在莫斯科，家境清贫，少年时就开始当小职员。1782 年开始到彼得堡，在税务局作办事员，工作之余开始写作剧本。他创作了《用咖啡渣占卜的女人》、《疯狂的家庭》等喜剧，讽刺首都贵族生活的空虚和放荡，同时也发表了一些讽刺小说，倾向激进，引起当局不满，被迫流亡外省。1805 年起，他开始写作寓言，共留下 200 多篇作品。他擅长写动物来讽刺当时社会各阶层人物，文笔简练，语言丰富，有不少故事演变成俄语中的成语和谚语。其中著名的有讽刺统治阶级的贪婪和残忍的《狮子打猎》、《杂色羊》等，揭露法庭贪赃枉法和官僚狼狈为奸的《农民和羊》、《野兽的会议》、《狼和羊》等。克雷洛夫的寓言是俄国批判现实主义文学的先驱，对普希金、果戈理等都有影响。

克雷洛夫像

夏多布里昂

夏多布里昂：Chateaubriand，1768 – 1848
代表作：小说《阿拉达》、《勒内》，散文史诗《纳切兹人》，政论《论波拿巴和波旁王朝》等。
作品特点：开创了浪漫主义小说的先河，对风景的描写特别出色

法国作家。出生在一个没落贵族家庭，到过美洲。1786 年投身军界，后来在宫廷行走。法国大革命后，参加流亡贵族的队伍，后逃到伦敦，开始写作。一度投靠拿破仑，复辟王朝时期做过内政大臣等。他的重要作品有小说《阿拉达》、《勒内》等，后来被收入《基督教真谛》一书中，强调宗教对内心的作用，为后来的浪漫主义文学提供了理论基础。另外还有散文史诗《纳切兹人》、《美洲游记》、《墓畔回忆录》，政论《论波拿巴和波旁王朝》等。夏多布里昂的作品开创了浪漫主义小说的先河，对风景的描写特别出色，对后来的浪漫主义作家影响很大，《勒内》中的主人公，成为法国文学中第一个患上世纪病的"多余人"形象。

荷尔德林

> 荷尔德林：Hölderlin，1770－1843
> 代表作：书信体小说《希佩里恩》
> 作品特点：将自然与艺术和谐交融，具有浓郁的抒情色彩

荷尔德林像

德国诗人。他早年在修道院学习，后在图宾根神学院学习，并开始诗歌创作。早期诗歌采用颂歌体的形式，讴歌和谐、友谊和大自然，如《自由颂》、《人类颂》等。1800年以后多采用挽歌体和自由节奏诗，把人道主义理想和对祖国的爱交织在一起，同时对希腊文化的热爱使他成为德国式激情的激烈批判者，《返乡》、《给大地母亲》、《记忆》等是其名篇。尤其是被称为"祖国赞歌"的一组自由节奏诗，憧憬古代神与人的交往，预言民族与社会的得救，自然与艺术的交融。他还创作了书信体小说《希佩里恩》等，这是他的成名作，取材于希腊抗击土耳其的史实，塑造了一位英勇的希腊青年形象，具有浓郁的抒情色彩。

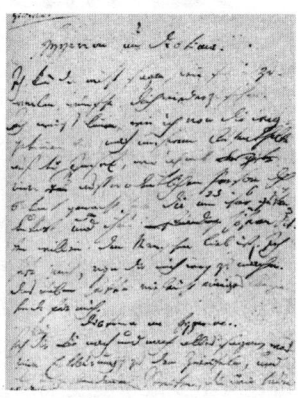

荷尔德林的小说《希佩里恩》的手稿

华兹华斯

> 华兹华斯：William Wordsworth，1770－1850
> 代表作：与柯勒律治共同发表的《抒情歌谣集》，长诗《序曲》
> 作品特点：文笔朴素清新，自然流畅，一反新古典主义平板、典雅的风格，开创了新鲜活泼的浪漫主义诗风

英国诗人。他出生在律师家庭，1788年入剑桥大学，学习希腊文、拉丁文、意大利文等多种语言。1790年、1791年两次赴法。当时正值法国大革命，年轻的华兹华斯对革命深表同情与向往。回国后不久，局势剧变，他的态度渐趋保守，终于成为安享"桂冠诗人"称号的保守派。华兹华斯的诗以描写自然风光、田园景色、乡民村姑、少男少女闻名于世。文笔朴素清新，自然流畅，

华兹华斯创新了一种直白的诗歌新叙述。他利用无自我意识的诚实和自然载体，用诗歌自由表达个人经历。因此在维多利亚女王早期，诗人得到了广泛的尊重。

一反新古典主义平板、典雅的风格，开创了新鲜、活泼的浪漫主义诗风。1798年他与柯勒律治共同发表的《抒情歌谣集》宣告了浪漫主义新诗的诞生。此后，华兹华斯的诗歌在深度与广度方面得到进一步发展，在描写自然风光、平民事物之中寓有深意，寄托着自我反思和人生探索的哲理思维。长诗《序曲》总结了自己作为一个诗人的成长过程，是他最具有代表性的作品。

司各特

司各特：Walter Scott, 1771－1832
代表作：叙事长诗《末代歌者之歌》，历史小说《艾凡赫》、《昆丁·达沃德》
作品特点：大量搜集历史传说和民间歌谣，创作出一批历史题材的小说

英国小说家、诗人。出生在苏格兰一个古老贵族的家庭，1789年入爱丁堡大学攻读法律，毕业后成为律师，同时在苏格兰偏僻地区搜集历史传说和民间歌谣，1802年发表了搜集到的3卷《苏格兰边区歌谣集》，此后开始创作，写有叙事长诗《末代歌者之歌》、《玛密恩》和《湖上夫人》等。他共写有7部长篇叙事诗，27部历史小说和一些中短篇小说、人物传记等。司各特最大的贡献在历史小说，《艾凡赫》、《昆丁·达沃德》是其代表作，前者表现了12世纪英国狮心王理查在位时复杂的阶级矛盾和民族矛盾，塑造了一个英明君主的形象。后者写15世纪法国路易十一建立统一的封建国家

司各特与其妻子

的过程。其他重要作品还有取材苏格兰历史的《威弗利》、《清教徒》、《罗布·罗伊》，以15世纪的法国为背景的《奇婚记》和传记《小说家列传》、《拿破仑传》等。司各特的历史小说丰富和发展了欧洲19世纪的文学，对后代很多作家都有影响。

司各特与一些文学朋友的聚会，由托马斯·费斯所绘。

柯勒律治

柯勒律治：Samuel Taylor Coleridge，1772－1834
代表作：诗歌《古舟子咏》、《忽必烈汗》等
作品特点：多以自然、逼真的现象和环境描写表现超自然的、神圣的和浪漫的内容，使读者阅读时感到真实可信

英国诗人、评论家。他出生于牧师家庭，幼年上过基督教学校，熟读希腊罗马文学。19岁入剑桥大学攻读古文学。同时开始创作，之后创办过杂志。1798年和华兹华斯发表《抒情歌谣集》。他的诗歌数量不多，多以自然、逼真的现象和环境描写表现超自然的、神圣的和浪漫的内容，使读者阅读时感到真实可信，代表作有《古舟子咏》、《忽必烈汗》、《克里斯特贝尔》和《青春和暮年》等。另外，1817年出版的《文学传记》一书包括了他的文学评论的精华。他强调诗的形象思维，还认为诗对于诗人和读者来说，是一个不断变化的活动体。这些理论有浓郁的浪漫主义色彩，其中一些观点被看作新批评派的思想源泉。柯勒律治作为英国浪漫主义思潮的主要代表，在文学史上占有重要地位。

柯勒律治像

蒂 克

蒂克：Johann Ludwig Tieck，1773－1853
代表作：童话剧《穿靴子的雄猫》
作品特点：取材民间故事，体现一种"浪漫主义的嘲讽"风格

德国早期浪漫派代表作家。他出生在柏林一个工人家庭，先后在哈勒、哥廷根等地学习神学、语言和哲学。1794年左右多次在纽伦堡地区旅行，深深为德国中世纪的文化所吸引。1799年结识了施莱格尔兄弟，1819年起长期出入宫廷。他创作过多部长篇小说、戏剧、童话等，内容多取材于民间故事。他的代表作童话剧《穿靴子的雄猫》，体现了"浪漫主义的嘲讽"的风格。另一部童话《金发的艾克贝尔特》，创立了德语文学中童话小说这一体裁。晚年他也写过一些取材现实的小说，如中篇小说《人生的丰足》等。此外，他还翻译过莎士比亚的剧本和塞万提斯的小说《堂吉诃德》。

蒂克像
蒂克在他的史诗剧《神圣的日尼薇的生与死》中，使用了"罗曼蒂克"一词，这是文学史上首次使用这个名词。

霍夫曼

霍夫曼：Ernst Theodor Amadeus Hoffmann，1776－1822
代表作：长篇小说《雄猫穆尔的人生观》、小说《小查克斯》
作品特点：有神秘怪诞的色彩，善于以离奇荒诞的情节反映现实

德国浪漫主义文学的代表作家。他出生在律师家庭，1792年入科尼斯堡大学学习法律，同时开始文学创作。毕业后曾做过法官。他的作品具有神秘怪诞的色彩，善于以离奇荒诞的情节反映现实。主题大多表现艺术家的遭遇，批判当时社会的市侩习气和对艺术、艺术家的轻视，如未完成的长篇小说《雄猫穆尔的人生观》、小说集《谢拉皮翁兄弟》等。他的代表作是1819年发表的《小查克斯》，这是一个带有童话性质的小说，写一个侏儒依靠魔法，飞黄腾达甚至成为最高统治者，揭露了19世纪德国社会的病态现象。另外，霍夫曼还写过很多优秀的音乐评论，他的故事对托马斯·曼、大仲马等很多作家都具有相当影响。

霍夫曼的画像
其作品的描写手法怪诞、灵异。

司汤达

司汤达：Stendhal，1783－1842
代表作：长篇小说《红与黑》、《巴马修道院》，中短篇小说集《意大利遗事》
作品特点：善于描写政治斗争和社会问题，在塑造人物时重视细腻的心理分析，深刻揭露了19世纪法国复辟时期复杂的阶级矛盾

法国小说家。原名马里－昂利·贝尔。出生在一个律师家庭，他幼年丧母，受信仰启蒙思想的外祖父影响较大，少年时代在法国资产阶级革命的氛围中长大，崇敬拿破仑，并多次随拿破仑的大军征战欧洲，1814年波旁王朝复辟后侨居米兰，同意大利爱国主义者有来往，后被驱逐出境，回到巴黎。他的主要作品大部分是在1831年后写成的，有长篇小说《吕西安·娄凡》、《巴马修道院》、《红与黑》、《阿尔芒斯》，中短篇小说集《意大利遗事》和一些游记、传记等。司汤达在美学论著《拉辛与莎士比亚》中提出艺术必须适应时代潮流，表现"人民的习惯和信仰的现实状况"。他的作品善于描写政治斗争和社会问题，在塑造人物时重视细腻的心理分析，深刻揭露了19世纪法国复辟时期复杂的阶级矛盾，是法国批判现实主义文学的先驱和奠基人。

司汤达去世后，人们在他的手稿中发现大量未出版的材料，其中包括未完成的小说《吕西安·娄凡》，图为这部小说的插图。

《红与黑》

《红与黑》：Red and the Black，司汤达长篇小说的代表作
特点：通过对典型环境中的典型性格的塑造，深刻反映了19世纪30年代法国社会的现实情况

司汤达长篇小说的代表作，副题"1830年历史纪实"。标题中的"红"象征着红色的军人服，"黑"象征着修道士的道袍。小说描写一个出身低微的外省青年于连，想凭着自己的聪明才智进入上流社会，在市长家做家庭教师时，赢得了纯朴的德·雷纳尔夫人的爱情，事发后被迫进入贝尚松神学院，不久受到院长举荐，成为德·拉莫尔侯爵的秘书，同时又得到了高傲的拉莫尔小姐的爱情。但他的飞黄腾达引起了其他贵族的不满，那些贵族欺骗德·雷纳尔夫人写下告发信。于连一怒之下当众打伤了德·雷纳尔夫人。公审时，他预言自己这个"反抗自己的卑贱命运的乡下人"必将受到严惩，果然，当天就被送上了断头台。于连是复辟时代受压抑的小资产阶级青年的典型形象，他的反抗源于社会对他的压抑和个人向上爬的野心，因此在反抗中表现出妥协性和动摇性。小说通过对典型环境中的典型性格的塑造，深刻反映了19世纪30年代法国社会的现实情况。

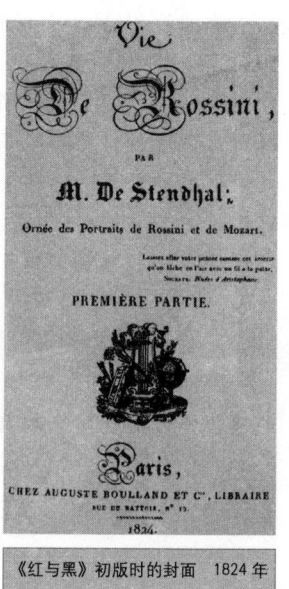

《红与黑》初版时的封面 1824年

茹科夫斯基

茹科夫斯基：Vasili Zhukovsky，1783 – 1852
代表作：故事诗《斯维特兰娜》、《柳德米拉》等
作品特点：取材于民间神话故事，着重描写内心世界和对自然的感受，有感伤主义影响的痕迹

茹科夫斯基像

俄国诗人。父亲是富裕地主，母亲是一个土耳其女俘，童年生活孤独而寂寞。就读于莫斯科大学下设的贵族寄宿中学时，曾醉心西欧浪漫派文学，毕业后进宫廷任职，思想观点比较保守，但同情十二月党人的革命。1839年后长期居住德国。他的代表作有故事诗《斯维特兰娜》、《柳德米拉》等，取材于民间神话故事，着重描写内心世界和对自然的感受，有感伤主义影响的痕迹。他是俄国浪漫主义诗歌的奠基人，在抒发内心感受、创造新的表现技巧和韵律方面对普希金有一定影响。另外，他在翻译上也取得了一定成就，曾将《奥德赛》、拜伦和席勒的诗歌译成俄文。

欧 文

欧文：Washington Irving, 1783－1859
代表作：小说《布雷斯布里奇田庄》，故事集《旅客谈》，游记《阿尔罕伯拉》、《草原游记》等
作品特点：文笔优雅自然，清新精致，时常流露出温和的幽默和浪漫的气息

美国作家。他出生于纽约一个富有的商人家庭，幼年体弱多病，16岁辍学，先后在几个律师事务所学法律，喜爱文学和漫游。1804年因病赴欧洲休养，到过法国、意大利和英国。1807年，与人共同创办不定期刊物《杂拌》，开始了他的文学创作活动，显露出他幽默、风趣和含蓄的讽刺才能。1820年将许多散文、随笔和故事结集为《见闻札记》出版，奠定了他在美国文学史上的地位。之后，一边帮哥哥打理生意，一边写作。主要作品有小说《布雷斯布里奇田庄》和故事集《旅客谈》，游记《阿尔罕伯拉》、《草原游记》，传记《哥尔德斯密斯传》和5卷本《华盛顿传》等。欧文是美国文学奠基人之一，他的文笔优雅自然，清新精致，时常流露出温和的幽默和浪漫的气息。

欧文像

曼佐尼

曼佐尼：Alessandro Manzoni, 1785－1873
代表作：历史小说《订婚者》
作品特点：小说语言纯正精炼，为意大利历史小说的发展奠定了基础，在它的影响下产生了很多表达民族复兴运动的历史小说

意大利浪漫主义作家、诗人。他出生在米兰贵族家庭，自幼受到启蒙思想的熏陶，成年后皈依天主教，试图在宗教精神的指引下，实现资产阶级革命的理想。他参加了意大利的浪漫主义文学运动，在作品中借古喻今，号召人民为争取祖国解放而斗争。他以诗歌开始文学创作，早期主要有诗歌《五月五日》、《圣歌》等，历史悲剧《卡马尼奥拉伯爵》和《阿德尔奇》，这些作品都呼吁人们起来战斗，争取自由。历史小说《订婚者》是他最重要的代表作，也是第一部用现代意大利文写成、以平民为主人公的长篇历史小说。小说通过丝织工兰佐与农家女鲁齐娅之间的爱情故事巧妙地穿插了战争、瘟疫等历史事件，揭示了17世纪在西班牙统治下的伦巴第地区人民的苦难生活，抨击外来侵略者和封建贵族，展现出一幅场面宏大的民族风情画卷。小说语言纯正精炼，为意大利历史小说的发展奠定了基础，在它的影响下产生了很多表达民族复兴运动的历史小说。

曼佐尼像

格林兄弟

格林兄弟：Grimm Brothers，德国语言学家、童话收集家
代表作：民间童话故事集《儿童与家庭童话集》
作品特点：采用"格林体"的叙述方式，运用丰富的想象、美丽的憧憬、善良的心灵和高尚的情操启迪了孩子们的心扉

指雅各布·格林（Jacob Grimm，1785－1863）和威廉·格林（Wilhelm Grimm，1786－1859）兄弟，德国语言学家、童话收集家。他们出生在哈瑙一个官员家庭，都毕业于马尔堡大学，二人经历相似、兴趣相近，合作研究语言学，搜集和整理民间童话和传说，故在文学史上被称为"格林兄弟"。他们在文学上的主要贡献是二人合作搜集编写的民间童话故事集《儿童与家庭童话集》，该书奠定了民间童话中引人

格林兄弟像

格林童话的插图

入胜的"格林体"叙述方式，对19世纪以来的世界儿童文学产生了深远的影响。其中的《青蛙王子》、《忠实的约翰》、《莴苣姑娘》、《灰姑娘》、《白雪公主》、《小红帽》、《玫瑰公主》等，以其丰富的想象、美丽的憧憬、善良的心灵和高尚的情操启迪了孩子们的心扉。之后，他们又出版了两卷集《德国传说》和《德国神话》。格林童话如今已被译成各国文字多次出版，成为世界儿童文学的珍宝。

拜伦

拜伦：George Gordon Byron，1788－1824
代表作：长篇叙事诗《恰尔德·哈洛尔德游记》的第一、二章
作品特点：诗作充满斗争精神，塑造了反抗社会的叛逆者"拜伦式英雄"的群像，在传播中也产生了超文本的影响

英国浪漫主义诗人。他出生在一个没落贵族的家庭，10岁就继承了家族的爵位和庄园，但父母的离异和自己瘸腿的残疾，都带给他深刻的影响。1805年进入剑桥大学学习，并开始写诗。1809年发表的长篇讽刺诗《英格兰诗人和苏格兰评论》确立了他在诗坛上的地位。大学毕业后，拜伦成为贵族议院的世袭议员。因受到歧视，他于1809年游历了葡萄牙、西班牙和土耳其等多个国家，大大开拓了政治视野。旅行归途中，他创作了长篇叙事诗《恰尔德·哈洛尔德游记》的第一、二章，这部作品以政治和社会问题为题材，表现出一种积极斗争，争取自由的精神。拜伦其他优秀作品还有浪漫主义组诗《东方叙

事诗》（包括《异教徒》、《阿比托斯的新娘》、《海盗》、《莱拉》、《巴里西耶》和《科林斯的围攻》）、长诗《锡隆的囚徒》、《普罗米修斯》、《路德派之歌》，诗剧《曼弗雷德》、《该隐》，政治讽刺诗《〈制压破坏机器法案〉制订者颂》、《青铜时代》、长篇叙事诗《唐璜》等。1824年，拜伦在参与希腊人民的民族解放斗争时，因病去世。他的诗作充满斗争精神，并塑造了反抗社会的叛逆者"拜伦式英雄"的群像，在传播中也产生了超文本的影响。

拜伦像
身穿阿尔巴尼亚民族服装的拜伦，它反映了浪漫主义对异国文化的向往。在诗中拜伦把自己偶像化，他沉思的面容以及一生不断的绯闻，使其成为浪漫主义的典型人物。

《唐璜》

《唐璜》：Don Juan，拜伦未完成的长篇叙事诗
特点：长诗背景广阔，展现了19世纪初法国资产阶级革命时期欧洲社会政治的广阔图景，通过唐璜的经历，深刻暴露了封建专制的暴虐和伪善，对专制政治表现出坚决彻底的憎恶

拜伦未完成的长篇叙事诗，是他最优秀的作品之一。唐璜本是西班牙中世纪民间传说中的一个人物，是一个到处追逐女性的纨绔子弟。在这部作品中，他成了一个普通的贵族青年，因爱情风波逃离故乡西班牙，在希腊岛上和强盗的女儿恋爱。后在君士坦丁堡的奴隶市场上被卖到苏丹的后宫，他又从这里逃走，参加了1790年俄军围攻伊斯迈尔城的战役，因作战有功，被俄女皇派作使节出使英国。长诗背景广阔，展现了19世纪初法国资产阶级革命时期欧洲社会政治的广阔图景，通过唐璜的经历，深刻暴露了封建专制的暴虐和伪善，对专制政治表现出坚决彻底的憎恶。

唐璜遇海难 德拉克洛瓦 现藏于巴黎卢浮美术馆

库珀

库珀：James Fenimore Cooper，1789－1851
代表作：《间谍》、《拓荒者》、《舵手》、《皮袜子的故事集》
作品特点：以知识性且富创造性的笔触描述美国文明发展，同时开拓了18世纪壮丽的文学景象，对后来美国的西部小说影响很大

库珀像

美国小说家，历史学家，社会评论家，也是新大陆首位伟大的职业作家。他出身于富裕家庭，幼年在库珀斯敦度过。后参加海军，之后回到库珀斯敦定居并开始创作。他的主要作品有以独立战争为背景的《间谍》、反映边疆生活的《拓荒者》和反映海上冒险生活的《舵手》等。这三部作品在美国文学史上开创了三种不同类型的小说，即革命历史小说、边疆冒险小说和海上冒险小说。其中，《皮袜子的故事集》是他以猎人纳蒂·班波为主人公的五部曲，《拓荒者》是其中之一，其他几部为《杀鹿者》、《最后的莫希干人》、《探路人》和《大草原》，分别描写了班波一生不同时期在西部未开发森林中的故事，同时穿插着传奇的爱情故事和印第安人的故事，库珀是美国本土文化开发时期文化的解说者与贡献者，拥有独特而重要的地位。他以知识性且富创造性的笔触描述美国文明发展，同时开拓了18世纪壮丽的文学景象。对后来美国的西部小说影响很大。他的创作对早期美国小说的发展具有重要的贡献。

拉马丁

拉马丁：Alphonse de Lamartine，1790－1869
代表作：诗集《沉思集》
作品特点：多是感情的自然流露，给人以轻灵、飘逸的感觉，着重抒发内心的感受，语言朴素

法国诗人。他出身贵族，在宁静的乡村度过幼年，喜爱《圣经》和夏多布里昂等人的浪漫主义作品。在政治上持资产阶级自由主义立场，宣扬人道主义，向往宗法社会，提倡诗歌应为社会服务。他的第一部诗集《沉思集》，发表于1820年，歌颂爱情、死亡、自然和上帝，认为人生是失望和痛苦的根源，把希望寄托在已经消逝的事物和天堂的幻想上，或转向大自然寻求慰藉。之后的《新沉思集》、《诗与宗教的和谐集》等作品中，继续叙述这些主题，但日趋明朗的宗教信念冲淡了忧郁的氛围。他的诗歌多是感情的自然流露，给人以轻灵、飘逸的感觉，着重抒发内心的感受，语言朴素。《沉思集》被认为重新打开了法国抒情诗的源泉，为浪漫主义诗歌开辟了新天地。

拉马丁像

雪 莱

雪莱：Percy Bysshe Shelley, 1792 – 1822
代表作：长篇诗歌《伊斯兰的反叛》、《致云雀》，诗剧《解放了的普罗米修斯》、《希腊》等
作品特点：以资产阶级民主主义和空想社会主义为武器，反对专制暴政，反对宗教迷信，鼓吹自由民主、平等博爱

英国浪漫主义诗人。出生在英格兰一个乡村贵族的家庭，从小受到严格教育，1804 年进入伊顿公学，1810 年进入牛津大学就读，第二年因发表《无神论的必要性》被开除。此后参加了爱尔兰的民族解放运动等，1822 年不幸因海难去世。他在中学时期便开始创作，早期作品主要有《麦布女王》、《致华兹华斯》、《赞智力美》等，1818 年定居意大利后，发表了长篇诗歌《伊斯兰的反叛》、《阿多尼》、《暴政的假面游行》，抒情诗《印度小夜曲》、《给英格兰人民的歌》、《西风颂》、《致云雀》，诗剧《解放了的普罗米修斯》、《希腊》等。这些作品以资产阶级民主主义和空想社会主义为武器，反对专制暴政，反对宗教迷信，鼓吹自由民主、平等博爱。他是时代先进潮流的代表，通过诗作向被压迫人民传递了革命的火种。

雪莱像

海 涅

海涅：Heinrich Heine, 1797 – 1856
代表作：诗集《新诗集》，长篇政治抒情诗《德国，一个冬天的神话》
作品特点：富于浪漫主义色彩和民族气息，具有批判性

德国诗人。他出生于犹太商人家庭，1819 年起先后到波恩等大学攻读法律，并获得博士学位。1816 年开始写诗，1827 年出版了诗歌总集《歌集》。他的诗歌富于浪漫主义色彩和民族气息，给诗人带来世界性声誉。同时，他还写了许多游记。1831 年海涅流亡巴黎，为德国写了大量通讯和政治评论，集为《法兰西状况》一书。《论德国宗教和政治的历史》和《论浪漫派》两本哲学著作是他介绍德国文化和宗教的论文汇集。他的第二部诗集是《新诗集》（1844），这本诗集标志着海涅由抒情诗人向政治诗人的转变；他的长篇政治抒情诗《德国，一个冬天的神话》也于 1844 年出版。这是他第一次回国旅行的结果，这部长诗是海涅诗歌创作的顶峰。晚年以口授形式创作了第三部诗集《罗曼采罗》，诗集仍洋溢着战斗的激情。

海涅像

莱奥帕尔迪

> 莱奥帕尔迪：Giacomo Leopardi, 1798－1837
> 代表作：政治抒情诗《致意大利》、《节日的夜晚》、《无限》等田园诗，散文集《道德小品》
> 作品特点：文笔凝练，风格朴素严谨。内容主要是批判现代社会生活的呆板和空虚，阐明作者的悲观主义哲学

莱奥帕尔迪像

意大利诗人。他出生在破落贵族的家庭，从父亲和家庭教师接受启蒙教育，利用家中藏书刻苦自学，获得丰富的知识，精通希腊语、拉丁文和英语、法语等多种现代语言。1816年左右开始文学创作，留下了大量抒情诗、英雄史诗、田园诗和寓言诗等，其中很多佳作，如政治抒情诗《致意大利》和《但丁纪念碑》，洋溢着崇高的爱国热情，雄浑悲壮，激励人们为意大利的自由而战；《节日的夜晚》、《无限》等田园诗，表现了诗人心中的孤寂与悲怆；1827年发表的散文集《道德小品》是他的主要作品，共26篇文章，大多采用对话录形式，讲话者是一些有象征意义的神话人物或历史人物，内容主要是批判现代社会生活的呆板和空虚，阐明作者的悲观主义哲学。文笔凝练，风格朴素严谨。

密茨凯维奇

> 密茨凯维奇：Adam Mickiewicz, 1798－1855
> 代表作：诗剧《先人祭》和叙事诗《塔杜施先生》等
> 作品特点：取材民间故事，反映了农民的希望和对美好生活的追求，是波兰浪漫主义文学的代表

波兰浪漫主义诗人。他出身于立陶宛一个小贵族家庭，从小受到爱国思想的熏陶。1815年进入维尔诺大学，积极参加学生爱国运动，同时开始写诗。1822年他的第一部诗集出版，成为波兰浪漫主义文学兴起的标志。其中的"歌谣和传奇"取材民间故事，反映了农民的希望和对美好生活的追求。

密茨凯维奇像

他的主要代表作是诗剧《先人祭》和叙事诗《塔杜施先生》等。《先人祭》共四部，写成于不同时期，第一部未完，第二部通过民间的祭祀活动，描写亡魂的遭遇和痛苦，反映地主贵族对农民的残酷压迫；第三部则描写沙俄统治者对波兰爱国青年组织"爱德社"成员的严刑审讯，热情讴歌人民的爱国斗争；第四部则通过古斯塔夫的恋爱悲剧，谴责封建等级观念。他的创作为波兰浪漫主义文学奠定了基础，并为波兰现实主义文学的发展开辟了道路。

普希金

普希金：Aleksandr Sergeyevich Pushkin, 1799 – 1837
代表作：长篇现实主义叙事诗《叶甫盖尼·奥涅金》等
作品特点：运用多种形式和韵律

普希金像

19世纪俄罗斯伟大的民族诗人，俄国浪漫主义文学的主要代表和俄国批判现实主义文学的奠基人。他出生在贵族地主家庭，自幼受到良好的家庭教育，1811年进入彼得堡皇村贵族子弟小学，卫国战争的爆发激起他很大的爱国热情。毕业后在外交部任职，之后因创作中的进步倾向几次被流放。1837年，年仅38岁的诗人死于一场有阴谋的决斗。普希金具有多方面的文学才华，作为诗人，他写了800多首抒情诗和几十篇叙事诗，运用了各种形式和韵律，如童话诗《渔夫和金鱼的故事》，政治抒情诗《自由颂》，长篇浪漫主义叙事诗《茨冈》，长篇现实主义叙事诗《叶甫盖尼·奥涅金》等。在小说方面，他的短篇小说《驿站长》开创了俄罗斯文学中描写"小人物"的传统，《别尔金小说集》成为俄国短篇小说的典范；长篇小说《上尉的女儿》、中篇小说《黑桃皇后》等也是名篇。他还留下几部诗剧和大量政论等。

《叶甫盖尼·奥涅金》

《叶甫盖尼·奥涅金》：普希金的长篇叙事诗
特点：长诗成功地塑造了俄国文学史上第一个"多余人"奥涅金的形象，具有现实主义的鲜明特点

普希金的长篇叙事诗，也是俄国第一部现实主义作品。全诗共8章，1823 – 1831年间陆续写成。主人公奥涅金是一个贵族青年，染上了当时流行的忧郁症。为继承伯父的遗产，他来到乡下。认识了热情而有浪漫气质的青年地主连斯基，和地主拉林家的两个女儿达吉雅娜、奥尔加。达吉雅娜对奥涅金一见钟情，并主动表白爱意，却遭到拒绝。奥涅金转而追求连斯基的未婚妻——奥尔加，连斯基因此责怪奥涅金，二人发生口角，引起决斗，连斯基不幸身亡。奥涅金悔恨交集，出国远游。回国后，又见到了已是公爵夫人的达吉雅娜，向她求爱却被拒绝。长诗成功地塑造了俄国文学史上第一个"多余人"奥涅金的形象，达吉雅娜身上则体现了俄国人民道德纯洁、坚忍克制等特点，是俄国文学史上最动人的女性形象之一。

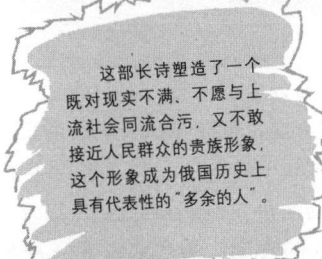

这部长诗塑造了一个既对现实不满，不愿与上流社会同流合污，又不敢接近人民群众的贵族形象，这个形象成为俄国历史上具有代表性的"多余的人"。

巴尔扎克

> 巴尔扎克：*Honoré de Balzac, 1799 – 1850*
> 代表作：小说集《人间喜剧》
> 作品特点：具有多种多样，不拘一格的结构；善于将集中概括与精确描摹相结合，以外形来反映内心本质的人物塑造手法；精细入微、生动逼真的环境描写

法国作家。父亲是一个白手起家的资产者，他出生后不久，就被寄养到附近的农村。从小学到中学，他一直寄住在学校，没有享受过家庭的温暖，童年生活的这种痛苦直接影响了他后来的生活和创作。1816年，进入大学学习法律。毕业后，他不顾父母的反对，开始文学创作。早期作品销路不好，为了生活，他开始办实业，做过出版商，经营过印刷厂和铸字厂等，均以失败告终，并使他负债累累，但这大大丰富了他的生活经验。1828年起，他又回到文学创作上来，不久发表的小说《最后一个舒昂党人》，初步奠定了他在文学界的地位。此后，他把这部作品和计划要写的一百多部小说总命名为《人间喜剧》，并为之写了《前言》，阐述了他的现实主义创作方法和基本原则，从理论上为法国批判现实主义文学奠定了基础。巴尔扎克是一个充满激情的人，在创作中他也往往和人物融为一体。1850年，他因劳累过度而去世。巴尔扎克在艺术上取得的巨大成就，不但表现在小说的结构上匠心独运，多种多样，不拘一格，还表现在善于将集中概括与精确描摹相结合，以外形反映内心本质等手法来塑造人物，深刻揭示人性的善恶，还善于以精细入微、生动逼真的环境描写再现时代风貌。巴尔扎克是欧洲批判现实主义文学的奠基人和杰出代表。

巴尔扎克像

《人间喜剧》

> 《人间喜剧》：*La Comédie Humaine*，巴尔扎克作品集
> 作品特点：塑造了很多丰富生动的艺术形象，使用了"人物再现法"来贯穿不同的作品，使之有整体感。深刻反映了当时法国社会封建贵族的没落衰亡和资产阶级的罪恶发迹史

巴尔扎克作品集。共包括巴尔扎克从1829年到1848年陆续创作的91部小说。全书分为三部分：《风俗研究》、《哲理研究》和《分析研究》。《风俗研究》的内容最为丰富，包括《私人生活场景》、《外省生活场景》、《巴黎生活场景》、《政治生活场景》、《军队生活场景》和《乡村生活场景》六个门类。其中的名篇有《高老头》、《欧也妮·葛朗台》、《幽谷百合》、《幻灭》、《贝姨》、《邦斯舅舅》、《驴皮记》、《交际花盛衰记》等。《人间喜剧》的艺术成就一方面在于巴尔扎克塑造了很多丰富生动的艺术形象，有的已经成为世界文学史上的典型性格，如葛朗台的吝啬，高老头的父爱等，另外，作者

创造性地使用了"人物再现法"贯穿于不同的作品，使之有整体感。这部作品以庞大的体系，丰富的内容，客观批判的态度，深刻反映出当时法国社会封建贵族的没落衰亡和资产阶级的罪恶发迹史，被称为"社会百科全书"。

这是《欧也妮·葛朗台》的情景绘画，表现了老葛朗台用女儿来做诱饵，诱惑那些求婚者，以便从中渔利。

《高老头》

《高老头》：Le Père Goriot，巴尔扎克《人间喜剧·私人生活场景》中的一篇作品特点：在典型环境的塑造，结构的安排和心理描写方面，都达到了一定高度

巴尔扎克《人间喜剧·私人生活场景》中的一篇。小说以1819年底和1820年初为时代背景，以伏盖公寓和鲍赛昂夫人的沙龙为舞台，用高老头和拉斯蒂涅两个人物基本平行又有所交叉的故事为主要情节，真实勾画出波旁王朝复辟时期法国社会的面貌。书中着重批判的是资本主义世界中人与人之间赤裸裸的金钱关系，高老头没有了钱时，连女儿也失去了；而在鲍赛昂夫人看来，贵族的门第敌不过"20万法郎利息的陪嫁"。这一切又形象地给初出茅庐的拉斯蒂涅上了人生课堂上重要的几节课，使他相信，在这样的社会里金钱就能买到一切。在其他几部作品中，他又不断出现，并且步步高升，而这其实也正是他在道德上的日益堕落。这部作品在典型环境的塑造，结构的安排和心理描写方面，都达到了一定高度。

右图是巴尔扎克笔下的著名人物形象——高老头，一个在物欲横流的资本主义社会中被金钱毁灭了的父爱的典型形象。

豪夫

豪夫：Wilhelm Hauff, 1802—1827
代表作：童话故事集《童话年鉴》
作品特点：以童话的形式揭露出当时德国社会现实的庸俗，批判和讽刺了统治阶级的愚蠢和贪婪

德国作家。他生于斯图加特一个官员家庭，在图宾根神学院求学，毕业后做过家庭教师、编辑等。他的小说主要有长篇历史小说《列希登斯泰因》、中篇小说《艺术桥的女乞丐》和《不来梅市政厅酒店里的幻想》等。他最主要的贡献是童话创作，在1824－1826年间，他创作了四组内容连贯的童话故事，合编为《童话年鉴》出版。它模仿《一千零一夜》的形式，通过卷首的引线，引出一个又一个故事，豪夫的童话虽然取材于民间故事和传说，但融入了社会现实的内容和作家的生活体验。他通过童话的形式，揭露当时德国庸俗的社会现实，批判和讽刺统治阶级的愚蠢和贪婪。其中《冷酷的心》、《小矮子穆克》和《年轻的英国人》等是深受人们喜爱的名篇。

德国19世纪早期童话作品的插图

大仲马

大仲马：Alexandre Dumas père, 1802—1870
代表作：浪漫主义戏剧《亨利三世》，小说《三个火枪手》(旧译《三剑客》)、《基度山伯爵》等
作品特点：异乎寻常的理想英雄，急剧发展的故事情节，紧张的打斗动作，清晰明朗的完整结构，生动有力的语言，灵活机智的对话

法国19世纪积极浪漫主义作家。他出生于巴黎附近一个县城，父亲是法国大革命中的一位将军。他只上过几年小学，靠自学成才。由于父亲有黑人血统，他饱尝种族歧视之苦，也形成了反对不平、追求正义的叛逆性格。大仲马一生著述丰富，主要以小说和剧作著称。他的浪漫主义戏剧《亨利第三及其宫廷》比雨果的《欧那尼》问世还早一年，完全破除了古典主义的"三一律"。他的小说多达百部，大都以真实的历史作背景，以主人公的奇遇为内容，情节曲折生动，出人意料，堪称历史惊险小说。异乎寻常的理想英雄，急剧发展的故事情节，

大仲马像

紧张的打斗动作,清晰明朗的完整结构,生动有力的语言,灵活机智的对话等构成了大仲马小说的特色。最著名的是《三个火枪手》(旧译《三剑客》)和《基度山伯爵》。他被别林斯基称为"一名天才的小说家"。

大仲马的出生地

雨 果

雨果:Victor Hugo,1802－1885
代表作:长篇小说《巴黎圣母院》、《悲惨世界》、《九三年》等
作品特点:基本主题是歌颂真善美,鞭挞黑暗、丑恶和残暴,充满丰富的想象力和巧妙的音乐性,具有优雅精美、雄伟朴实的艺术风格

　　法国作家。出生在法国东部的贝藏松,幼年时曾随父亲行军到意大利等地,11岁时随母亲返回巴黎。他热情支持法国大革命,在法国复辟王朝时期被迫流亡19年。1827年发表诗剧《克伦威尔》,在序言中提出浪漫主义的文学,主张美丑对比等原则,从此成为法国浪漫主义文学运动的领袖。1830年剧本《欧那尼》上演成功,标志着浪漫主义对古典主义的胜利。他的小说主要有长篇小说《巴黎圣母院》、《悲惨世界》、《海上劳工》、《笑面人》和《九三年》等,还著有《新颂歌集》、《东方吟》、《秋叶集》、《心声集》、《凶年集》、《惩罚集》等,剧本

雨果坐像 1870年

还有历史剧《城堡里的公爵》、《逍遥王》、《昂杰罗》等。这些作品的基本主题是歌颂真善美,鞭挞黑暗、丑恶和残暴,充满丰富的想象力和巧妙的音乐性,具有优雅精美、雄伟朴实的艺术风格。雨果是法国浪漫主义文学运动的领袖,他长达60年的创作生涯,反映了19世纪法国重大历史进程和文学进程。

雨果的第一部戏剧——韵文剧《克伦威尔》,此作因其序而闻名。

《巴黎圣母院》

《巴黎圣母院》：Notre Dame de Paris，雨果的长篇历史小说
作品特点：反映了作家对封建统治的憎恨和对受压迫人民的同情，充分揭示了封建教会和王权的残暴本质，情节紧张，变幻莫测，戏剧性很强，充分利用了美丑、善恶的对比，具有浓郁的浪漫主义色彩

雨果的长篇历史小说，发表于 1831 年。故事发生在 15 世纪，巴黎圣母院的副主教弗洛罗认为情欲是罪恶，但当他看到美丽的波希米亚女郎爱斯梅拉达时，长期被禁欲主义所压抑的情欲蠢蠢欲动，并不择手段想占有她。在情欲的支配下，他竟派养子喀西莫多去劫持少女。喀西莫多是教堂敲钟人，相貌奇丑，他也深爱着爱斯梅拉达。当他看到弗洛罗求爱不成就想陷害爱斯梅拉达时，将主教推下了高塔。最后，人们在绞刑架下发现了喀西莫多和爱斯梅拉达紧紧抱在一起的尸体。小说反映了作家对封建统治的憎恨和对受压迫人民的同情，充分揭示了封建教会和王权的残暴本质，情节紧张，变幻莫测，戏剧性很强，充分利用了美丑、善恶的对比，具有浓郁的浪漫主义色彩。

巴黎圣母院全景

《悲惨世界》

《悲惨世界》：Les Misérables，雨果最著名的长篇小说之一
作品特点：小说通过几个小人物的命运，深刻揭示了"贫穷使男子滚倒，饥饿使妇女堕落，黑暗使儿童羸弱"的社会本质，其内容丰富，具有史诗般的风格

雨果最著名的长篇小说之一，发表于 1862 年。小说的创作历时 20 年，基本情节是作品主人公冉阿让的悲惨生活。他原是个贫农出身的工人，因为给快要饿死的家人偷了一块面包，被判刑，度过了 19 年牢狱生活。刑满后，受仁慈的主教感化，化名马德兰，重新做人，成了成功的企业家并被推选为市长。但因为暴露身份而再度被捕。为了救女工芳汀的女儿，逃到巴黎，但一直不断遭到警探的追缉。小说通过几个

小人物的命运，深刻揭示了"贫穷使男子潦倒，饥饿使妇女堕落，黑暗使儿童羸弱"的社会本质，实际上反映了整个19世纪前半期法国的社会政治生活。但他又把一切问题看作道德问题，体现了作家的资产阶级人道主义的思想，想把仁慈、博爱作为改造社会的良方。小说内容丰富，具有史诗般的风格。

法国画家E·巴阿德为雨果小说《悲惨世界》作的插画。

梅里美

梅里美：Prosper Mérimée, 1803－1870
代表作：中篇小说《高龙巴》、《嘉尔曼》
作品特点：情节曲折，文字流畅，富于地方特点和异国情调，具有传奇色彩，充分体现了梅里美创作的艺术风格

梅里美像

　　法国小说家。他出生在巴黎，父母都是画家。在巴黎大学读法律期间，他对文学产生了兴趣，大学毕业后开始文学创作。早期写了一些抨击教会和贵族的剧本，以及历史小说《查理九世朝遗事》等。1831年起任历史文物总监，常到全国各地和国外考察，这时的创作多是中短篇小说，带有明显的异域氛围和神秘主义色彩，中篇小说《高龙巴》、《嘉尔曼》是其中的名篇。前者通过高龙巴千方百计替父报仇，塑造了一个性格倔强，富有心计的女性形象；后者描写了一个酷爱自由，在爱情中也独立不羁的吉卜赛女郎嘉尔曼，情节曲折，文字流畅，富于地方特点和异国情调，具有传奇色彩，充分体现了梅里美创作的艺术风格。

梅里美著名小说《卡门》一书的封面
《卡门》收在作者1852年作品《小说集》中，是一个充满感情和谋杀的故事。

爱默生

爱默生：Ralph Waldo Emerson, 1803 – 1882
代表作：《论自然》、《代表性人类》、《社会与孤独》
作品特点：注重思想内容而没有过分注重辞藻的华丽，行文犹如格言，哲理深入浅出，说服力强，被称为"爱默生风格"

美国散文家、演说家、诗人。他出生在一个牧师家庭，曾就读于哈佛大学，在校期间，他阅读了大量英国浪漫主义作家的作品，丰富了思想，开阔了视野。毕业后曾担任基督教唯一的神教派牧师，并开始布道。1832年以后，爱默生到欧洲各国游历，结识了浪漫主义先驱华兹华斯和柯勒律治，接受了他们的先验论思想，对他思想体系

爱默生像

的形成具有很大影响。1837年，他在美国大学生联谊会上发表了《论美国学者》的演讲，宣布美国文学已脱离英国文学而独立，同时强调人的价值，被誉为美国精神领域的"独立宣言"。爱默生集散文作家、思想家、诗人于一身，他的诗歌、散文独具特色，注重思想内容而没有过分注重辞藻的华丽，行文犹如格言，哲理深入浅出，说服力强，被称为"爱默生风格"。

爱默生的代表作品：
《论自然历史的效用》（1833）
《论自然》（1836）
《论美国学者》（1837）
《神学院致辞》（1838）
《论文集》（1841）
《论文集：第二辑》（1844）
《代表性人类》（1845）
《诗集》（1847）
《英国的特色》（1856）
《人类的行为》（1860）
《五月节》（1867）
《社会与孤独》（1870）

乔治·桑

乔治·桑：George Sand, 1804 – 1876
代表作：激情小说《安蒂亚娜》、《华伦蒂娜》、空想社会主义小说《木工小史》、《康素爱萝》、田园小说《魔沼》、《弃儿弗朗索瓦》等，传奇小说《金色树林的美男子》

法国女小说家。生于巴黎，幼年丧父，由祖母抚养，18岁时嫁给杜德望男爵，但她对婚姻并不满意，1831年到巴黎，开始独立生活，从事文学创作。她的小说创作大致可分四阶段：早期作品称为激情小说，代表作有《安蒂亚娜》、《华伦蒂娜》等，描写爱情上不幸的女性不懈地追求独立与自由，充满了青春的热情与反抗的意志。第二阶段作品是空想社

乔治·桑（未完成）1838年 德拉克洛瓦 奥德拉普卡尔德美术馆藏

主义小说，代表作有《木工小史》、《康素爱萝》等，提出了资本主义社会中妇女的命运问题，攻击资本主义的财产制度和婚姻制度，进而提出空想社会主义的理想。第三阶段作品为田园小说，代表作有《魔沼》、《弃儿弗朗索瓦》等，以抒情见长，善于描绘绮丽的自然风光，渲染农村的静谧气氛，具有浓郁的浪漫色彩。第四阶段作品为传奇小说，代表作为《金色树林的美男子》。乔治·桑是最早反映工人和农民生活的欧洲作家之一。

在乔治·桑的作品中，女性对于独立自由的追求是一个个性的主题。

安徒生

安徒生：Hans Christian Andersen, 1805－1875
代表作：《卖火柴的小女孩》、《丑小鸭》、《夜莺》等
作品特点：大多带有一定自传性，表现贫富悬殊的社会现实和穷苦人的悲惨生活

丹麦童话作家。出身于一个贫穷的鞋匠家庭，幼年丧父，从小在店铺中当学徒，没有受过正规教育。1829年进入哥本哈根大学学习，同时坚持文学创作。安徒生的创作包括童话、戏剧、游记散文、小说等多种体裁，但为他赢得世界性声誉的主要是他的童话故事。1835年，发表了第一部童话集《讲给孩子们听的故事》，此后几乎每年发表一部集子，共写了168篇童话和故事，被译成80多种语言。安徒生的童话故事大多带有一定自传性，表现贫富悬殊的社会现实和穷苦人的悲惨生活，如《卖火柴的小女孩》、《丑小鸭》、《夜莺》等；有的则嘲笑、讽刺上层贵族的愚蠢无知，如《皇帝的新衣》、《园丁和主人》等；有的则表现了对理性的看法，如《白雪公主》等。

安徒生像

勃朗宁夫人

勃朗宁夫人：Elizabeth Barrett Browning, 1806－1861
代表作：爱情诗集《葡萄牙十四行诗集》
作品特点：诗句精练，善于创作十四行诗

英国诗人。她出身于富裕家庭，15岁时从马上摔跌下来，伤了脊椎骨，长期卧床。静养期间博览群书，醉心于诗歌创作。她是一个很有天赋的女性，能阅读希腊文原版的荷马史诗和希伯来语的《圣经》，13岁时就出版了第一部诗集，1838年以诗集《天使及其他诗歌》成名。同时，她对当时的社会问题也给予了很大关注，1844年发表的短诗《孩子们的哭声》，愤怒抗议资本家对儿童的摧残和剥削。1846年，她不顾父亲的反对，和诗人罗伯特·勃朗宁私奔，并出走意大利，在佛罗伦萨居住了15年。她写给丈夫的爱情诗集《葡萄牙十四行诗集》，诗句精练，才华横溢，被认为是莎士比亚以来最优美的十四行诗。

勃朗宁夫人像

爱伦·坡

爱伦·坡：Edgar Allan Poe, 1809－1849
代表作：诗集《帖木儿》、《诗集》等，小说《红色死亡假面舞会》、《莫格街谋杀案》
作品特点：小说大致可分为推理小说和恐怖小说两类，所写的故事大多发生在奇特的地方，刻意渲染恐怖神秘、朦胧凄恻的氛围

美国诗人、小说家、批评家。出生在波士顿一个江湖艺人的家庭，父母早丧，被爱伦夫妇收养。在英国受小学教育，后进入弗吉尼亚大学肄业一年。曾参加美国陆军，被选送至西点军校。一年后，被军校开除，从此开始专业写作生活。1847年妻子病故后精神日益失常。爱伦·坡的诗多写忧郁的情调，形象古怪奇特，主要诗集有《帖木儿》、《诗集》等。他的小说大致可分为推理小说和恐怖小说两类，所写的故事大多发生在奇特的地方，刻意渲染恐怖神秘、朦胧凄恻的氛围，前者有《血色死亡的面具》、《黑猫》、《厄舍古厦的倒塌》等，后者包括《莫格街谋杀案》、《莉盖亚》等。他的创作在死后才日益受到重视，被认为是推理小说的鼻祖。另外，他作品中的神秘恐怖等特点对现代派作家也有一定的启发。

爱伦·坡的很多作品都以推理的语调来演绎哥特式的恐怖。如此图所绘的《血色死亡的面具》即讲述在遭受一场瘟疫后，贵族统治开始衰败的故事。

果戈理

果戈理：Nikolai Vasilievich Gogol, 1809－1852
代表作：长篇小说《死魂灵》、短篇小说集《彼得堡故事集》等
作品特点：运用讽刺的写作手法，表达了对小人物悲惨生活的人道主义同情，形成了"含泪的微笑"这种独特的艺术风格

19世纪俄国批判现实主义文学的代表和奠基人。他出生在大地主家庭，从小受到艺术熏陶，尤其喜爱乌克兰的民谣、传说和民间戏剧。父亲早逝后，到彼得堡谋生，做过小公务员，并结识了普希金等人。果戈理的一生创作甚丰：小说集《狄康卡近乡夜话》、长篇小说《死魂灵》、短篇小说集《彼得堡故事集》等，讽刺了贵族地主阶级，表达了对小人物悲惨生活的人道主义同情，形成了"含泪的微笑"这种独特的艺术风格。他的讽刺喜剧也有很高成就，著名的《钦差大臣》尖锐讽刺了俄国官僚社会的丑恶本质，对俄国戏剧的发展产生了重要影响。果戈理是俄国"自然派"文学的创始者，他的创作和普希金的创作相配合，共同奠定了俄国批判现实主义文学的基础，被誉为俄国文学史上的"双璧"。

果戈理像

缪 塞

缪塞：Alfred de Musset, 1810－1857
代表作：戏剧《罗伦扎西欧》、《反复无常的人》、《巴尔贝林》等，爱情小说《埃梅林》
作品特点：真切抒发了个人情感，注重人物心理描写，真实刻画了法国某些阶层的生活及心态

法国浪漫主义诗人。他出生于知识分子家庭，从小受到古典主义文学熏陶，文学活动是从参加以雨果为首的进步浪漫主义团体"文社"开始的。他的诗歌作品主要是《夜歌》，反映了和乔治·桑感情破裂后的痛苦复杂的心情，真切动人。他的戏剧和小说尽管反映社会生活不够全面，但是真切抒发了个人情感，真实刻画了法国某些阶层的生活及心态，特别是刻画"世纪病"颇具时代色彩。他的主要戏剧作品有《罗伦扎西欧》、《反复无常的人》、《巴尔贝林》等，爱情小说有《埃梅林》、《弗烈特立克和贝尔纳莱特》等。自传体小说《世纪儿忏悔录》以其动人的爱情故事和细腻的心理描写而成为缪塞的代表作。他的小说在创建法国浪漫主义心理小说和为近代小说开辟道路上，起了一定作用。

缪塞像

盖斯凯尔夫人

> 盖斯凯尔夫人：Mrs Gaskell, 1810—1865
> 代表作：长篇小说《玛丽·巴顿》、《克兰福德》，传记文学《夏洛蒂·勃朗特传》
> 作品特点：对社会各阶层的生活做出写实且极具情感的描述，使其小说兼备时代性与人性相观照的特色

英国现实主义小说家，传记作家。原名 Elizabeth Stevenson，生于伦敦，长于赤夏的那斯福。她幼年丧母，寄养在姨母家里，14岁到附近一所女子学校学习。受父亲和姨母影响，她爱好文学，虔诚地信仰宗教。1832年，她与一位文化派的威廉·盖斯凯尔结婚并定居于曼彻斯特。她视妻子和母亲为第一要务，而写作仅是第二地位。这种关系亦成为她创作中特殊艺术成就的基础。她共写有6本长篇小说。《玛丽·巴顿》是第一部也是最著名的一部，原是为排解幼子夭折的伤恸，但部分灵感亦是激发自曼彻斯特工人在"饥饿的四〇年代"的困境，这部作品真实地反映了英国宪章运动工人阶级的悲惨生活和艰难处境，以及他们的英勇斗争。《克兰福德》以盖斯凯尔夫人生活过的小城那斯福为写作参照物，运用幽默的笔调描写了克兰福德小镇上人们中间发生的悲喜剧，作者对人物事件观察机敏，并以善意的幽默表现出他们的小毛病。《妻子和女儿》是她后期创作的现代心理小说，有着深刻的内心描述和社会写意的内容，反映出作者热诚开放的性格以及日常生活中对琐碎事物的兴趣。另外，她是夏洛蒂·勃朗特的密友，在夏洛蒂去世几周后就开始创作《夏洛蒂·勃朗特传》，这部作品中充分展露出作者对女性心理及文学技巧的高度掌握，是传记文学中的经典之作。盖斯凯尔夫人并非维多利亚时代的一流作家，但对社会各阶层的生活所做的写实且具情感的描述，使其小说兼备时代性与人性观照的特色。她与狄更斯、萨克雷被马克思称作"一批杰出的小说家"。

别林斯基

> 别林斯基：Vissarion Grigoryevich Belinsky, 1811—1848
> 代表作：《亚历山大·普希金作品集》
> 作品特点：把敏锐的洞察力和精辟的艺术分析，政治激情和哲理思考融为一体

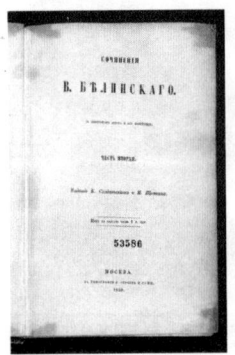

《别林斯基作品集》
K·萨乌达捷戈夫和H·含蒲金编，古俄文，1859年莫斯科出版。

俄国文学批评家、哲学家和政论家。1829年他在莫斯科大学学习语文，组织进步学生成立文学团体，后被校方开除。1833年开始为《望远镜》杂志撰稿，开始文学评论活动。别林斯基是俄国现实主义美学和文艺批评的奠基人，他创作丰富，对当时俄国文化艺术几乎所有领域中一切新现象都做出了反应。主要著作《亚历山大·普希金作品集》共11章，以对普希金创作的精辟分析为中心，系统论述了俄国文学从罗蒙诺索夫到普希金的发展

过程，确认了普希金在俄国文学史上承前启后的重要地位。《1846年俄国文学一瞥》和《1847年俄国文学一瞥》等，论述以果戈理为代表的俄国自然派的形成过程，从理论上肯定并推动了批判现实主义文学的发展方向。他的文学批评把敏锐的洞察力和精确的艺术分析，政治激情和哲理思考融为一体，在俄国和世界文学批评史上有重要地位。

萨克雷

萨克雷：William Makepeace Thackeray, 1811 – 1863
代表作：《名利场》
作品特点：着力反映以金钱为本质的社会中，封建贵族和资产阶级上层尔虞我诈、趋炎附势等丑恶的人际关系

英国作家。出生在印度，父亲是东印度公司的职员。6岁时被送回英国上学，1829年进入剑桥三一学院，未毕业即去德国游学。1833年前往巴黎学美术，1836年回国写稿谋生。他在事业上刚刚起步时，妻子不幸患病，从此受家庭之累，为杂志写了大量散文、评论、小说等。1847年发表的《名利场》是他的代表作，小说副题是"没有英雄的小说"，写出身低微的女主人公蓓基·夏泼依靠自己的美貌和聪明，不择手段猎取金钱向上爬，力图进入上流社会。作品着力反映在以金钱为本质的社会中，封建贵族和资产阶级上层尔虞我诈、趋炎附势等丑恶的人际关系。这部作品奠定了萨克雷作为一个讽刺作家的地位。他还著有《彭登尼斯》、《亨利·埃斯蒙德》等长篇小说和诗集《歌谣集》等。

萨克雷喜剧作品中的一幅插图，透露着诙谐幽默的讽刺意味。

戈蒂耶

戈蒂耶：Gautier, 1811 – 1872
代表作：小说《模斑小姐》
作品特点：注重艺术表现形式和感觉方面的美，是唯美主义的典型，但相应地缺乏思想内容

法国诗人，唯美主义的先驱。他年轻时学习绘画，1830年后开始专心创作。跟随雨果，积极参与浪漫主义的活动。1835年发表小说《模斑小姐》，在序言中提出"为艺术而艺术"的理论。反对艺术创作有任何功利目的，被称为"浪漫主义的逃兵"，而成为唯美主义的代表。他对造型美有强烈兴趣，认为艺术的全部价值在于它具有完美的形式，艺术家的任务就在于表现形式的美。他还提出"艺术移植"的口号，在诗歌中引入音乐和绘画的因素，力图用语言再现造型艺术的感觉，所以他的诗偏重艺术表现形式和感觉方面的美，相应地缺乏思想内容。1852年发表的诗集《珐琅与玉雕》是他的美学观点在诗歌方面的实践。他还写有小说《木乃伊故事》等。戈蒂耶作品独具特色的艺术风格，被日后的巴纳斯派奉为先驱，也深受象征派的推崇。

狄更斯

狄更斯：Charles Dickens, 1812－1870
代表作：长篇小说《艰难时世》、《双城记》、《奥列佛·特维斯特》
作品特点：以妙趣横生的幽默、细致入微的心理分析，以及现实主义描写与浪漫主义气氛的有机结合而著称

英国19世纪现实主义小说家。他出生于海军小职员家庭，11岁就承担起繁重的家务劳动，做过学徒、记者等。他只上过几年学，全靠刻苦自学和艰辛劳动成为知名作家。狄更斯一生共创作了14部长篇小说，许多中、短篇小说和杂文、游记等。其中最著名的作品是描写劳资矛盾的长篇小说《艰难时世》和描写1789年法国革命的《双城记》。其他重要作品还有《奥列佛·特维斯特》（又译《雾都孤儿》）、

狄更斯像

《董贝父子》、《大卫·科波菲尔》、《荒凉山庄》和《远大前程》等等。他生活在英国由半封建社会向工业资本主义社会的过渡时期，其作品广泛而深刻地描写这时期社会生活的各个方面，宣扬以"仁爱"为核心的人道主义。艺术上以妙趣横生的幽默、细致入微的心理分析，以及现实主义描写与浪漫主义气氛的有机结合而著称。

狄更斯作品《匹克威克先生外传》插图

赫尔岑

赫尔岑：Aleksandr Ivanovich Herzen, 1812－1870
代表作：中篇小说《一个青年人的札记》
作品特点：贯穿着反奴隶制的主题，具有浪漫主义色彩

赫尔岑像

俄国作家、政论家、哲学家、革命活动家。他出生于莫斯科贵族家庭，早年积极宣传资产阶级启蒙思想和空想社会主义思想。19世纪40年代形成了唯物主义世界观，有哲学著作《科学上的一知半解》、《自然研究通信》，继承了黑格尔的辩证法和费尔巴哈的唯物主义，并提出了对俄国文学史和世界艺术史的系统见解，论证了现实主义代替古典主义、浪漫主义的现实必然性，强调正面人物的塑造。他的文学创作贯穿着反奴隶制的主题，

在俄国现实主义文学发展上占有重要地位。早期创作具有浪漫主义精神，1840－1841年发表的中篇小说《一个青年人的札记》标志着转向现实主义。长篇小说《谁之罪？》中贵族青年别里托夫形象丰富了俄国文学中"多余人"的画廊。列宁称他为"在俄国革命的准备时期起了伟大作用的作家"。

冈察洛夫

冈察洛夫：Ivan Aleksandrovich Goncharov, 1812－1891
代表作：小说《奥勃洛摩夫》
作品特点：语言精细优美，尤其擅长景物描写，人物形象典型生动，提倡现实主义的创作方法

俄国作家。他出身于商人家庭，1834年从莫斯科大学语文系毕业。毕业后任省长办公厅秘书等职。1856－1860年任图书审查官，对进步文学一般抱同情态度。他在工作之余进行创作，1847年在《现代人》杂志发表的第一部长篇小说《平凡的故事》，表现了资产阶级关系的正在兴起，以及俄国社会正在发生的前所未有的变革，而受到好评。《奥勃洛摩夫》是他的代表作，主人公是一个地主知识分子，他尽管设想了很多计划，却没有能力完成任何事，他标志着"多余人"形象的极限，而农奴制是养成他这种性格的温床。冈察洛夫其他的重要作品还有长篇小说

冈察洛夫像

《悬崖》和一些短文、回忆录。他的小说语言精细优美，尤其擅长景物描写，人物形象典型生动，提倡现实主义的创作方法。

俄国贵族在19世纪愈益欧洲化，这幅画表现了1830年知识分子们在圣彼得堡沙龙品茶的情景。

瓦格纳

> 瓦格纳：Richard Wagner, 1813－1883
> 代表作：《仙女们》、《尼伯龙根的指环》、《纽伦堡的工匠歌手》、《特里斯丹和伊瑟》等
> 作品特点：常取材于民间传说，表现了比较强烈的德意志民族意识，有浓厚的悲观主义色彩

德国音乐家、作家。1813年5月22日生于德国莱比锡，幼年时即对音乐和戏剧感兴趣。15岁时就写出了诗悲剧。20岁开始歌剧创作。1831年进入莱比锡大学学习音乐和哲学，毕业后任乐队助理和指挥等，毕生从事歌剧的改革，主要是处理音乐和戏剧的关系，要求音乐为剧情的展开服务，发展了"音乐剧"，在音乐领域的影响很大。他的创作主要是对他的改革的实践，代表作有《仙女们》、《尼伯龙根的指环》、《纽伦堡的工匠歌手》、《特里斯丹和伊瑟》等。他的歌剧常取材于民间传说，表现了比较强烈的德意志民族意识，有浓厚的悲观主义色彩，对尼采、托马斯·曼等都有影响。但是晚年他接受了叔本华、尼采等人的思想，大力宣传大日耳曼主义，走向反动。1883年2月13日病逝。

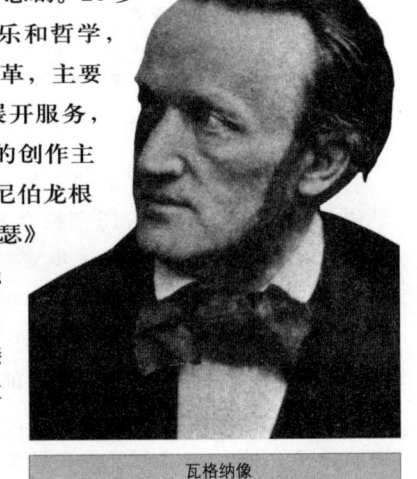

瓦格纳像

莱蒙托夫

> 莱蒙托夫：Mikhail Yurievich Lermontov, 1814－1841
> 代表作：剧本《假面舞会》，长诗《诗人之死》，长篇小说《当代英雄》
> 作品特点：注重人物的心理描写，反映出社会的现实问题

莱蒙托夫像

俄国诗人。他出身于贵族家庭，3岁丧母，由外祖父母抚养大。1828年进入莫斯科贵族寄宿中学，同时开始写诗。1830年进入莫斯科大学，稍后进入军校。这期间写了一些长诗如《天使》、《1831年6月11日》等大量抒情诗。毕业后在彼得堡骠骑兵团服役，1835年发表了剧本《假面舞会》，描写了一个反抗上流社会的悲剧性人物。1837年，普希金遇难后，他创作长诗《诗人之死》，指出杀害诗人的是整个俄国上流社会。诗作轰动了整个俄国，他因此被流放到高加索。之后，他坚持斗争，创作了诗歌《一月一日》等。《当代英雄》是他最优秀的长篇小说，主

人公毕巧林是继普希金的奥涅金之后又一个"多余人"的形象。1841年，年轻的诗人在决斗中被害。他是普希金和涅克拉索夫之间的桥梁，在展示人物心理描写方面是俄国文学中的先驱。

谢甫琴科

谢甫琴科：Taras Grigorievich Shevchenko, 1814 – 1861
代表作：政治讽刺诗《梦境》，长诗《高加索》，自传体小说《音乐家》，诗歌《命运》、《光荣》
作品特点：早期诗歌极富浪漫色彩；晚期诗歌语言辛辣、犀利，具有很强的现实主义特色

乌克兰思想家、诗人和画家。出生于农奴家庭，24岁时在著名画家勃柳洛夫帮助下成为自由人，进入美术学院学习并开始诗歌创作。早期诗歌采用乌克兰民歌形式，富有浪漫色彩，发表有诗集《科布扎歌手》、长诗《卡泰林娜》、长篇抒情史诗《海达马克》等。毕业后确立了革命民主主义信念，创作了很多反对沙皇统治、号召人民起来进行反抗的现实主义诗篇，如政治讽刺诗《梦境》，长诗《高加索》，《遗嘱》等。不久被沙皇当局逮捕流放，流放期间创作了《音乐家》、《艺术家》等自传体小说。获释后，创作了《命运》、《光荣》等政治性很强的诗歌，号召反抗沙皇暴政和农奴制度。谢甫琴科的诗歌创作对乌克兰文学产生了很大影响，被视为乌克兰现代文学的奠基人和乌克兰语言文学的创建者。

出身农奴的谢甫琴科对悲惨的农奴生活深有其感，一生致力于体现反抗沙皇统治和农奴制度主题的诗歌创作中。

特罗洛普

特罗洛普：Anthony Trollope, 1815 – 1882
代表作：小说《巴彻斯特养老院》
作品特点：隽永幽默，讽刺犀利，重视人物塑造和作品的道德含义

多产的作家特罗洛普：

- 《巴里克劳朗的默克德默家族》（1847）
- 《凯利和欧凯利两家》（1848）
- 《房代》（1850）
- 《养老院院长》（1855）
- 《巴塞特寺院》（1857）
- 《索恩博士》（1858）
- 《弗莱姆利教区》（1861）
- 《巴塞特最后的纪事》（1867）
- 《西印度群岛和西班牙本土大陆》（1859）
- 《北美洲》（1862）
- 《你能原谅她吗？》（1864）
- 《贝尔顿庄园》（1866）
- 《克莱弗林斯家族》（1867）
- 《爱尔兰分子费尼斯·芬恩》（1869）
- 《布尔汉普顿牧师》（1870）
- 《美国参议员》（1871）
- 《尤斯达丝的钻石》（1873）
- 《费尼斯重返》（1874）
- 《首相》（1876）
- 《约翰·卡尔迪加特》（1879）
- 《公爵的子女们》（1880）
- 《沃特尔博士的学校》（1881）
- 《一个老人的爱情》（1881）

英国小说家。他出生在伦敦一个律师家庭，但家境不好，中学毕业便进入邮局工作。这个工作使他有机会接触了各种人物并积累了丰富的创作素材。他的作品基本都是利用业余时间完成的，1855年因发表以乡镇教区为背景的小说《巴彻斯特养老院》而成名。他的早期作品是一组"巴塞特郡小说"，包括《养老院院长》、《巴塞特寺院》和《阿林顿小屋》等6部小说，集中描写了乡镇牧师和中产阶级的生活，勾画了新兴资产阶级的丑恶面貌。后期转向描写政界生活，主要有包括《首相》、《你能原谅她吗？》和《公爵的子女们》等6部作品的"巴里赛小说"。晚年还著有《我们现在的生活方式》等讽刺攻击资产阶级腐化生活的小说。他的作品隽永幽默，讽刺犀利，重视人物塑造和作品的道德含义。

鲍狄埃

鲍狄埃：Eugène Pottier, 1816 – 1887
代表作：诗集《年轻的女诗神》，革命战歌《国际歌》
作品特点：热情豪迈，充分表现了无产阶级的革命气概

法国巴黎公社诗人。他出生在巴黎，由于家境贫困，13岁就辍学在父亲的木箱店当学徒。但他从小热爱诗歌，14岁就出版了第一部诗集《年轻的女诗神》，歌颂了劳苦大众的革命斗争。在之后的1830年巴黎工人武装起义、普法战争等历次革命斗

争中，鲍狄埃不但以诗歌热情地赞扬起义的英雄们，而且参加到实际的斗争中去。1871年巴黎公社起义中，他被选为公社委员，创作了无产阶级的革命战歌《国际歌》。巴黎公社失败后，他在艰苦的流亡生活中，创作了长诗《美国工人告法国工人》。他的诗歌热情豪迈，充分表现了无产阶级的革命气概，被列宁称为"最伟大的用诗歌作为工具的宣传家"。

持着火炬的法国女神指引着法国革命的胜利

勃朗特姐妹

勃朗特姐妹：Brontë Sisters，英国19世纪的女小说家
代表作：夏洛蒂·勃朗特：《简·爱》；艾米莉·勃朗特：《呼啸山庄》；安妮·勃朗特：《艾格妮丝·格雷》

指英国19世纪的女小说家夏洛蒂·勃朗特（Charlotte Brontë，1816－1855）、艾米莉·勃朗特（Emily Brontë，1818－1848）和安妮·勃朗特（Anne Brontë，1820－1849）三姐妹。她们出生在约克郡一个乡村牧师的家庭，生活贫困，都上过生活条件恶劣的寄宿学校，均因肺结核早逝。夏洛蒂的代表作是《简·爱》，带有自传性质，写一个出身贫苦的家庭女教师简·爱，她单纯、倔强，勇于捍卫自己独立的人格，在平等基础上发展和罗切斯特的爱情。小说被后来的女性主义批评者看作是女性小说开始崛起的标志。艾米莉的代表作《呼啸山庄》近年来声誉日盛，主人公是弃儿希斯克利夫。他与主人女儿凯瑟琳产生了爱情，但受阻分开，后来他设计报了仇。全书贯穿着一种强烈的反叛精神，结构巧妙，语言质朴有力。安妮的《艾格妮丝·格雷》和两个姐姐的代表作同年发表。勃朗特姐妹以其杰出的文学才华，在19世纪的英国小说史上形成了一座高峰，被称为"勃朗特峭壁"。

勃朗特三姐妹画像，由左至右：安妮、艾米莉、夏洛蒂。

哈沃斯荒原深处的一座老宅遗址，据说是《简·爱》中芬丁庄园的原型。

施笃姆

施笃姆：Theodor Storm，1817－1888
代表作：中篇小说《茵梦湖》
作品特点：多以恋爱、婚姻和家庭生活为题材，感情缠绵悱恻，具有浓郁的诗意

德国小说家、诗人。他出生在丹麦统治下的石勒苏益格－荷尔斯泰州的小城胡苏姆，祖上世代务农，父亲是律师。1837年进入大学攻读法律。毕业后回家乡开办事务所，同时搜集整理当地的民歌、传说等，并创作了一些带有田园牧歌情调的抒情诗和小说。1853年当地人民反抗丹麦统治者的起义失败后，度过了多年流亡生活。他的《诗集》大多描写宁静和谐的家庭生活，而中短篇小说代表了他创作的主要成就。中篇小说《茵梦湖》是他的主要作品，描写了莱茵哈特和伊丽莎白的爱情悲剧，他们抱恨终生却丝毫未做出反抗。另外，《在大学里》、《淹死的人》、《白马骑士》和《木偶戏演员保罗》等，多以恋爱、婚姻和家庭生活为题材，感情缠绵悱恻，具有浓郁的诗意，反映了1845年革命失败和德国的社会生活，并对现实表示不满和反抗。

施笃姆像

屠格涅夫

屠格涅夫：Ivan Sergeyevich Turgenev，1818－1883
代表作：戏剧《贵族长的早餐》、《村居一月》，长篇小说《罗亭》、《贵族之家》、《父与子》
作品特点：敏锐地把握住时代特点，着重反映俄国的现实问题，是现实主义文学的典型

俄国作家。他出生在奥廖尔省一个贵族家庭，但自幼厌恶农奴制度。曾先后在莫斯科大学、彼得堡大学就读，毕业后到柏林进修，回国后和别林斯基成为至交。从1847年起为《现代人》杂志撰稿，出于自由主义和人道主义的立场反对农奴制。60年代后长期居住巴黎等地。他在大学时代就开始创作，1847－1852年陆续写成的特写集《猎人笔记》是其成名作，主要表现农奴制下农民和地主的关系，在日常的平淡生活中表现出浓郁的诗意。他的主要作品有戏剧《贵族长的早餐》、《村居一月》，长篇小说《罗亭》、《贵族之家》、《前夜》、《父与子》、《阿霞》、《初恋》、《处女地》等。屠格涅夫善于敏锐地把握时代特点，迅速反映俄国现实，对俄国文学中现实主义文学的发展有重大影响，也为俄罗斯语言规范化做出了贡献。

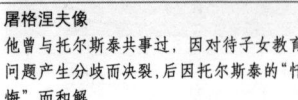

屠格涅夫像
他曾与托尔斯泰共事过，因对待子女教育问题产生分歧而决裂，后因托尔斯泰的"忏悔"而和解。

98

凯勒

> 凯勒：Gottfried Keller, 1819－1890
> 代表作：中短篇小说《塞尔特维拉的人们》，长篇小说《绿衣亨利》
> 作品特点：继承了德国现实主义传统，反映现实深刻，具有深厚的抒情和生活气息，包含深刻的哲理

凯勒像

瑞士德语作家。他出身于苏黎世工人家庭，5岁丧父，家境贫寒。1840年到慕尼黑学习，1842年返回苏黎世，从事文学创作。1846年诗集《凯勒诗歌集》出版，此后又接受了无神论和唯物主义思想。1850-1861年间，出版《新诗集》、长篇小说《绿衣亨利》、自传性教育小说《新生亨利》、故事集《塞尔特维拉的人们》等作品。1878年、1879两年写了大量诗歌。最后一部长篇小说是《马丁·萨兰德》。凯勒的创作最有成就的是中短篇小说，著名的有先前创作的《塞尔特维拉的人们》及1872年创作的《七个传说》。长篇小说《绿衣亨利》是凯勒最重要的一部作品，带有自传性质。这是一部教育小说，主要描写一个青年的成长过程。凯勒在瑞士19世纪的德语作家中占有重要地位，被视为19世纪写实主义的主要代表人物之一。他的作品继承了德国现实主义传统，反映现实深刻，具有深厚的抒情和生活气息，包含深刻的哲理。

麦尔维尔

> 麦尔维尔：Herman Melville, 1819－1891
> 代表作：长篇小说《白鲸》
> 作品特点：思想内容充实，具有史诗般的规模和沉郁瑰奇的文笔

美国小说家。他出生在纽约，父亲是一个小商人。他15岁离开学校，做过店员、水手等，为以后的创作积累了丰富的生活经验。1844年后开始写作。他的创作反映了当时处于上升期的美国社会中存在的与理想无法调和的矛盾，具有一种迫人思考的力量。他写有《泰皮》、《玛地》和《骗子的化妆表演》等多部小说，其中最重要的是长篇小说《白鲸》，描写船长埃哈伯一心要捕杀咬掉自己一条腿的白鲸莫比·狄克，经过种种困苦后，终于和它相遇。经过三天追踪，全船的人都和白鲸同归于尽。这里的白鲸，是善和恶的混合，象征着人世的基本情况，船长一心捕杀白鲸，最后走向对宇宙和自然规律的挑战，其灭亡是不可避免的。作品思想内容充实，具有史诗般的规模和沉郁瑰奇的文笔。

麦尔维尔像

惠特曼

惠特曼：Walt Whitman, 1819－1892
代表作：诗集《草叶集》
作品特点：自由体体裁，豪迈奔放而又不失其音乐美感，在英语诗歌中独树一帜，从根本上动摇了传统格律诗几世纪以来的垄断地位

美国浪漫主义时期的诗人。他出身农家，曾做过教师、编辑。1838年惠特曼主编《长岛人》，传播民主思想，与此同时开始诗歌创作，1855年出版《草叶集》，收诗383首。以"草叶"命名诗集体现了诗人的民主思想，因为它赋予最普通的遭人践踏的小东西以崇高的地位与尊严。草叶也是包括诗人在内的具有强大生命力的美国"新人"形象，它象征独特的美国精神和性格。其中著名的诗歌有《船长啊，我的船长！》、《自己之歌》等。这部诗集的自由体，豪迈奔放而又不失其音乐美感，在英语诗歌中独树一帜，从根本上动摇了传统格律诗几世纪以来的垄断地位，开了英诗自由体在20世纪迅猛发展的先河，并对中国五四运动以后的新诗创作产生了很大影响。

真正的美国诗歌是从一个伟大的诗人开始的，这位诗人就是惠特曼。

冯塔纳

冯塔纳：Theodor Fontane, 1819－1898
代表作：小说《私通》、《沙赫·封·乌特诺》等
作品特点：作品情节简单紧凑，主要通过人物对话介绍背景，刻画性格

德国小说家。他出生在商人家庭，但自幼爱好文学，曾参加过作家团体。1852年开始长期做记者，1878年开始小说创作，至他去世的20年间，共完成了20多部小说。主要作品有《私通》、《沙赫·封·乌特诺》等6部"柏林小说"，批判所谓"普鲁士精神"。其他作品还有《埃菲·布利斯特》、中篇小说《施蒂娜》、长篇小说《施泰希林》等。他的小说大多以普鲁士现实生活为题材，以柏林为背景，展示了19世纪下半叶德国上层社会生活的没落、空虚和僵化，塑造了众多生动人物形象，尤其是妇女形象。故事情节简单紧凑，主要通过人物对话介绍背景，刻画性格。

冯塔纳像

波德莱尔

波德莱尔：Charles Baudelaire, 1821 – 1867
代表作：诗集《恶之花》
作品特点：运用通感、象征等众多创新手法展示出现实社会的问题，是法国象征主义的典范

法国诗人。出生于巴黎，父亲是一个有启蒙思想的画家，培养了他对艺术的热爱，但在他6岁时就因病去世。母亲再婚后，他和继父关系恶劣，对资产阶级的传统观念和道德意识采取了挑战态度。成年后，他继承了生父遗产，过着和诗人、艺术家交游的浪漫放荡生活，曾到印度等地旅行。后来，因为母亲的经济限制，他开始创作，并翻译了不少爱伦·坡的作品，后者丰富怪诞的想象力和精辟的分析，使他受到很大启发。诗集《恶之花》奠定了他在法国文学史上的地位。这部诗集是法国象征主义的开山之作，描写了大城市的罪恶，展现了一个孤独、病态而悲怆的诗人追求光明幸福却感到幻灭的苦闷和忧郁。此外，他还有《巴黎的忧郁》和《人工天国》两部散文集和一些评论文章，作品虽然不多，但他在艺术方面的创新，如通感、象征等，对整个现代派都有所启发。

波德莱尔像

涅克拉索夫

涅克拉索夫：Nikolai Alekseyevich Nekrasov, 1821 – 1878
代表作：抒情诗《摇篮曲》、《故园》，长诗《别林斯基》
作品特点：采用民间创作手法，朴实简练而富有思想内涵

俄罗斯诗人。他出生在乌克兰一个地主家庭，童年在伏尔加河畔的庄园里度过，熟悉纤夫等底层人们的痛苦。1838年中学毕业后开始诗歌创作。之后分别在《现代人》和《祖国纪事》杂志任编辑等，逐渐具有了革命民主主义思想。他的诗歌主要有抒情诗《摇篮曲》、《故园》、《生命的节日》、《诗人与公民》和讽刺诗《当代颂歌》、《有道德的人》，长诗《别林斯基》、《谁在俄罗斯能过好日子》、《不幸的人们》和《俄罗斯妇女》等。这些诗篇爱憎分明，同情俄罗斯下层人民的痛苦和不幸，歌颂十二月党人和他们的妻子的自我牺牲精神，塑造了一些平民知识分子的形象，揭露了统治者的腐朽和残酷，官吏的贪赃枉法和农奴主的巧取豪夺。形式上采用民间创作手法，朴实简练而富有思想内涵。

涅克拉索夫像

福楼拜

福楼拜: Gustave Flaubert, 1821 — 1880
代表作: 小说《包法利夫人》
作品特点: 采用"客观而无动于衷"的态度进行创作,注重人物塑造与描写上的遣词造句,作品精雕细刻,是现代小说的先行

法国现实主义小说家。他出生在卢昂的医生家庭,幼年在医院里度过。1840年赴巴黎学习法律,后因病辍学。1846年开始,在卢昂附近的克罗瓦赛别墅定居,过着简单的生活,直至去世。福楼拜的主要作品有《包法利夫人》、《情感教育》、《圣安东的诱惑》和《简单的心》等。基本主题是对资产阶级的揭露,他主张艺术应该真实地反映现实生活,同时作家要努力隐去个人的喜好,持"客观而无动于衷"的态度。在对人物的塑造和描写上,他十分注重遣词用句,形成了精雕细刻的艺术风格。他的主张和独特的艺术风格,影响和启迪了后来的作家,被推为现代小说的先行者。他最著名的代表作《包法利夫人》描写外省一个富裕农民的女儿爱玛,因不满于婚后平庸的生活而酿成的悲剧,成为当时一部"新的艺术法典"。

福楼拜像

陀思妥耶夫斯基

陀思妥耶夫斯基: Fedor Dostoevsky, 1821 — 1881
代表作: 长篇小说《被侮辱和被损害的》、《罪与罚》、《白痴》、《卡拉马佐夫兄弟》,中篇《地下室手记》等
作品特点: 擅长通过人物病态心理的分析和人物意识的表述来塑造人物;善于运用象征、梦幻、梦境、意识流等艺术手法,作品紧张压抑,情节发展急促,悬念迭起,震撼人心

俄国作家。出生于小贵族家庭,童年在莫斯科和乡间度过。1846年发表第一部长篇小说《穷人》,受到高度评价。1848年发表中篇小说《白夜》。1849年因参加反农奴制活动而被流放到西伯利亚,在此期间发表有长篇小说《被侮辱和被损害的》、《罪与罚》、《白痴》、《群魔》、《卡拉马佐夫兄弟》和中篇《地下室手记》等名著,为俄国文学留下一笔宝贵的遗产。他的创作很有特色,擅长通过人物病态心理的分析和人物意识的表述来塑造人物;他善于运用象征、梦幻、梦境、意识流等艺术手法,使他的作品具有紧张压抑,情节发展急促,悬念迭起,震撼人心的力量。他作品的开创性意义和他人难以企及的成就已为举世公认,现代派作家更将他奉为宗师。

陀思妥耶夫斯基像

《罪与罚》

> 《罪与罚》：Crime and Punishment，陀思妥耶夫斯基的高峰之作
> 作品意义：揭露了俄国社会的不公和小市民的不幸遭遇，以高超的艺术手法刻画了主人公的内心世界和精神痛苦，但无法指出一条正确的道路

陀思妥耶夫斯基的高峰之作，1866年发表，给作家带来世界声誉。作品描写19世纪60年代彼得堡的世俗生活。文官马尔梅拉多夫被裁员，女儿索尼亚被逼为娼。大学生拉斯科尔尼科夫因家庭贫困而辍学，面对社会的不公和贫富悬殊，他认为，历史是由超人创造的，他们通过流血建立的秩序是常人必须遵守的。他决定改造社会，为民除害，以证明自己是超人，结果他杀了一个放高利贷的老婆子和她的妹妹后，却陷入极度的痛苦中，最后，他在笃信上帝的索尼亚的劝解下投案自首，在狱中皈依宗教，以忏悔的心情接受苦难，获得精神上的新生。作者揭露了俄国社会的不公和小市民的不幸遭遇，以高超的艺术手法刻画了主人公的内心世界和精神痛苦，但无法指出一条正确的道路。

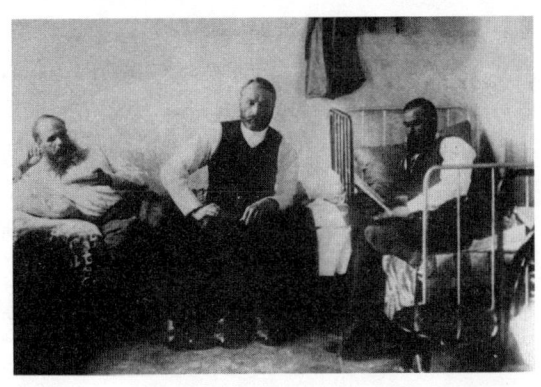

图为陀思妥耶夫斯基在流放地西伯利亚的监狱里
陀思妥耶夫斯基的作品在某些方面也体现出他个人的某种心理状态，折射出他内心的苦闷与痛苦。

《卡拉马佐夫兄弟》

> 《卡拉马佐夫兄弟》：The Brothers Karamazov，陀思妥耶夫斯基的总结性作品
> 作品意义：小说通过一个家庭的分崩离析，实际上表现了19世纪下半叶俄国社会在资本主义和金钱势力的冲击下的社会悲剧的缩影

陀思妥耶夫斯基的总结性作品。构思于19世纪50年代，发表于1879-1880年。小说描写了旧俄外省地主卡拉马佐夫一家父子、兄弟之间因金钱和情欲引起的冲突和悲剧。老卡拉马佐夫依靠不正当的手段发了家，性情暴戾，极端好色，贪婪阴险。儿子们长大后都憎恶这个父亲，并为了争夺财产和女人而明争暗斗，只有小儿子阿辽沙纯洁善良，谦恭温和，不参与家庭纷争，并在父兄之间起着抑恶扬善的调节作用，是作者的理想人物，但有些苍白，最终也没能阻止悲剧的发生。小说通过这个家庭的分崩离析，实际上表现了19世纪下半叶俄国社会在资本主义和金钱势力的冲击下的社会悲剧的缩影。卡拉马佐夫一家的卑鄙无耻、自私自利、野蛮横暴、腐化堕落等性格中的共同性因素在文学史上被称为"卡拉马佐夫性格"。

龚古尔兄弟

> 龚古尔兄弟：Goncourt Brothers，法国作家、历史学家
> 代表作：小说《勒内·莫普兰》、《翟米尼·拉赛特》等

法国作家、历史学家埃德蒙·德·龚古尔(Edmond de Goncourt, 1822—1896)和茹尔·德·龚古尔(Jules de Goncourt, 1830—1870)。他们出身贵族家庭，双亲相继于1834年及1848年过世，遗留一大笔财产，使兄弟俩衣食无忧，将一生志向都放在艺术、文学的追求上。他们兄弟二人虽相差8岁，但行为举止极为相似，爱恶也一致，都终身未娶，甚至拥有同一个情妇。他们的文学创作主要是写于六十年代的一些小说，如《勒内·莫普兰》、《翟米尼·拉赛特》等。1870年茹尔病逝后，埃德蒙又独力创作了《少女艾尔莎》等。他们的作品文笔细腻，强调反映病理和生理的因素，常被归入自然主义作家之列。埃德蒙去世前，将他们的藏书等拍卖，创立了龚古尔文学奖。1903年，龚古尔文学奖第一次颁奖，此后每年颁发一次。100年来，龚古尔奖始终是法国最权威的年度文学大奖之一，并因其对文学新思潮和新创作方法的鼓励，成为法国文学一个重要的风向标。但近年来其影响有所下降。

龚古尔奖

龚古尔奖是由法国龚古尔学会一年一度颁发给"年度最佳法文散文作品"创作者的文学奖。颁奖仪式是在一次正式的午餐会上举行，事实上，奖额很低（仅有数美元），但获奖作品影响却极大。

裴多菲

> 裴多菲：Sándor Petőfi, 1823 – 1849
> 代表作：抒情诗《民族之歌》、《自由与爱情》等，长篇叙事诗《农村的大锤》
> 作品特点：塑造了一批英雄，形象地表现了匈牙利人民争取自由的斗争精神，具有充沛的浪漫主义激情和爱国热情，具有极大的鼓舞力量

匈牙利革命诗人。他出生在平民家庭，少年时代曾度过一段流浪生活，熟悉劳动人民的悲惨处境。做过演员，当过兵。他的一生是和匈牙利人民抗击外国侵略者、争取政治自由的斗争联系在一起的。他从1842年开始发表作品，早期诗作采用民歌体，歌颂劳动人民。后期在革命斗争的间隙写了大量的抒情诗，如《民族之歌》、《我的歌》、《一个念头在烦恼着我》和《自由与爱情》等，另外还有《农村的大锤》、《雅诺什勇士》（一译《勇敢的约翰》）和《使徒》等8首长篇叙事诗，塑造了一批英雄，形象地表现了匈牙利人民争取自由的斗争精神，具有充沛的浪漫主义激情和爱国热情，具有极大的鼓舞力量。1849年7月在反抗俄奥联军的战争中不幸牺牲。

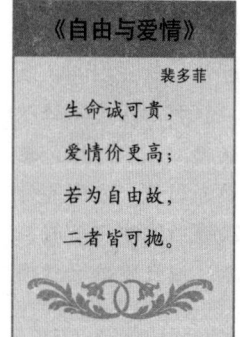

《自由与爱情》

裴多菲

生命诚可贵，
爱情价更高；
若为自由故，
二者皆可抛。

奥斯特洛夫斯基

奥斯特洛夫斯基：Aleksandr Nikolayevich Ostrovsky, 1823—1886
代表作：剧本《自家人好算账》、《大雷雨》、《艰苦的日子》、《没有陪嫁的女人》等
作品特点：大胆讽刺暴露现实中的弊病，灵活运用民间和各阶层的语言，对白幽默，善于安排戏剧场面，情节紧张动人

奥斯特洛夫斯基像

俄国剧作家。出生于莫斯科一个商人家庭，在莫斯科大学法学系肄业。后在莫斯科法院工作8年，为后来的创作提供了丰富的素材，同时开始写作。奥斯特洛夫斯基一共写了50多部剧本，是俄国最多产的剧作家之一。代表作有《自家人好算账》、《大雷雨》、《艰苦的日子》、《没有陪嫁的女人》等，他的剧作生活气息浓厚，往往大胆讽刺暴露现实中的弊病，灵活运用民间和各阶层的语言，对白幽默，善于安排戏剧场面，情节紧张动人。另外，奥斯特洛夫斯基在俄国大力传播塞万提斯、莎士比亚等人的名作，并培养了一批杰出的表演艺术家。他为俄罗斯民族戏剧奠定了基石，对契诃夫等人的创作有很大影响。

小仲马

小仲马：Alexandre Dumas fils, 1824—1895
代表作：小说《茶花女》，世态喜剧《半上流社会》
作品特点：注重戏剧的道德效果，使戏剧摆脱了纯粹的幻想和激情，是法国现实主义戏剧的典范

小仲马像

法国作家。著名作家大仲马与一个裁缝女工的私生子，这种身份使他童年时代受尽讥笑，成年后决心通过文学改变社会道德。1848年发表小说《茶花女》，随后他本人把它改编成戏剧，一举成名。作品通过出身贫困的名妓玛格丽特和税务官之子阿芒的爱情悲剧，揭露了资产阶级道德的虚伪，塑造了一个不甘堕落、心地善良的茶花女形象，忠实地再现了七月王朝时期的社会现实。是法国戏剧由浪漫主义向现实主义演变时期的优秀作品。其他的戏剧作品还有描写交际花的世态喜剧《半上流社会》、谴责富人始乱终弃的《私生子》、鼓励失足少女走上正道的《奥布雷夫人的见解》等。小仲马注重戏剧的道德效果，是法国现实主义戏剧的创始人，使戏剧摆脱了纯粹的幻想和激情，其创作实践和主张影响了整整一代人。

萨尔蒂科夫

> 萨尔蒂科夫：Mikhail Evgrafovich Saltykov, 1826－1889
> 代表作：讽刺文学长篇小说《戈洛夫廖夫老爷们》
> 作品特点：通过讽刺的手法刻画出沙俄官僚的丑恶，暴露了农奴制俄国的腐朽

萨尔蒂科夫的作品《戈洛夫廖夫老爷们》一书的封面

俄国小说家和讽刺作家，笔名尼古拉·谢德林。他出生在特维尔省一个地主家庭，曾就读于皇村学校，受到革命民主主义等进步思想的影响。毕业后进入圣彼得堡的陆军部供职，不久就卷入这个城市的激进知识分子中。1847年、1848年发表中篇小说《矛盾》和《错综复杂的案件》，由于反映了现实矛盾而被流放八年。1856年回到莫斯科后根据流放期间的见闻发表了《外省散记》，暴露了农奴制俄国的腐朽。这是一部成功地研究官僚性格的讽刺作品，为保护自己免受官方的批评，他使用笔名尼古拉·谢德林发表。1856年后曾参与杂志《现代人》和《祖国纪事》的编辑出版工作，同时致力于讽刺文学的创作，代表作有长篇小说《戈洛夫廖夫老爷们》、《一个城市的故事》，讽刺小品集《无害的故事》、《为了孩子》、《保持沉默的老爷》等。晚年写的《一个庄稼汉怎样养活两位将军》、《信奉理想主义的鲫鱼》、《熊都督》等童话，也都是脍炙人口的名篇。

车尔尼雪夫斯基

> 车尔尼雪夫斯基：Nikolai Gavrilovich Chernyshevsky, 1828－1889
> 代表作：长篇小说《怎么办？》、《序幕》
> 作品特点：通过塑造革命者的人物形象，宣传了空想社会主义思想

俄国革命家、哲学家、作家和批评家。他出生于一个神父家庭，1846年进入彼得堡大学语文历史系研究哲学、历史、经济学和文学。大学毕业后在中学教语文。1853年后，到彼得堡为《祖国纪事》和《现代人》杂志撰稿。1855年发表著名的学位论文《艺术对现实的审美关系》，提出了"美是生活"。之后他接编《现代人》杂志，使它成了传播革命思想的强大阵地。他也因此

车尔尼雪夫斯基像
他说："迫上未来，抓住它的本质，把未来转变为现在。"

于 1862 年被沙皇政府逮捕，并判处终身流放。在流放中，他写出了长篇小说《怎么办？》和《序幕》。《怎么办？》通过拉赫美托夫集中表现了俄国民主主义革命家的形象，通过薇拉的缝衣工场和她的四次梦境，宣传了空想社会主义思想。小说教育了一代青年和许多革命者。

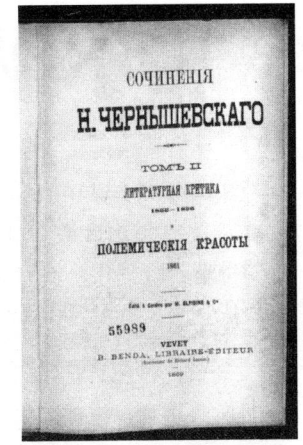

《车尔尼雪夫斯基文学评论集》（第二卷）
车尔尼雪夫斯基著 1869 年

泰 纳

泰纳：Hippolyte Taine, 1828 – 1893
代表作：文学评论《拉封丹及其寓言》、《艺术哲学》、《历史与批评文集》等
作品特点：首次试图用"科学"观点建立系统的理论基础，倡导实证主义思想

法国哲学家、史学家和文学评论家。出生在阿登省，最初专攻哲学，他运用自然主义和科学的观点来研究社会和艺术，对 19 世纪晚期的法国思想界影响颇深。但在法国大学求学期间，泰纳由于自己的哲学唯物论观点与对拿破仑政权的不满而触怒了上司，因而没能迅速取得更大的成就。泰纳后来转向文学评论。他的文学评论的基本原则，主要是在他的多卷本《英国文学史》的《导论》中提出的，他认为文学作品的产生受到种族、环境与时代三个条件的制约。他运用这些原则来研究文学史、艺术史和哲学等，著有《拉封丹及其寓言》、《艺术哲学》、《历史与批评文集》等。泰纳是法国文学评论领域内第一个试图用"科学"观点建立系统的理论基础的人。是当代倡导实证主义哲学的先驱，他指出，历史是"一个技术问题"，精确分析对它具有影响作用。泰纳认为"美德和罪恶，都是一种物质，如同糖和硫酸一样"，强调出十九世纪机械唯物论思想只是实证主义思想由于刻板僵化、枯燥无味并未立刻彰显，而是到 20 世纪才逐渐发展。

> 泰纳在其最引起争论的《当代法国的由来》一书中，声称法国对革命运动的嗜好，是 18 世纪哲学家和他们的革命信徒们煽动的结果。他们暗中破坏社会结构与宗教制度，压抑人们的情感。这与人们一贯的看法有所区别，但仍深深鼓舞了当时的保守主义作家。

凡尔纳

凡尔纳：Jules Verne, 1828 – 1905
代表作：科学幻想小说集《在已知和未知的世界中奇异的漫游》
作品特点：把现实和幻想巧妙地结合起来，在科学的基础上大胆设想和预言未来，情节跌宕，引人入胜

　　法国科幻小说和探险小说家。他出生在南特市一个法官家庭，1848年到巴黎学习法律，毕业后不愿当律师，留在巴黎继续进行创作。他的作品共有66部小说和很多剧本，主要成就是总名为《在已知和未知的世界中奇异的漫游》的一系列科学幻想小说，这些作品从地球写到宇宙，包罗万象，想象丰富。其中最著名的是三部曲《格兰特船长的儿女》、《海底两万里》和《神秘岛》。还有《八十天环游地球》、《机器岛》和《气球上的五星期》等也是很受欢迎的作品。凡尔纳的作品把现实和幻想巧妙地结合起来，在科学的基础上大胆设想和预言未来，情节跌宕，引人入胜。

凡尔纳像

《从地球到月球》封面 1865年
凡尔纳主要写关于海洋、山脉及山脚下的深谷等内容的作品，但这部著作却表现了太空探险的情节。

易卜生

易卜生：Henrik Ibsen, 1828 – 1906
代表作：社会问题剧《玩偶之家》、《群鬼》等
作品特点：着重人物心理发展的分析，具有神秘的象征主义风格

　　挪威戏剧家、诗人。出生在一个小商人家庭，16岁时就开始在一家药材店当学徒，工作之余，阅读了大量莎士比亚、拜伦等人的作品。1850年到首都，结识了文艺界一些思想进步的朋友，并开始诗歌和戏剧创作。这时期在艺术上处于探索期，主要作品有《爱的喜剧》、历史剧《卡提利那》、诗剧《布兰德》等。1864 – 1885年，长期居住在罗马、慕尼黑等地，创作的代表作有《社会支柱》、《玩偶之家》、《群鬼》、《人民公敌》、《青年同盟》等一系列社会问题剧，分别从社会政治问题

易卜生像

和婚姻家庭问题入手,触及妇女解放等当时一些重要的社会问题。晚期作品有《野鸭》、《罗斯默庄》、《海上夫人》、《建筑师》等,都着重人物心理发展的分析,具有神秘的象征主义风格。易卜生的创作把19世纪末的欧洲戏剧,从形式主义拉回到现实主义的道路上来。

《玩偶之家》

《玩偶之家》:Doll's House,易卜生社会问题剧的代表作之一
作品特点:剧本紧紧围绕"伪造签名"展开,矛盾冲突紧张集中,具有很强的感染力

易卜生社会问题剧的代表作之一。又译《娜拉》或《傀儡家庭》。女主人公娜拉为了给丈夫海尔茂治病,伪造父亲的签名向别人借钱。海尔茂发现原委后,担心因此影响自己的声誉和地位,对她大发脾气,甚至要剥夺她教育孩子的权力。当债主受到感化主动退回借据时,他马上又对妻子做出一副笑脸。但娜拉已经觉醒,意识到丈夫的自私和夫妻间的不平等,自己只不过是丈夫的一个玩偶,愤而出走。剧作通过娜拉觉醒的过程,深刻揭露了资产阶级社会的法律、宗教、道德、婚姻等的虚伪和不合理,提出了妇女解放的问题。虽然没有做出明确的回答,但娜拉出走的举动在当时妇女解放运动中发挥了积极的作用。在艺术上,剧本紧紧围绕"伪造签名"展开,矛盾冲突紧张集中,具有很强的感染力。

图为易卜生社会问题剧的又一代表作《群鬼》中的一幕。虽然易卜生一再否认有任何党派意识,但他的戏剧——尤其是《玩偶之家》、《群鬼》及《人民公敌》——对十九世纪末期社会态度有极重大的贡献。这些戏剧显示出舞台对于社会行为有力的诱导,这在戏剧史可能是第一次。

列夫·托尔斯泰

> 列夫·托尔斯泰：Leo Nikolayevich Tolstoy, 1828 – 1910
> 代表作：小说《战争与和平》，中篇小说《伊凡·伊里奇之死》
> 作品特点：对贵族生活持批判态度，主张"道德自我修养"，擅长心理分析

列夫·托尔斯泰像 1887年 列宾

19世纪俄国的现实主义作家。他出身于贵族家庭，1840年入喀山大学，受到卢梭、孟德斯鸠等启蒙思想家影响。1847年退学回故乡，在自己领地上做改革农奴制的尝试。1851 – 1855年的军旅生活不仅使他看到上流社会的腐化，而且为以后在其巨著《战争与和平》中能够逼真地描绘战争场面打下基础。退伍后开始文学创作，成名作是自传体小说《童年》、《少年》，这些作品反映了他对贵族生活持批判态度，主张"道德自我修养"，擅长心理分析。之后多次到欧洲考察，认为俄国应该在小农基础上建立自己的理想社会，贵族应走向"平民化"，这些思想鲜明地体现在其中篇小说《哥萨克》中。晚年，他思想发生转变，创作了《忏悔录》和中篇小说《伊凡·伊里奇之死》等多篇小说。托尔斯泰的创作被列宁称为反映俄国革命的一面镜子。

列夫·托尔斯泰在耕地 1887年 列宾 油彩

《战争与和平》

> 《战争与和平》：War and Peace，托尔斯泰长篇小说的代表作之一
> 作品特点：提出了新的历史观，赞扬人民群众的爱国精神和英雄气概，反映了人民战争的宏伟规模，具有史诗的艺术风格

托尔斯泰长篇小说的代表作之一，创作于1863 – 1869年之间。它以1812年的卫国战争为中心，反映了1805 – 1820年的重大历史事件，着重写了俄奥联军和法军的几次重大战役及国内进行的卫国战争。小说以包尔康斯基、别竺豪夫、罗斯托夫和库拉金四个贵族家庭作为主线，在战争与和平的交替描写中，展现了广阔的社会生活画

面，提出了许多社会、哲学和道德问题。小说以贵族为主要人物形象，重点写了以安德烈·包尔康斯基和彼尔·别竺豪夫为代表的先进贵族艰苦的思想探索，探讨了贵族的地位和出路问题。另外，小说还提出了新的历史观，赞扬人民群众的爱国精神和英雄气概，反映了人民战争的宏伟规模，具有史诗的艺术风格。

有关《战争与和平》的漫画

《战争与和平》电影海报 1967年

《安娜·卡列尼娜》

《安娜·卡列尼娜》：Anna Karenina，托尔斯泰第二部里程碑式的长篇小说
作品特点：揭露了上流社会的丑恶与虚伪，同时也表达了作家复杂的道德探索和思想探索

托尔斯泰第二部里程碑式的长篇小说，写于 1875－1877 年。作品由两条既平行又相互联系的线索构成：一条是安娜和卡列宁、渥伦斯基之间爱情、家庭和婚姻纠葛；一条是列文和吉提的爱情生活及列文进行的庄园改革。安娜是一个上流社会的贵妇人，年轻漂亮，追求个性解放和爱情自由，而她的丈夫是一个性情冷漠的"官僚机器"。一次在车站上，她和年轻军官渥伦斯基邂逅。后者被她的美貌吸引，拼命追求。最终安娜堕入情网，毅然抛夫别子和渥伦斯基同居。但对儿子的思念和周围环境的压力使她陷入痛苦和不安中。在一次和渥伦斯基口角后，她感到再也无法在这虚伪的社会中生活下去，卧轨自杀了。小说揭露了上流社会的丑恶与虚伪，同时也表达了作家复杂的道德探索和思想探索。

中译本《安娜·卡列尼娜》封面
有些译者将题名译为《安娜·卡列宁娜》

《复活》

> 《复活》：Resurrection，托尔斯泰晚期创作的代表作
> 作品特点：充满了批判的激情，暴露了沙皇专制制度的黑暗；宣扬"不以暴力抗恶"和"道德上的自我修养"等，表现了作者世界观中的矛盾性

《复活》中的插图

托尔斯泰晚期创作的代表作，写于1899年，是作家长期思想和艺术探索的总结。作品主人公聂赫留朵夫公爵一次出席法庭陪审时，发现被诬告杀人并被错判的妓女正是他十年前诱骗过的农奴少女玛丝洛娃。他突然良心觉醒，到狱中探望玛丝洛娃并表示要与她结婚来赎罪，并竭力为她申冤。上诉失败后，又追随她到西伯利亚，一路照料。在流放途中，玛丝洛娃认识了政治犯西蒙松，后者高尚的感情唤回了她纯洁的天性，她宽恕了聂赫留朵夫。而聂赫留朵夫目睹了人间的种种不幸和罪恶后，也从《圣经》中找到了解脱，在精神上得到了复活。小说一方面充满了批判的激情，暴露了沙皇专制制度的黑暗；另一方面又宣扬"不以暴力抗恶"和"道德上的自我修养"等，表现了作者世界观中的矛盾性。

狄金森

> 狄金森：Emily Dickinson，1830－1886
> 代表作：诗歌《篱笆那边》、《如果你能在秋季来到》
> 作品特点：多以自然、死亡和永生为题材，语言不事雕饰，质朴清新，有一种现代派作家追求的"粗糙美"，有时又有一种小儿学语般的幼稚

狄金森像

美国女诗人，旧译狄更生。她出生在马萨诸塞州阿默斯特镇，祖上是当地望族。她自幼受到正统的宗教教育，从25岁开始弃绝了社交生活，几乎足不出户，在孤独中醉心于诗歌创作，留下了1700多首诗。她生前只有10首诗歌公开发表过，其他的都是在她死后由亲友整理出版的。她的诗歌多以自然、死亡和永生为题材，语言不事雕饰，质朴清新，有一种现代派作家追求的"粗糙美"，有时又有一种小儿学语般的幼稚。在韵律方面，她基本上采用四行一节、偶数行押韵的赞美诗体。但是这种简单的形式，她运用起来千变万化，实际上已经发展成一种具有松散格律的自由体。她的诗出版后，评价越来越高，已被认为是同惠特曼一样对美国诗歌发展具有里程碑性质的大诗人，《篱笆那边》、《如果你能在秋季来到》等都是其中的名篇。

海 泽

> 海泽：Paul Heyse, 1830—1914
> 代表作：长篇小说《世界的孩子们》，中篇小说《犟妹子》、《特雷庇的姑娘》
> 作品特点：集唯美主义与形式主义倾向于一体，充满了理想主义精神

海泽像

德国作家。他生于柏林，父亲是语文学教授。他自幼受到良好的家庭教育和古典文化熏陶，中学时便开始写作。1847年入柏林大学攻读语言学，同时开始文学创作，1852年获博士学位。毕业后到意大利旅游一年，对他的创作和美学思想产生了重大影响。1854年起定居慕尼黑，创作收获颇丰，成为慕尼黑文坛的领袖人物。他创作了大量小说、剧本和诗歌，中篇小说有100多篇。他的作品有唯美主义和形式主义倾向。最著名的作品有长篇小说《世界的孩子们》以及中篇小说《犟妹子》、《特雷庇的姑娘》和《安德雷亚·德尔芬》等。"为了表扬这位抒情诗人、戏剧家、小说家，以及举世闻名的中短篇小说家在他漫长而多产的创作生涯中，所达到的充满思想主义精神之艺术境地"，1910年海泽被授予诺贝尔文学奖。

马克·吐温

> 马克·吐温：Mark Twain, 1835—1910
> 代表作：短篇小说《竞选州长》、《哥尔斯密的朋友再度出洋》等，长篇小说《镀金时代》、《汤姆·索亚历险记》、《哈克贝利·费恩历险记》等
> 作品特点：其创作分为三个阶段，从轻快调笑到辛辣讽刺再到悲观厌世

美国批判现实主义文学的奠基人，世界短篇小说大师。原名塞缪尔·朗荷恩·克莱门斯，"马克·吐温"在英语里是水手的术语，意思是水深12英尺，表示船只可以安全通过。他出生于密西西比河畔一个贫穷的乡村律师家庭，从小出外学徒，当过排字工人、水手等。他经历了美国从"自由"资本主义到帝国主义的发展过程，其思想和创作也表现为从轻快调笑到辛辣讽刺再到悲观厌世的发展阶段。他的早期创作，如短篇小说《竞选州长》、《哥尔斯密的朋友再度出洋》等，以幽默、诙谐的笔法嘲笑美国"民主选举"的荒谬和"民主天堂"的本质。中期作品，如长篇小说《镀金时代》（与华纳合写）、《汤姆·索亚历险记》、《哈克贝利·费恩历险记》等则以深沉、辛辣的笔调讽刺和揭露像瘟疫般盛行于美国的投机、拜金狂热，及暗无天日的社会现实与惨无人道的种族歧视。19世纪80年代发表了历史题材的小说《王子与贫儿》和《在亚瑟王朝廷里的康涅狄克州美国人》，以及揭露种族歧视的《傻瓜威尔逊》。19世纪末发表的作品如中篇小说《败坏了哈德莱堡的人》、《神秘的陌生人》等，绝望神秘情绪有所增长。

都 德

都德：Alphonse Daudet, 1840－1897
代表作：短篇小说集《磨坊书简》，自传性小说《小东西》
作品特点：倾向于对资本主义现实进行批判，但批判力度不够，以自己熟悉的小人物为描写对象，善于从生活中挖掘有独特意味的东西，风格平易近人

法国现实主义作家。生于一个破落的商人家庭，曾在小学里任监学。17岁到巴黎，开始文艺创作。1866年以短篇小说集《磨坊书简》成名，作者以故乡普罗旺斯的生活为题材，流露了深深的乡土之恋。之后，又发表了自传性小说《小东西》。1870年普法战争时，他应征入伍，后来曾以战争生活为题材创作了不少爱国主义的短篇。他一生共写了13部长篇小说、1个剧本和4个短篇小说集。长篇中较著名的除《小东西》外，还有讽刺资产阶级庸人的《达拉斯贡的戴达伦》和揭露资产阶级生活的《小弟弗罗蒙与长兄黎斯雷》。他的创作倾向于对资本主义现实进行批判，但由于视野不宽，造成批判力度不深的结果。他往往以自己熟悉的小人物为描写对象，善于从生活中挖掘有独特意味的东西，风格平易幽默。因此，他的作品往往带有一种柔和的诗意和动人的魅力。

都德像

左 拉

左拉：Émile Zola, 1840－1902
代表作：长篇小说集《卢贡－马卡尔家族》
作品特点：以自然主义与现实主义两种态度进行创作，不掺杂主观感情的记述方法，相当真实地再现了19世纪后半期法国从资本主义向帝国主义过渡的社会背景

法国自然主义作家。出生在巴黎，幼年丧父，依靠奖学金读完了中学。1862年进入阿谢特书局打工，同时开始发表作品。左拉的创作和世界观充满矛盾：一方面对现存的制度进行毁灭性的

左拉像
在左拉的葬礼上，法国文坛19世纪后期的重要人物法朗士曾激动地说："左拉的文学作品篇幅浩瀚……他的作品不仅形式上庞大，思想上也很充沛。这是善良的精神，左拉是个善良的人。他有颗崇高的心，单纯而简朴。他有高尚的情操。他描写罪恶，既有艰辛，也有正直良心……"上面笔迹为左拉亲笔手书。

批判，一方面又对资本主义社会抱有不切实际的幻想。他的创作从理论到实践都有其特色。早期作品中短篇小说集《给妮侬的故事》、长篇小说《克洛德的忏悔》、《一个女人的遗志》等，脱不开对浪漫主义作家的模仿，也显示了他对社会题材的浓厚兴趣和民主主义倾向。后来，他对现实主义和自然主义逐渐产生浓厚兴趣。在泰纳的环境决定论和克罗德·贝尔纳的遗传学说的影响下，形成了他的自然主义理论，在长篇小说《黛莱丝·拉甘》序言、《实验小说》、《戏剧中的自然主义》、《自然主义小说家》等文章中有比较详细的阐述：主张以科学实验方法写作，对人物进行生理学和解剖学的分析；作家在写作时应无动于衷地记录现实生活中的事实，不必掺杂主观感情。但在左拉身上，自然主义、现实主义两种倾向兼而有之。他受巴尔扎克《人间喜剧》的启示，历时 25 年创作了一部由 20 部长篇小说构成的巨著《卢贡－马卡尔家族》，反映了法国第二帝国时代社会各方面情况。其中的《小酒店》、《娜娜》、《金钱》、《妇女乐园》都十分著名。他还写有长篇小说《黛莱丝·拉甘》、《玛德莱娜·菲拉》，三部曲《三城市》：《卢尔德》、《罗马》、《巴黎》，以及《四福音书》中的前三部：《繁殖》、《劳动》、《真理》，剧本《拉布丹家的继承人》、《爱的一页》、《狂风》等。1902 年 9 月 29 日，左拉因煤气中毒而逝世。左拉的创作相当真实地再现了 19 世纪后半期法国从资本主义向帝国主义过渡的社会场景，他的小说及自然主义理论深深影响了此后数十年间的法国文学。

左拉描绘金融的小说《金钱》封面　1891 年

哈 代

> 哈代：Thomas Hardy, 1840—1928
> 代表作：长篇小说《绿荫下》、《德伯家的苔丝》
> 主题：内容多是日常经验，探讨悲喜互糅的人生，诗节多变化的试验，写得巧妙而含义隽永，对现代主义诗歌有重要影响

英国小说家、诗人。他出生在英国西南部一个小镇，父亲是石匠。他自幼在乡村长大，上学时才离开家乡。1862年到伦敦学习建筑，同时从事文学、哲学等的研究。1867年回到家乡做了几年建筑师后，致力于文学创作。他重要的作品有长篇小说《绿荫下》、《远离尘嚣》、《还乡》、《德伯家的苔丝》、《无名的裘德》和《卡斯特桥市长》等，这些作品反映了英国农村资本主义发展后引起的社会经济、政治和道德风俗等方面的变化和破产农民的悲惨命运，揭示了"维多利亚盛世"帷幕掩盖下的英国社会的深刻危机。哈代晚年把主要精力放在了诗歌创作上，共写了918首诗，有《时光的笑柄》、《即事讽刺诗集》、《幻象的瞬间》、《人生小景》、《冬话》等诗集，内容多是日常经验，探讨悲喜互糅的人生，诗节多变化的试验，写得巧妙而含义隽永，对现代主义诗歌有重要影响。他晚年创作的以欧洲联军对拿破仑的战争为题材的史诗剧《列王》可以视为他创作的一个艺术性总结。此外还有《威塞克斯故事集》、《一群贵妇人》、《人生的小讽刺》和《一个改变了的人》等中短篇故事集。

哈代像

《德伯家的苔丝》

> 《德伯家的苔丝》：Tess of the D'Urberviues，哈代长篇小说的代表作
> 主题：通过苔丝的形象，鲜明地表达了作者的人道主义同情，是对资产阶级法律和道德的大胆挑战

哈代长篇小说的代表作，发表于1891年。女主人公苔丝是一个家境贫苦的农村少女，她勤劳善良，纯洁美丽。在地主庄园帮工时，被少爷亚雷侮辱，产下一子。孩子病死后，她又到一家牛奶场当女工，和牧师的儿子克莱相爱。新婚之夜，她向丈夫坦白了往事，二人分居。克莱远走巴西，杳无音信。她为了家庭，在绝望中和亚雷同居。克莱突然归来后，她悔恨交集之下杀死亚雷，自己也

被判绞刑。这部小说生动展示了英国农村经济解体以及个体农民走向贫困和破产的痛苦过程。其中，苔丝的形象丰满感人，她坚强、勤劳而富有反抗性，小说的副标题"一个纯洁的女人"，鲜明地表达了作者对苔丝的人道主义同情，认为她是社会的牺牲品，同时大胆地对资产阶级的法律和道德进行挑战。

《德伯家的苔丝》封面 1994年 英国企鹅图书有限公司出版

马拉美

马拉美：Stéphane Mallarmé, 1842 – 1898
代表作：诗集《徜徉集》和《诗与散文》等
作品特点：基本都是严谨的格律诗，特别注重遣词用字，往往能将表面看来毫不相关的形象配合在一起，造成深邃的意境

法国诗人兼散文作家，法国象征主义运动领导人物。他出生在巴黎，早年便对学习语言，尤其是英语很有兴趣。他家境贫寒，曾在政府机关当临时雇员。后去英国学习，回国后长期任中学教师，同时进行创作。1880–1898年间，马拉美在罗马街的寓所成为美学的讨论中心，每周二晚上，法国年轻作家（如纪德、梵乐希、克洛代尔、普鲁斯特等人）和国外来的作家、画家聚集在此，接受象征主义新理论的启迪，以及马拉美对诗的意义和功能之特殊了解的影响。他认为诗的使命在于用不平常的艺术手法，揭示平凡事物背后的"绝对世界"。他的作品主要有诗集《徜徉集》和《诗与散文》等，《牧神的午后》、《夏愁》等是其中的名篇。《牧神的午后》曾给作曲家德布希灵感，1894年谱出题名相同的音诗乐曲。他的诗基本都是严谨的格律诗，特别注重遣词用字，往往能将表面看来毫不相关的形象配合在一起，造成深邃的意境。这一点对法国现代诗歌有深远影响。

马拉美像

勃兰兑斯

勃兰兑斯：Georg Brandes, 1842－1927
代表作：《十九世纪文学主流》
作品影响：其代表作对欧洲，尤其是北欧的文学运动起过巨大的影响，迄今仍是研究欧洲文学史的重要参考书之一

丹麦文学批评家，斯堪的纳维亚文学自然主义运动的领袖。出生于哥本哈根，属犹太人血统。曾在哥本哈根大学学习法律，后改攻美学和哲学。深受齐克果、米尔、圣伯夫以及泰纳等人作品的影响。在1870年的一次国外旅游中，他遇见了易卜生，易卜生鼓励他在斯堪的纳维亚半岛上进行一次"精神革命"。1871年，大学毕业后因发表《美学研究》等作品受到宗教界的攻击。1872-1875年在哥本哈根大学发表了一系列演讲，后来辑成《十九世纪文学主流》一书。19世纪80年代，他在欧洲大力介绍普希金等俄国作家，同时受尼采影响，发表了"贵族激进主义"的观点。第一次世界大战前后，他的主要著作有《歌德传》、《伏尔泰传》等一系列名人传记。1902年，勃兰兑斯成为哥本哈根大学的美学教授。他的后期作品包括那本引起争议的《虚构人物耶稣》，以及一部描写希腊的唯美作品《古希腊》。

> 勃兰兑斯的六卷本《十九世纪文学主流》将文学运动看作一场进步与反动的斗争。勃兰兑斯在书中分析了法、德、英等国的浪漫主义和民主主义运动，探索这些国家文学发展的动向和源泉，同时犀锐指出丹麦文学处于惊人的停滞状态，抨击了官方思想和神学的束缚，提倡现实主义的创作方法。此书对欧洲，尤其是对北欧的文学运动起过巨大的影响，迄今仍是研究欧洲文学史的重要参考书之一，作者由于本书及其他名著，曾被称为泰纳以后欧洲最伟大的文学批评家。

詹姆斯

詹姆斯：Henry James, 1843－1916
代表作：长篇小说《一个美国人》、《贵妇人的画像》
作品特点：集中描写美国人和欧洲人交往中的问题，赞赏优美而淳厚的品德，把个人品质高高置于物质利益甚至文化教养之上。擅长描写上层资产阶级的面貌，风格高雅细致

美国作家。出生在纽约知识分子的家庭，自幼向往欧洲文明并常常来往于欧美之间。1875年起定居伦敦。他幼年在家庭教师的指导下学习，1862年起在哈佛法学院求学，1864年起开始文学创作。他的主要作品是小说，代表作有长篇小说《一个美国人》、《贵妇人的画像》、《波士顿人》、《卡萨西玛公主》、《波音敦的珍藏品》、《梅西

詹姆斯像
同胞美国画家萨金特为詹姆斯所做的肖像画。

所知道的》、《未成熟的少年时代》、《鸽翼》三部曲、《专使》和《金碗》等。这些作品常写美国人和欧洲人交往中的问题，赞赏优美而淳厚的品德，把个人品质高高置于物质利益甚至文化教养之上。擅长描写上层资产阶级的面貌，风格高雅细致。中短篇小说有《黛西·密勒》、《丛林猛兽》等。他还写过很多评论文章，收在《法国诗人和小说家》、《一组不完整的画像》、《观感与评论》等文集中。詹姆斯的创作开创了西方心理分析小说的先河，他的文艺评论也很有价值。

《贵妇人的画像》

《贵妇人的画像》：Portrait of A Lady，詹姆斯的长篇小说代表作
主题：这部小说通过伊莎贝尔的婚姻，深刻分析了各种上流人物的思想感情，反映了美国人重新发现欧洲的痛苦过程

詹姆斯的长篇小说代表作，发表于1881年。小说描写女主人公伊莎贝尔美丽聪明，初从美国到欧洲时，一文不名。身患绝症的表兄拉尔夫爱上了她，并劝说百万富翁的父亲将巨额遗产的一半分给了她，希望帮助她获得经济上的独立。这样，她的巨款引来了种种追逐者。后来，天真的伊莎贝尔落入牟尔夫人和美国人奥斯芒德的圈套，嫁给了奥斯芒德。但不久就发现丈夫是一个贪利好色、胸怀狭窄的小

船会 萨金特 美国
图中描绘了一种"詹姆斯式的时刻"：上流社会的悠闲自在与无所事事。

人，牟尔夫人是他的情妇。这时虽然追求者中的沃伯登爵士和古特沃德仍深爱着她，但她还是回到了丈夫的身边，只是在表兄去世前，向他表明自己的婚姻是一个错误。这部小说通过伊莎贝尔的婚姻，深刻分析了各种上流人物的思想感情，反映了美国人重新发现欧洲的痛苦过程，在道德情操上更倾向于文化教养不高的美国人，认为单纯善良的美国人比欧洲人或常住欧洲的美国人（如奥斯芒德）更可爱。

霍桑

霍桑：Nathaniel Hawthorne, 1844－1889
代表作：长篇小说《红字》
作品特点：他擅长揭示人物内心冲突和心理描写，充满丰富想象，惯用象征手法，且潜心挖掘隐藏在事物后的深层意义，但往往带有浓厚的宗教气氛和神秘色彩

美国小说家。他出生于马萨诸塞州萨勒姆镇一个没落世家。1825年毕业于博多因学院，之后开始从事写作。曾两度在海关任职，1857年后侨居意大利，1860年回国专事创作。其代表作是以殖民时期新英格兰生活为背景的长篇小说《红字》，通过一个受不合理婚姻束缚的少妇海丝特·白兰因犯"通奸"罪被监禁、示众和长期隔离的故事，暴露了政教合一体制统治下殖民地社会的冷酷虚伪，探讨了有关罪恶和人性的道德、哲理问题。其他著名作品，有描写祖先谋财害命，其罪孽殃及子孙的长篇小说《带有七个尖角楼的房子》，讨论善恶问题的长篇小说《玉石雕像》，揭示人人都有隐秘罪恶的短篇小说《教长的黑纱》等。他擅长揭示人物内心冲突和心理描写，充满丰富想象，惯用象征手法，且潜心挖掘隐藏在事物后的深层意义，但往往带有浓厚的宗教气氛和神秘色彩。他称自己的作品是人的"心理罗曼史"。

霍桑，作品种类涉及小说、短篇故事和杂文等。其经典之作《红字》为他奠定了19世纪美国本土小说家的领导地位。

魏尔伦

魏尔伦：Paul Verlaine, 1844－1896
代表作：诗集《感伤集》
作品特点：作者将其内心的感受融入自然的情景之中，明朗轻快、清新自然、流畅舒缓。将诗的音乐性与诗中脉动的情绪渗透糅合，错综相返，将诗的情、景、音完美地融合为一体

法国诗人。中学毕业后在巴黎市政府工作，业余时间开始写诗。早期和巴那斯派诗人来往甚密，但他的诗风一开始就和这一派的诗风大相径庭。1866年发表第一部诗集《感伤集》，表现出不安情绪和富于暗示的音乐性等风格。1871年开始和诗人兰波一起流浪比利时和英国，这段生活使他写出了《无言的浪漫曲》。魏尔伦常将自己内心的感受溶

图为波希米亚人魏尔伦及其同性恋伙伴兰波在与一些同伴相聚。

入到自然的情景之中，很多作品都明朗轻快、清新自然、流畅舒缓。他将诗的音乐性与诗中脉动的情绪渗透糅合，错综相返，将诗的情、景、音完美地融合为一体。继波德莱尔之后，魏尔伦和兰波、马拉美一道将法国的诗歌艺术推向了一个高峰，魏尔伦以他那反叛而不失传统的诗风、哀伤又不悲痛的诗意为他在法国的诗坛赢得了崇高的声誉。

魏尔伦像

法朗士

法朗士：Anatole France，1844－1924
代表作：中篇小说《苔伊丝》
作品特点：高贵的风格，深厚的人类同情，优雅和真正高卢人的气质

法国作家。他出生于巴黎书商家庭，自幼博览群书。1868年加入标榜为艺术而艺术的"当代巴那斯"诗人团体，发表《金色诗集》和诗剧《科林斯人的婚礼》，此后当图书馆员，开始创作小说。1881年发表了成名作《西尔韦斯特·博纳尔之罪》，接着又发表中篇小说《苔伊丝》等。1894年，在著名的德雷福斯案件中，他支持左拉的斗争。之后，发表了旨在揭露当代司法黑暗的系列小说《当代史话》等现实主义作品，而《企鹅岛》、《天使的叛变》等幻想作品还含有对新社会的向往，另外还著有回顾法国大革命的长篇小说《诸神渴了》、自传性作品《友人之书》等。为了"表彰他辉煌的文学成就，其特点是高贵的风格、深厚的人类同情、优雅和真正高卢人的气质"，1921年，他被授予诺贝尔文学奖。

1937年，法国为纪念法朗士获诺贝尔文学奖而发行的邮票。

法朗士像

斯特林堡

> 斯特林堡：Johan August Strindberg, 1849－1912, 瑞典戏剧家、小说家、诗人和散文作家，被认为是瑞典文学史上最伟大的作家

蒙克所绘斯特林堡的肖像画

瑞典作家。出生于斯德哥尔摩一个破产商人家庭。1867年考入乌普萨拉大学。一生贫困，当过小学教师、新闻记者、图书馆职员等。大学期间开始创作，写了大量剧本和小说。早期写过不少反映社会问题的作品，如长篇小说《红房子》和《新国家》，较深刻地揭露了瑞典上层社会的保守、欺诈和冷酷无情。后来他用反理性的哲学观点观察世界，许多作品有神秘主义倾向，如剧本《到大马士革去》、《朱丽小姐》、《死魂舞》等，描写变态的社会关系，充分反映了作者的自然主义主张。他把人生描写成本能和欲望的冲突，对生活作了歪曲的反映。他的《梦的戏剧》、《鬼魂奏鸣曲》等，表达作者寻求摆脱痛苦的愿望，但又充满在痛苦中失去常态的绝望情绪，成为欧洲表现主义文学的先驱。

莫泊桑

> 莫泊桑：Guy de Maupassant, 1850－1893
> 代表作：中篇小说《羊脂球》，短篇小说《项链》、《菲菲小姐》、《我的叔叔于勒》
> 作品特点：侧重描摹人情世态，构思布局别具匠心，细节描写和故事结尾都有独到之处

法国作家。他出生在诺曼底破落贵族家庭，母亲颇有文学修养，对他影响很大。后到巴黎读法学，曾参加普法战争，退伍后，在福楼拜指导下开始创作。1880年，因中篇小说《羊脂球》而一举成名。小说以普法战争为背景，描写一个妓女为解救同行的法国旅客而受到普鲁士军官的侮辱，谴责了体面的上层人物的自私和虚伪。之后，发表了《项链》、《菲菲小姐》和《我的叔叔于勒》等300多篇短篇小说。他的小说侧重描摹人情世态，构思布局别具匠心，细节描写和故事结尾都有独到之处，因而获得了短篇小说巨匠的美称。另外，他以《一生》和《俊友》（一译《漂亮朋友》）为代表的长篇小说也有较高成就，后者通过出身低微的杜洛瓦向上爬的历史，成功塑造了一个冒险家的形象，揭示了当时政界和新闻界的某些黑幕。

莫泊桑像

斯蒂文森

斯蒂文森：Robert Louis Stevenson，1850－1894
代表作：长篇小说《金银岛》，中篇小说《化身博士》
作品特点：富有刺激的冒险，新奇的想象领域以及从抽象的意义上思考善与恶的问题

英国作家。出生在爱丁堡一个富裕家庭。1867年进入爱丁堡大学攻读土木工程，不久改学法律，毕业后成为律师。他上大学期间就开始创作，因1883年出版的长篇小说《金银岛》而成名。小说描写少年吉姆一行去海上的荒岛寻找财宝，同海盗进行的惊心动魄的搏斗，这部小说开创了寻宝小说的先例。中篇小说《化身博士》是他另一部代表作，写杰基尔医生把自己身上的邪恶本能造出了一个名叫海德先生的化身，后来海德失控杀人，医生也自杀而死。这两部小说体现了他创作的主要特点：富有刺激的冒险，新奇的想象领域以及从抽象的意义上思考善与恶的问题。斯蒂文森是19世纪末新浪漫主义文学的代表，其他的作品还有《诱拐》、《儿童乐园》等。

斯蒂文森小说《金银岛》中的主角之一：海盗长脚约翰

王尔德

王尔德：Oscar Wilde，1854－1900
代表作：长篇小说《道林·格雷的画像》，独幕剧《莎乐美》
作品特点：集唯美主义与颓废主义的表现手法于一体

爱尔兰作家、诗人。出生在都柏林，父亲是著名医生和爱尔兰科学院主席，母亲是女诗人。他1871年进入都柏林三一学院，1874年开始在牛津大学麦格达伦学院学习，受到新黑格尔派哲学等的影响，成为唯美主义的代表人物。他的早期作品有诗歌和童话，如童话故事《快乐王子》等。1891年发表的长篇小说《道林·格雷的画像》的序言中，系统地表达了他的唯美主义美学观点，提出艺术是一种撒谎，艺术家不应有倾向性和道德感等，这部作品也成为唯美主义的代表作。1891-1895年创作了《温德梅尔夫人的扇子》（一译《少奶奶的扇子》）、《无足轻重的女人》、《理想丈夫》和《认真的重要》等讽刺喜剧和独幕剧《莎乐美》。王尔德作为唯美主义的代表人物，也是19世纪80年代美学运动的主力和颓废主义的先驱。

王尔德像

柯南道尔

> 柯南道尔：Arthur Conan Doyle, 1859－1930
> 代表作：《福尔摩斯回忆录》
> 作品特点：结构严谨，情节曲折，通过对主人公福尔摩斯的描写，从多个侧面反映了英国社会中存在的问题，融入众多的科学知识，提高了侦探小说趣味性、知识性和社会性

英国小说家。他出生于爱丁堡，做过医生。因在一系列侦探小说中塑造了私人侦探福尔摩斯的形象而闻名。自1887年出版第一部《血字的研究》起，共创作了68篇福尔摩斯探案的故事，收录在《福尔摩斯的冒险》(1891－1892)、《福尔摩斯回忆录》(1892－1893)等集子中。这些小说结构严谨，情节曲折，主人公福尔摩斯更成为家喻户晓的人物，他清瘦独特的外貌，个性化的知识结构，极强的逻辑推理能力，敏捷的反应，深入虎穴的冒险精神，都给人留下了深刻印象。另外，柯南道尔在小说中，还把犯罪与政治制度和道德观念联系起来，从多个侧面反映了英国社会中存在的问题，同时还融入众多的科学知识，提高了侦探小说的趣味性、知识性和社会性。

柯南道尔像

1902年发行的《巴斯克维尔家的猎犬》
任何福尔摩斯迷都深刻记得，在1893年的小说《最后的冒险》中，这位举世无双的大侦探在瑞士的赖兴巴赫瀑布跌入深潭而死。但是直到20世纪初，柯南道尔才开始相信，这样杀他笔下的英雄的确太草率了。之后他写了《巴斯克维尔家的猎犬》，巧妙地使福尔摩斯起死回生。

契诃夫

> 契诃夫：Anton Pavlovich Chekhov, 1860－1904
> 代表作：小说《套中人》、《变色龙》等
> 作品特点：以诙谐幽默的笔触深入挖掘人性，对下层人民的穷苦悲哀寄予深切同情，对沙皇专制的卫道士们进行无情的批判揭露

俄国作家、戏剧家。他生于塔甘罗格市小商人家庭，童年生活困苦。1879年考入莫斯科大学医学系，学习之余开始创作。19世纪80年代中叶前，他写下大量诙谐幽默的小说，如写大官僚飞扬跋扈和小人物的卑微可怜的《一个官员的死》，写见风使舵的小市民奴性心理的《变色龙》等。80年代后半期，创作进入成熟阶段，写出了《万卡》、《苦恼》、《套中人》等杰出的短篇小说，对于下层人民的穷苦悲哀寄予深切同情，讽刺了沙皇专制的卫道士。1890年他到库页岛考察苦役犯和当地居民的生活状况，进一步加深了他对俄国专制制度的认识。此后不久写出震撼人心的中篇小说《第六病室》，揭露"萨哈林岛地狱"的真相。90年代，他在小说创作的同时开始戏剧创作，共写了5部多幕剧，最著名的是《樱桃园》。

欧·亨利

> 欧·亨利：O. Henry, 1862 — 1910
> 代表作：小说《爱的牺牲》、《警察与赞美诗》等
> 作品特点：构思新颖，语言诙谐，结局常常出人意料，具有"含泪的微笑"的风格，富于生活情趣，被誉为"美国生活的幽默百科全书"

美国短篇小说家。出生于美国北卡罗来纳州格林斯波罗镇一个医师家庭。当过药房学徒、牧牛人、新闻记者、银行出纳员等，当银行出纳员时，因银行短缺了一笔现金，为避免审讯，离家流亡中美的洪都拉斯。后被捕入狱，在监狱医务室任药剂师，这段生活为他以后的创作积累了丰富的素材。1901年提前获释后，迁居纽约，专门从事写作。欧·亨利善于描写美国社会尤其是纽约百姓辛酸又充满温情的生活，形成了"含泪的微笑"的风格。他的作品构思新颖，语言诙谐，结局常常出人意料，富于生活情趣，被誉为"美国生活的幽默百科全书"。他的代表作有《爱的牺牲》、《警察与赞美诗》、《带家具出租的房间》、《麦琪的礼物》、《最后一片藤叶》等。

欧·亨利

欧·亨利原名威廉·西德尼·波特(William Sydney Porter)，他曾因被控告盗用银行公款而关入俄亥俄州的联邦监狱，狱中开始创作小说，获释后即以"欧·亨利"的笔名出版上百篇短篇小说。据说此笔名可能源于狱中狱卒的姓名。他试图埋藏以前的一切，不愿与公众来往，同时也没有亲密的朋友。只是默默耕耘于短篇小说的创作，将通俗畅销的短篇小说赋予文学价值，影响了美国及其他地区一些作家。

豪普特曼

> 豪普特曼：Gerhart Hauptmann, 1862 — 1946
> 代表作：剧作《日出之前》、《织工》
> 作品特点：早期带有明显的现实主义倾向，后来转向象征主义风格，成为新浪漫主义的典型之作

德国剧作家、小说家。他早年学过雕塑，后来接受自然主义诗潮影响开始文学创作。由于受列夫·托尔斯泰和易卜生的影响，他并不拘泥于自然主义的文学主张，作品带有明显的现实主义倾向。成名剧作《日出之前》首演成功后，他又转入写实主义，接连发表了《织工》、《獭皮》和《弗洛里安·盖尔》等现实主义剧作。其中《织工》被看作是德国戏剧发展史上的里程碑。1894年之后，他又开始转向象征主义，并成为德国戏剧界新浪漫主义的代表。这时期的主要作品有《沉钟》、《翰奈尔升天记》等。他还写了多部小说和诗歌，其中长篇小说《信奉基督的愚人：伊曼纽·曼特》被评论界认为是探求基督教及其创建人的巅峰之作。由于他"在戏剧艺术领域中丰硕、多样而又出色的成就"，1912年获诺贝尔文学奖。

豪普特曼像

印象主义

> 印象主义：Impressionism，19世纪末20世纪初流行于欧洲的一种文艺思潮和流派
> 特点：凭借对现实的主观观察和变幻无常的感觉或瞬间感受进行创作，否定事物之间的联系和进行合乎逻辑或理性的提炼加工，其作品从内容到形式都充满含蓄、朦胧和模糊，暗示着某种宿命力量对人的捉弄

莫奈，法国画家及雕塑家，19世纪"印象派之父"，他的《日出·印象》是印象派得名之由来。

19世纪末20世纪初流行于欧洲的一种文艺思潮和流派，其思想基础是唯美主义和自然主义。最初产生在19世纪70年代的法国美术界，得名于画家莫奈的一幅画《日出·印象》。后来迅速扩展到音乐、文学等其他艺术领域。印象主义艺术家经常只凭对现实的主观观察和变幻无常的感觉或瞬间感受进行创作，否定事物之间的联系和进行合乎逻辑或理性的提炼加工，反对用象征主义手法表达思想。印象主义作品从内容到形式都充满含蓄、朦胧和模糊，暗示着某种宿命力量对人的捉弄。20世纪初又产生了龚古尔兄弟的"心理印象主义"，史蒂森生和康拉德的异域情调，神秘的自然力等不同风格的变种，后来成为一种独立的创作方法，预示了意识流文学的产生。主要作品有施尼茨勒的独幕剧《鹦鹉》和《木偶》等。

《睡莲》（局部）莫奈
印象主义作品

二十世纪欧美文学

ERSHI SHIJI OUMEI WENXUE

20世纪的欧美文学有着变幻莫测的不稳定性与流派纷呈的丰富性。这个世纪上半叶的两次世界大战，剥夺了人们对思想的企盼和对传统的归属，陷整个西方世界于贫困和苦难中，这使得原本内省并忙于寻觅自我的人们，不得不目光外向，正视阴暗的现实，描摹人们在痛苦中的奋力挣扎，文学的现实主义风格得到发展。

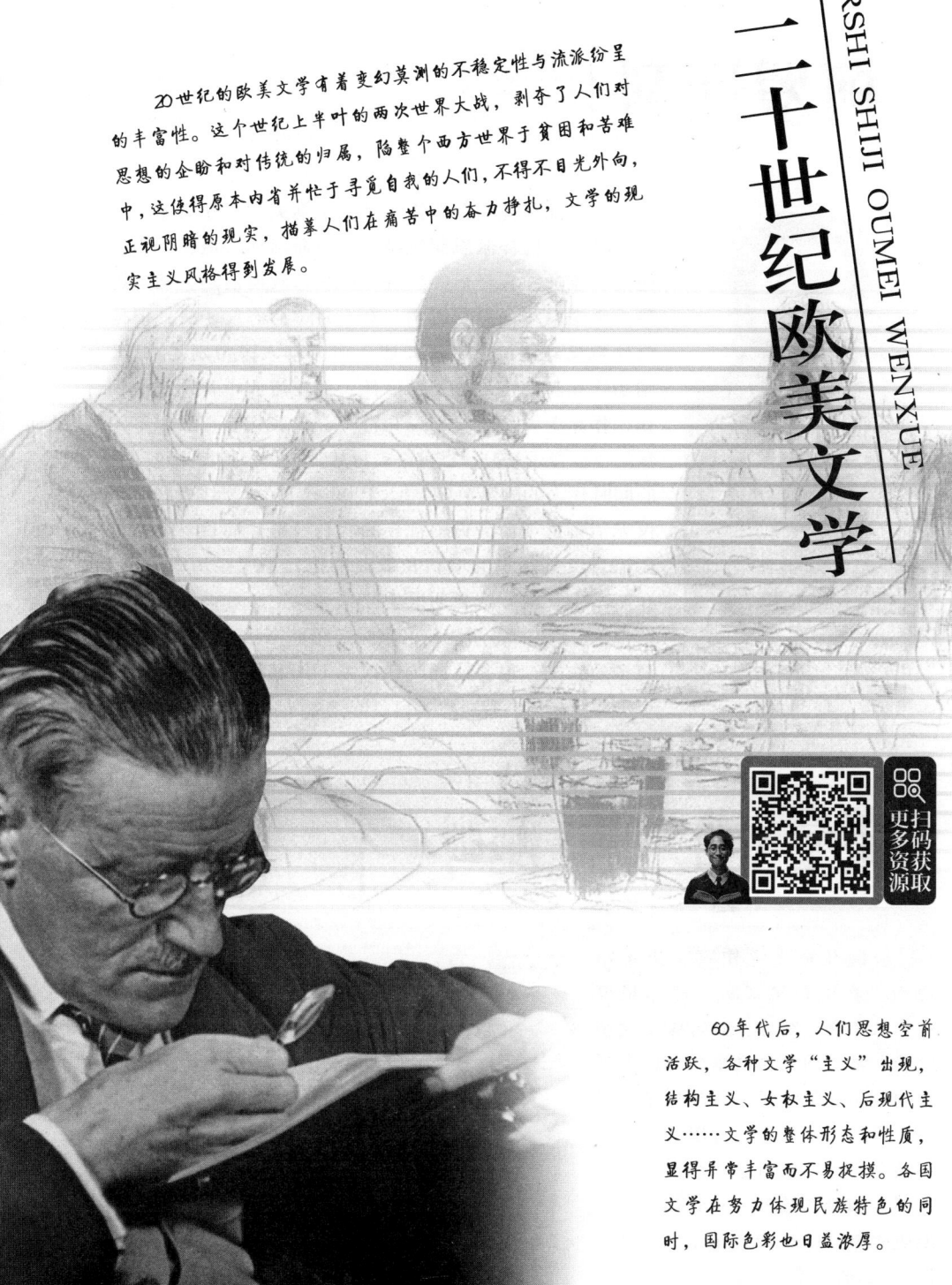

60年代后，人们思想空前活跃，各种文学"主义"出现，结构主义、女权主义、后现代主义……文学的整体形态和性质，显得异常丰富而不易捉摸。各国文学在努力体现民族特色的同时，国际色彩也日益浓厚。

柯罗连科

> 柯罗连科：Vladimir Galaktionovich Korolenko, 1853 – 1921
> 代表作：短篇小说《玛加尔的梦》、《盲音乐家》，自传体小说《我的同时代人的故事》
> 作品特点：运用现实主义与浪漫主义相结合的特点，无情鞭挞革命前俄国社会的腐朽没落，反映出被压迫者反抗意识的增长和俄国知识分子所经历的道路

柯罗连科像
他的作品以英雄式的笔法，乐观的情绪描述俄国苦难的人民，成为反对沙皇力量的喉舌。

俄国批判现实主义作家。生于乌克兰。在莫斯科上大学时，受民粹派思想影响参加革命活动，遭反动当局逮捕和流放。获释后继续进行反沙皇政府活动。柯罗连科一生受民粹派思想影响，对十月革命态度矛盾；但他对沙俄反动统治一直不妥协，对劳动人民特别是农民，则始终充满同情、热爱和信任。他在流放中开始文学创作，作品主要是短篇小说和特写。代表作有《玛加尔的梦》、《盲音乐家》、《巴甫洛夫村札记》和自传体小说《我的同时代人的故事》（四卷，1906 – 1921）。这些作品不仅无情鞭挞革命前俄国社会的腐朽没落，而且反映出被压迫者反抗意识的增长和俄国知识分子所经历的道路。在艺术上，柯罗连科明确主张"现实主义和浪漫主义相结合"。读他的作品能使人察觉黑暗而奋起直前。其主人公多为农民，但要比同时代人笔下闭塞温顺的庄稼佬高出一头。高尔基曾尊他为自己的"老师之一"。

莱曼·弗兰克·鲍姆

> 莱曼·弗兰克·鲍姆：Lehman Frank Baum, 1856 – 1919
> 代表作：儿童文学作品《绿野仙踪》
> 作品特点：构想一些令人愉快的故事来对儿童达到教育的目的

美国儿童文学作家。生于纽约州。童年在父亲的大庄园里度过，从小喜欢写作。鲍姆做了父亲以后，常常回忆自己童年时代所听过的故事。他觉得那些故事枯燥沉闷，讲的尽是些令人讨厌的道德和训诫的内容。他自己构想出一些听了使人愉快的故事，同时把儿歌改编成故事。1897年，他编了散文集《鹅妈妈的故事》、儿歌《鹅爸爸的

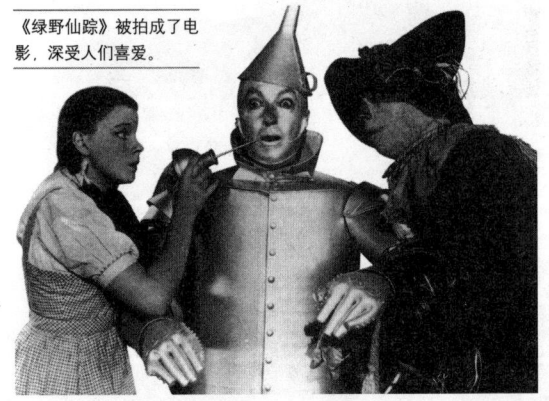

《绿野仙踪》被拍成了电影，深受人们喜爱。

书》等。1900年,鲍姆写成《绿野仙踪》(即《奥茨国的魔术师》),被誉为20世纪最杰出的美国儿童文学作品,讲述一个小姑娘被一阵飓风吹到一个奇怪的地方,遇到了稻草人、铁皮人和一只胆小的狮子,他们为了各自的愿望,历经考验,寻找奥茨国的魔法师的帮助。此后,鲍姆又写了《奥茨国的地方》、《多萝茜与奥茨国的巫师》等多部有关"奥茨国"的故事。

萧伯纳

萧伯纳: George Bernard Shaw, 1856 – 1950
代表作:剧本《鳏夫的房产》、《华伦夫人的职业》
作品特点:对社会问题的揭发和批判,对知识分子和孤独的反抗者的推崇,常常以接近闹剧的形式表现出来,夸张幽默的语言蕴含着深刻的真理

爱尔兰剧作家。出生在都柏林一个公务员家庭。1876年移居伦敦,培养了对音乐的爱好,并从事新闻工作。后来接受共产主义思想,但始终是个改良主义者。20世纪30年代访问过苏联、中国和美国等。他1885年开始创作戏剧,共有剧本51部,主要作品有《鳏夫的房产》、《华伦夫人的职业》、《康蒂妲》、《恺撒和克莉奥佩特拉》、《英国佬的另一个岛》、《巴巴拉少校》、《皮格马利翁》、《伤心之家》、《圣女贞德》和《苹

萧伯纳像

果车》等。萧伯纳的社会问题剧创作受易卜生影响很深,但他对社会问题的揭发和批判,对知识分子和孤独的反抗者的推崇,常常以接近闹剧的形式表现出来。其作品中夸张幽默的语言蕴含着深刻的真理。他也因此成为现代英国资产阶级社会最辛辣的讽刺者。

贞德率军奔赴战场的情景
《圣女贞德》是萧伯纳最优秀和最受欢迎的一部戏剧作品,创作并上演于1923年。

康拉德

康拉德：Joseph Conrad，1857 — 1924
代表作：长篇小说《水仙号上的黑家伙》、《吉姆爷》、《在西方的眼睛下》等
作品影响：带有悲观神秘的色彩，擅长心理刻画，主人公多是特殊环境中的异常人物，处于孤独之中

波兰裔英国作家，真名是约瑟夫·康拉德·科尔仁尼耶夫斯基。他生于一个波兰革命者和作家的家庭，幼年颠沛流离，没有受到系统的学校教育。1874年开始在一艘商船上的工作，直到1898年他转而专心从事写作为止。康拉德共发表了13部长篇小说和多部短篇小说等。代表作有描写海员生活的长篇小说《水仙号上的黑家伙》、赞美水手的忠诚和勇敢的《吉姆爷》、抨击俄国专政制度的《在西方的眼睛下》等。他擅长描写海洋生活，但他关注的不是惊险事件，而是这些事在人们意识中的反映。在他的笔下，船是一种有灵魂的东西，是人跟大自然搏斗时最忠诚勇敢的朋友和助手。他的作品往往带有悲观神秘的色彩，擅长心理刻画，主人公多是特殊环境中的异常人物，处于孤独之中。

约瑟夫·康拉德像

纪 德

纪德：André Gide，1869 — 1951
代表作：日记体中篇小说《田园交响乐》，长篇小说《伪币制造者》
作品特点：内容广博，而意味深长，表达了对资本主义现实的不满

法国作家。他出生于巴黎资产者家庭，早年丧父。1891年发表《安德烈·瓦尔特的笔记》，表达了对柏拉图式爱情的向往，此后又追求同性恋生活，但在《背德者》中对同性恋的恶果进行了批判。日记体中篇小说《田园交响乐》和长篇小说《伪币制造者》是纪德的两部重要作品，前者正如纪德所说，"是对某种自我欺骗的形式的批评"。后者被作者认为是他唯一的长篇小说，在小说的写作手法和技巧上都有创新。1925年的赤道非洲之行是纪德的又一重要转折点，此后发表的《刚果游记》等作品引起了公众对殖民主义罪行的注意。在《伪币制造者的日记》中，他表达了对资本主义现实的不满。1947年，他因"内容广博和意味深长的作品"，获诺贝尔文学奖。

纪德坐在其巴黎公寓里的莱奥帕尔迪伯爵（1798—1837，意大利诗人）的死亡面具下。

梅特林克

梅特林克：Maurice Maeterlinck, 1862－1949
代表作：剧作《不速之客》，梦幻剧《青鸟》
作品影响：想象丰富，充满诗意的奇想，有时虽以神话的面貌出现，但仍然处处充满了深刻的启示

比利时剧作家、散文家。生于根特市，早年学习法律，后到巴黎开始文学创作。1889年发表诗集《温室》和第一个剧本《玛莱娜公主》，后者第一次把象征主义手法运用到戏剧创作中，受到法国评论界的重视。早期作品充满悲观颓废的色彩，宣扬死亡和命运的无常，主要剧作有《不速之客》和《室内》等。1896年移居巴黎等地，开始摆脱悲观主义，《莫娜·凡娜》、《乔赛儿》和《青鸟》等代表作，都力图解答道德和人生观问题，表达了他的哲学观点。其中《青鸟》是一部梦幻剧，被公认为他的戏剧生涯中最优秀的作品。第一次世界大战后，他又出版了《白蚁的生活》等几部散文集，批判资产阶级的道德习俗。1911年，由于他的作品，尤其是戏剧作品有"丰富的想象和诗意的幻想等特色"，被授予诺贝尔文学奖。

梅特林克像

伏尼契

伏尼契：Ethel Lilian Voynich, 1864－1960
代表作：小说《牛虻》、《杰克·雷蒙》、《中断了的友谊》等
作品影响：小说在我国和苏联有很大影响，曾经激励了一代人，但在西方长期受到冷落

英国女作家。出生在爱尔兰，后迁居伦敦。1885年毕业于德国柏林音乐学院。后在伦敦结识了很多流亡的革命者，1892年与波兰流亡者米哈伊·伏尼契结婚。婚后积极参与流亡者的革命活动，任《自由俄罗斯》杂志的编辑，并翻译介绍了果戈理、奥斯特洛夫斯基等人的作品。1897年，在伦敦出版了她的小说《牛虻》，小说描写意大利革命者争取国家独立，反抗奥地利统治者的故事，成功地塑造了坚定的革命者牛虻的形象。小说在我国和苏联有很大影响，曾经激励了一代人。但在西方长期受到冷落。伏尼契的其他创作还有小说《杰克·雷蒙》等。

19世纪意大利西西里起义图，这个历史事件成为《牛虻》一书的创作题材。

吉卜林

> 吉卜林：Rudyard Kipling，1865－1936
> 代表作：长篇小说《基姆》等
> 作品特点：语言简单凝练，充满异国情调，总体风格上，早期自然清新，晚期则较多涉及战争创伤、病态心理和死亡内容

吉卜林像

英国小说家、诗人。出生在印度孟买，在英国受教育，17岁中学毕业回印度工作。1884年，他发表了第一个短篇《百愁门》。早期作品以清新自然的风格，展现了印度的风土人情。19世纪90年代到20世纪初是他创作鼎盛时期，有诗集《营房谣》、短篇小说集《生命的阻力》和动物故事《丛林之书》、长篇小说《基姆》等，《基姆》是作家最后一部以印度为题材的作品，被认为是他最出色的长篇小说。此外，还有童话《供儿童阅读的平常故事》等。晚年不少作品涉及战争创伤、病态心理和疯狂、死亡的内容。其作品简洁凝练，充满异国情调。由于他"观察的能力、新颖的想象、雄浑的思想和杰出的叙事才能"，1907年成为英国第一位获诺贝尔文学奖的作家。

叶 芝

> 叶芝：William Butler Yeats，1865－1939
> 代表作：诗集《在七座树林中》
> 作品特点：早期具有唯美主义与浪漫主义风格；中期转向坚实明朗；晚期则重视象征手法的丰富含义表现

爱尔兰诗人、剧作家。出生在都柏林一个画师家庭，1884年进入都柏林艺术学院，1886年开始创作生涯。之后参与建立了爱尔兰文学协会、创建爱尔兰民族剧院协会等，是20世纪初爱尔兰文艺复兴运动的领导人之一。他的诗歌创作大概可分为三个时期：19世纪90年代，发表了《秘密的玫瑰》、《风中的芦苇》等具有唯美主义和浪漫主义风格的诗集，受斯宾塞和雪莱影响较大，《当你老了》、《茵纳斯弗利岛》等是其中脍炙人口的名篇；中期，参与了要求民族自治的民族独立运动，诗风也由早期的虚幻朦胧转向坚实明朗，代表作有诗集《在七座树林中》、《布满阴影的水》、《责任》等；后期，发表了《幻象》一书解释其神秘主义哲学体系，并有诗集《钟楼》、《螺旋》等问世，其抒情诗以洗练的语言和含义丰富的象征手法，取得较高的艺术成就。叶芝的诗歌创作对现代派诗歌有很大影响，1923年获诺贝尔文学奖。叶芝的实验戏剧也取得了很大成就，代表作有《女伯爵凯瑟琳》、《心愿之乡》等。

叶芝像

罗曼·罗兰

> 罗曼·罗兰：Romain Rolland, 1866－1944
> 代表作：小说《约翰·克利斯朵夫》、《母与子》等
> 作品特点：融合高尚的理想、对各类人物的同情和对真理的热爱于一体

罗曼·罗兰

法国作家。出生在一个银行职员的家庭，1886年考入巴黎高等师范学校，后又获得罗马法国考古学校的博士学位。之后在巴黎高师和巴黎大学教书，同时创作兼写音乐评论。第一次世界大战时，坚持人道主义的立场，赞同社会主义。他的创作在戏剧方面有《群狼》、《爱与死的较量》等；传记方面有《贝多芬传》、《米开朗琪罗传》和《甘地传》等，主要是想通过名人传记，宣扬一种为理想而奋斗的英雄主义。在小说方面的代表作有《约翰·克利斯朵夫》和《母与子》等。前者是罗兰的成名作，写一个坚持自己的音乐理想的作曲家一生的故事，批判了当时巴黎文艺界的虚伪和腐化。1915年获诺贝尔文学奖。

威尔斯

> 威尔斯：Herbert George Wells, 1866－1946
> 代表作：中篇小说《时间机器》，科幻作品《隐身人》、《星际战争》
> 作品特点：具有强烈的讽刺意义，表现了对前途的不安和焦虑，创作中运用了当时的先进科技但又不受其限制。

英国科幻小说家。出生在肯特郡一个普通小店主家庭，曾进入伦敦大学攻读生物学专业。毕业后作过记者，1893年左右成为职业作家，创作了大量科幻小说。1895年发表的第一部中篇小说《时间机器》使他一举成名。描写一个科学家发明了一种能飞到过去和未来的机器，展现了一幅未来世界的可怕情景。小说具有强烈的讽刺意义，表明了作者对现代社会劳动者和剥削者冲突加剧可能造成的后果的担忧。此后，又发表了《莫罗博士岛》、《隐身人》、《星际战争》、《月球上的第一批人》等科幻作品，改变了凡尔纳作品中的乐观主义倾向，表现了对前途的不安和焦虑，创作中运用了当时的先进科技但又不受其限制。另外，他还写有一些反映城市中下层人民生活的小说《爱情和鲁维轩先生》、《托诺－邦盖》等。

威尔斯像

克罗齐

> 克罗齐：Benedetto Croce, 1866－1952
> 代表作：《精神的哲学》
> 作品特点：作品具有很强的哲理性，以鲜明的自由主义立场而著称

意大利美学家、哲学家、文学批评家和历史学家。出生在佩斯卡塞罗利，后定居那不勒斯。在天主教学校受过初等教育和中等教育，后入罗马大学学习。克罗齐独力潜心学术研究，他最伟大的作品是《精神的哲学》，分四部分出版——《美学》、《逻辑学》、《实践哲学》、《历史：它的理论与实践》。其中主要贡献在美学方面，提出了"艺术即直觉"的著名观点。他还有许多历史和批评作品，如《诗学》和《自由故事之史》。他也创办并主编季刊《批评》，颇具影响力。另外，克罗齐还写有许多评论重要哲学、文学作品的文章，如《但丁》、《莎士比亚》、《十九世纪欧洲文学》等。同时，他积极参加政治活动，1910年成为意大利国会议员，1920-1921年间任公共教育部长，主持学校改革，二战时坚决反对法西斯主义独裁，持自由主义的立场。退休后，在故乡那不勒斯创办了史学研究中心，逝于该地。

克罗齐像

高尔斯华绥

> 高尔斯华绥：John Galsworthy, 1867－1933
> 代表作：长篇小说《福尔赛世家》
> 作品特点：在真实的描绘中透露作者的褒贬，注意塑造典型性格，文笔自然流畅，故事情节跌宕有致

英国小说家、剧作家。出生于伦敦一个富裕的律师家庭。毕业于牛津大学法律系。1891-1893年游历欧洲，1895年开始创作，早年受屠格涅夫影响较大。1906年发表的长篇小说《有产业的人》和第一个剧本《银盒》确立了他在文坛上的地位。他一生共创作了17部小说、26个剧本及短篇小说、散文等若干。主要作品有长篇小说《福尔赛世家》三部曲：《有产业的人》、《骑虎》、《出租》；《现代喜剧》三部曲：《白猿》、《钥匙》、《天鹅之歌》；以及戏剧作品：《银盒》、《鸽子》和《忠诚》等。他的小说在真实的描绘中透露作者的褒贬，注意塑造典型性格，文笔自然流畅，故事情节跌宕有致。1932年"为其描述的卓越艺术……这种艺术在《福尔赛世家》中达到高峰"，获诺贝尔文学奖。

高尔斯华绥像

皮兰德娄

皮兰德娄：Luigi Pirandello, 1867－1936
代表作：自传性长篇小说《已故的帕斯加尔》
作品影响：采用怪诞离奇的情节或戏中戏的戏剧形式，揭示生活与形式的矛盾，阐释作者独特的哲学思想

皮兰德娄像

意大利小说家、戏剧家。生于西西里岛一个商业资产阶级家庭，曾就读于罗马及波恩大学，酷爱语言学与文学。1892年回国并开始为文艺特刊撰稿。1894年，婚姻、家庭连遭不幸，激发了他的创作欲望。20世纪初，皮兰德娄开始发表小说，自传性长篇小说《已故的帕斯加尔》被誉为意大利20世纪叙事体文学作品的典范。为他赢得世界声誉的，是他的一系列怪诞剧，主要有《诚实的快乐》、《像从前却胜于从前》、《六个寻找剧者的角色》、《亨利四世》、《给裸体者穿上衣服》、《我们今晚即兴演出》、《寻找自我》等。这些戏剧采用怪诞离奇的情节或戏中戏的戏剧形式，揭示生活与形式的矛盾，阐释作者独特的哲学思想。由于"他果敢而灵巧地复兴了戏剧艺术和舞台艺术"，1934年获诺贝尔文学奖。

高尔基

高尔基：Camillo Golgi, 1868－1936
代表作：小说《母亲》、《童年》、《在人间》，剧本《底层》、《小市民》

苏联无产阶级作家。父亲是一个木匠，幼年丧父，11岁就开始走上社会，做过报童、搬运工、跑堂等。1884年起定居喀山，同时开始参加革命活动。他依靠自学开始文学创作，早期作品如《伊吉尔老婆子》、《鹰之歌》等有浪漫主义特色，但一些以流浪汉为题材的小说也很成功，如《玛莉娃》等。1899年发表的长篇小说《福马·高尔杰耶夫》标志着他的现实主义创作进入了成熟阶段。此后至十月革命前，他的主要作品是《母亲》、自传体三部曲的前两部《童年》、《在人间》，还有剧本《底层》、《小市民》等。苏维埃时期，他一方面主持了很多社会活动，一方面坚持创作，长篇小说《阿尔达莫诺夫家的事业》通过阿尔达莫诺夫一家三代的兴衰变化，概括了俄国资产阶级的命运。1934年，高尔基主持了第一次全苏联作家代表大会，并担任作家协会第一任主席，为苏维埃文学事业的发展起了十分重要的推动作用。著名作家巴乌斯托夫斯基曾这样评价高尔基："在高尔基身上体现着俄罗斯。如同没有伏尔加河我不能想象俄罗斯一样，我也不能想象没有高尔基。"

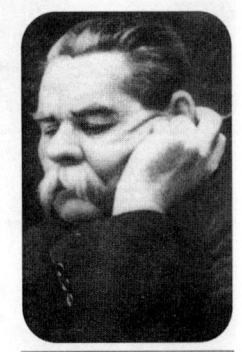

高尔基像

《母亲》

> 《母亲》：Mother，高尔基最重要的作品
> 意义：第一次正面歌颂了工人阶级反对地主、资产阶级的斗争，歌颂了无产阶级的革命精神和英雄气概，对后来的社会主义现实主义具有示范性作用

发表于1906年，是高尔基最重要的作品，奠定了社会主义现实主义的新型创作方法，在世界无产阶级文学史上具有划时代的意义。小说以巴威尔一家为中心，通过"沼地戈比事件"、"五一游行"和"车站被捕"几个典型性的场景，描写了以母亲尼洛夫娜和巴威尔为代表的俄国工人阶级的觉醒，表现了工人运动从自发到自觉的过程。

这部小说第一次正面歌颂了工人阶级反对地主、资产阶级的斗争，歌颂了无产阶级的革命精神和英雄气概，对后来的社会主义现实主义具有示范性的作用。

高尔基（右三）在贝纳塔朗诵剧本《阳光之子》 列宾 俄罗斯
高尔基在早期创作的一系列作品中，如《阳光之子》，《母亲》，对后来的社会主义现实主义创作方法的形成有重要影响。

克洛代尔

> 克洛代尔：Paul Claudel, 1868－1955
> 代表作：诗歌《五大颂歌》、《三重唱歌词》等，戏剧《圣经》
> 作品特点：多取材《圣经》，充满基督教的玄想与炽烈的宗教热情，感情奔放，节奏强而有力

法国诗人、戏剧家。出生在一个小资产阶级家庭，曾在巴黎读大学法科和政治学院。后来成为职业外交官，曾任驻中国、日本和美国等地的领事、大使等。终生抱有炽热的宗教热情。工作之余创作了大量诗歌、诗剧等。诗歌方面师法兰波，代表作有《五大颂歌》、《三重唱歌词》等；戏剧方面主要作品有《城市》、《给玛丽报信》等。他的作品多取材《圣经》，充满基督教的玄想与炽烈的宗教热情，感情奔放，节奏强而有力。主题多是世俗的欲望和罪恶与上帝的"神恩"之间的矛盾。他以其独特的艺术形式成为后期象征主义的代表诗人之一。在中国任职期间曾写过散文集《认识东方》，还学习汉文，翻译和改写过一些古诗。

克洛代尔像

库普林

> 库普林：Aleksandr Ivanovich Kuprin, 1870－1938
> 代表作：中篇小说《莫洛赫》，长篇小说《决斗》
> 作品影响：多以亲身经历为题材，以现实主义的笔法揭露沙皇军队的腐败和资本主义社会的罪恶，表现下层人民生活的悲惨境遇，赞美他们的勤劳与善良

俄国作家，小说与故事以煽情、色彩和动作著称。生于纳罗夫恰特。幼年丧父，1880 年入军校，后来在军中任职，这段生活对他性格的形成产生了很大影响。1894 年退伍后开始专职写作。十月革命后流亡巴黎。他的作品多以亲身经历为题材，以现实主义的笔法揭露沙皇军队的腐败和资本主义社会的罪恶，表现下层人民生活的悲惨境遇，赞美他们的勤劳与善良。他的主要作品有抨击工厂主对工人剥削的中篇小说《莫洛赫》、揭露沙皇军官野蛮与腐败的长篇小说《决斗》和描述资本主义社会妓女生活的《火坑》等。流亡期间的《士官生》等作品则多带有回忆性质，有一种伤感色彩。

库普林的代表作品：

奠定其文坛地位的小说《决斗》（1905）

单刀直入的动作派小说《雷布尼可夫上尉》（1906）

性欲风格小说《苏拉密斯》（1908）

采用类似报告文学手法的小说《亚玛》（1909～1915）

布　宁

> 布宁：Ivan Alekseyevich Bunin, 1870－1953
> 代表作：短篇小说《田间》、《末日》，中篇小说《乡村》
> 作品特点：不太重视情节与结构的安排，而专注于人物性格的刻画和环境气氛的渲染，语言生动和谐，富于节奏感

俄国作家。生于一个破落贵族的家庭。中学未毕业就步入社会，做过校对员、图书馆员、助理编辑等。1887 年开始发表诗作，1903 年以诗集《落叶》获莫斯科学术院的普希金奖。十月革命爆发后流亡法国直到去世。布宁在中短篇小说创作上的成就最大，早期作品主要描写贵族庄园生活，如短篇小说《田间》、《末日》等。1910 年的中篇小说《乡村》，使他成为俄国文坛上的第一流作家，标志着他的创作视野有了变化，更加关心农民和俄罗斯的命运。此后，布宁创作了一系列反映农村落后和农民愚昧的中短篇。流亡国外以后，布宁的创作仍充满活力，除了自传体长篇小说《阿尔谢尼耶夫的一生》外，还有将近 200 篇短篇小说。布宁的小说不太重视情节与结构的安排，而专注于人物性格的刻画和环境气氛的渲染，语言生动和谐，富于节奏感，被高尔基誉为"当代优秀的文体家"。1933 年，"由于他严谨的艺术才能，使俄罗斯古典传统在散文中得到继承"，获得诺贝尔文学奖。

辛 格

辛格：John Millington Synge, 1871－1909
代表作：戏剧《骑马下海人》、《狭谷的阴影》、《西方世界的花花公子》、《补锅匠的婚礼》等
作品特点：将农民和农民的语言搬上了舞台，从平凡小事中发现浓郁的诗意，给20世纪初"优雅"而沉闷的英国舞台带来了一股新鲜空气

爱尔兰戏剧家。出生在基督教家庭，曾在都柏林三一学院学习。1894年起先后在德国、意大利和法国留学，结识了爱尔兰革命运动中的过激民族主义者，参加了爱尔兰文艺复兴运动。1898年后，曾5次到阿兰群岛调查农村生活，并于1907年出版了《阿兰群岛》一书，他的戏剧基本都取材这本书中搜集的民间传说故事。主要作品有《骑马下海人》、《峡谷的阴影》、《西方世界的花花公子》、《补锅匠的婚礼》等。他的创作把农民和农民的语言搬上了舞台，从平凡小事中发现浓郁的诗意，给20世纪初"优雅"而沉闷的英国舞台带来了一股新鲜空气。

辛格像

普鲁斯特

普鲁斯特：Marcel Proust, 1871－1922
代表作：长篇小说《追忆似水年华》，美学论文《驳圣·勃夫》，自传体小说《让·桑特依》

法国小说家、评论家。出生在巴黎富裕的资产阶级家庭，他自幼体弱多病，生性敏感，富有幻想。中学毕业后入巴黎大学文理学院法律系，听过柏格森的哲学课，深受影响。不久，开始涉足上流社会，出入文艺沙龙。1892年起参与创办《宴会》杂志，并在上面发表短篇小说和随笔。1896年他将已发表过的10多篇作品编辑成《欢乐与时日》出版。之后他撰写了长篇自传体小说《让·桑特依》，写的是童年时代的回忆，但1952年才出版。此外，他还翻译了英国美学家约翰·罗斯金的著作《亚眠人的圣经》、《芝麻和百合花》。1906年父母去世后，他闭门写作，除阐述美学观点的论文《驳圣·勃夫》外，开始了文学巨著《追忆似水年华》的创作，这部小说使他成为意识流小说流派的开山鼻祖，并在世界文学史上留名。

普鲁斯特像

《追忆似水年华》

《追忆似水年华》：Remembrance of Things Past，普鲁斯特的长篇代表作
特点：故事没有连贯性，中间经常插入各种感想、议论、倒叙，语言具有独特风格，令人回味无穷；并改变了对小说的传统观念，革新了小说的题材和写作技巧，使潜意识成了真正的主人公

普鲁斯特的长篇小说代表作。小说以第一人称写成，开头部分写叙述者马赛尔在卧室里追忆童年时代，由一天早晨母亲给他吃的名叫"玛德莱娜"的小点心，想起了小时候姑妈给他吃的泡在茶里的点心的味道。由此又想起了和斯万特家与盖尔芒特家的交往，想到了他的初恋和对盖尔芒特夫人的爱慕。又想到了在海滨和阿尔贝蒂娜的一见钟情及二人短暂的共同生活，最后想到了阿尔贝蒂娜的死。时光流

这是一幅描绘诺曼海滨消夏的画作。普鲁斯特自9岁时得了哮喘病，这影响了他的正常生活。其病使一家人不得不带他去诺曼海滨疗养。后来，此地出现在普鲁斯特的《追忆似水年华》中，只不过其名字已改为拜尔贝克（Balbec）。

逝，马赛尔认为，除了艺术外，任何事物都是不能真正固定和为人所了解的。这部巨著就是他为自己的生命竖起的丰碑。小说的故事没有连贯性，中间经常插入各种感想、议论、倒叙，语言具有独特风格，令人回味无穷。这部作品改变了对小说的传统观念，革新了小说的题材和写作技巧，使潜意识成了真正的主人公。

德莱塞

德莱塞：Theodore Dreiser, 1871 – 1945
代表作：长篇小说《嘉莉妹妹》、《珍妮姑娘》
作品特点：较早使用了弗洛伊德学说的一些理论，来塑造典型形象，如潜意识、幻觉、梦境和性的压抑与升华等

美国现代小说的先驱和代表作家。出生于破产小工业主家庭，中学毕业后便自谋生计，长期在底层挣扎，这段经历为他后来的创作提供了许多素材。1892年，他成了一位记者，走访了芝加哥和纽约等城市，广泛接触和了解了社会生活。德莱塞的创作可分前后两个时期，俄国十月革命是他思想和创作的转折点。他的代表作有长篇小说《嘉莉妹妹》、《珍妮姑娘》、《欲望三部曲》、《"天才"》和《美国的悲剧》等。这些作品基本是批判现实主义的，揭露了资本主义社会繁荣表面下的罪恶和社会的贫富对立。尤其以真人真事为原型的《美国的悲剧》，写一个穷教士的儿子为追逐权力和金钱而成为杀人犯的故事，揭露了利己主义和金钱至上的观念对人的腐蚀。另外，他在创作中较早使用了弗洛伊德学说的一些理论来塑造典型形象，如潜意识、幻觉、梦境和性的压抑与升华等。

瓦莱里

瓦莱里：Paul Valéry, 1871－1945
代表作：诗集《幻美集》等
作品影响：偏重形而上学的思考，充满自我陶醉和深奥的玄想，讲究格律，十四行诗在艺术上尤其精湛

法国诗人。出生在地中海海滨的塞特市，父亲是海关官员，家境富裕。中学毕业后进入蒙彼利埃大学法学院，毕业后定居巴黎，在国防部、通讯社等处任职。他在中学时代就开始创作，早期诗歌受象征派影响，以富有音乐性的诗句和象征的意境，抒发梦境和默想，后收入诗集《旧诗集存》中。后期发表有诗集《幻美集》等，表现了玄虚的思考和空灵的抒情，代表了他的独特风格。1926年发表的诗歌《海滨墓园》

瓦莱里像

是其代表作，从自然永存和人生无常的对比中，烘托出肯定现实、面对未来的积极主题。瓦莱里的诗歌偏重形而上学的思考，充满自我陶醉和深奥的玄想，讲究格律，十四行诗在艺术上尤其精湛。曾被评为法国当代最杰出的诗人。

《石榴》

坚硬而绽开的石榴
结不起结子太多，
我想见丰硕的成果
爆开了权威的额头！

开裂的石榴啊，阳光
灼烤你们的傲骨，
使出苦练的工夫
打通了珠宝的隔墙，

干皮层灼灼的赤金，
和一种力量相应，
迸发出红玉的香膠，

这一道辉煌的裂口
使我的旧梦萦绕
内心的隐秘结构。

——选自《外国现代派作品选》

托马斯·曼

托马斯·曼：Thomas Mann, 1871－1950
代表作：长篇小说《布登勃洛克一家》
作品特点：小说是德国19世纪后半期社会发展的艺术缩影，被誉为德国资产阶级的"一部灵魂史"

德国作家。出身德国北部卢卑克城望族，曾在慕尼黑高等工业学校旁听历史、文学史和经济学课程，第一次世界大战时曾一度为帝国主义参战辩护，但20世纪30年代大力反对法西斯主义威胁，希特勒上台后流亡瑞士。其创作主要是中、长篇小说。代表作是长篇小说《布登勃洛克一家》，小说通过自由资产阶级布登勃洛克在垄断资产阶级哈根施特勒姆家族的排

托马斯·曼，20世纪少数具有国际重要性的德国作家。他用有渗透力的讽刺将爱憎交织的矛盾情感引入其散文叙事中，这形成托马斯·曼整个文学生涯的特色。

挤、打击下逐渐衰落的历史描写，详尽地揭示了资本主义的旧的刻意盘剥和新的掠夺兼并方式的激烈竞争和历史成败，成为德国 19 世纪后半期社会发展的艺术缩影，被誉为德国资产阶级的"一部灵魂史"。托马斯·曼的重要作品还有长篇小说《魔山》和《浮士德博士》等。1929 年获诺贝尔文学奖。

1947 年的托马斯·曼，在加利福尼亚流亡期间啜饮辛扎诺酒。他因反对纳粹而只得小心行事，离开德国。

亨利希·曼

亨利希·曼：Heinrich Mann, 1871 – 1950
代表作：长篇小说《臣仆》、《垃圾教授》，长篇历史小说《亨利四世》
作品特点：运用讽刺的手法，对资本主义社会进行了批判和揭露，具有独特的现实主义风格

德国批判现实主义小说家。出生于富商家庭，曾在柏林、慕尼黑大学学习。拥护民主政治，1933 年希特勒上台后被迫流亡，期间同高尔基等人一起从事反法西斯斗争。他的主要作品有长篇小说《臣仆》、《垃圾教授》、《严峻的生活》和长篇历史小说《亨利四世》以及若干篇中短篇小说，如《心》、《爱情故事》等。他的作品艺术上深受司汤达、福楼拜等人的影响，显示了高超的讽刺才能。对资本主义社会的批判和揭露是他作品的重要主题。代表作《臣仆》，以犀利的讽刺手法生动地刻画并批判了"在强者面前是奴才，在弱者面前是暴君"的德意志帝国的形象。他形成自己独特的现实主义风格的同时，还吸取现代派的某些手法，如晚期作品就融合了报告文学的手法和意识流的技巧。

亨利希·曼，以《垃圾教授》一书知名。

勃留索夫

勃留索夫：Valery Bryusov, 1873 – 1924
代表作：诗集《花环》、《现代生活》、《在这样的日子里》等
作品特点：文字冷静，具有完整的象征体系，表现出神秘主义倾向，多选取革命题材

俄国诗人。19世纪末、20世纪初俄国颓废派及象征派诗歌的领导人物。出生于富商家庭，毕业于莫斯科大学语文历史系历史专业。早期受法国初期象征派诗人影响，自认是法国诗风的传承者，曾翻译魏尔兰、马拉美、兰波及其他法国作家的作品，其文字表现冷静而独具匠心。创作有诗集《花环》、《现代生活》、《这是我》、《所有的曲调》等，具有完整的象征体系，表现出神秘主义的倾向，成为白银时代象征主义诗人的杰出代表。勃留索夫主张革命诗歌应是"一切积极的、强大的力量的回声"。诗人也应是斗争的歌手。第一次世界大战期间，开始接近高尔基，并于1920年加入了共产党，曾在人民教育委员部、国家出版局和大学任职，著有诗集《在这样的日子里》、《远方》等，歌颂十月革命和列宁，此外还有《诗的科学》等论著，被高尔基称为"俄罗斯最有学问的作家"。

《巨浪的顶峰》
勃留索夫

在辽阔的世界上，在喧腾的大海中，
我们是掀起的巨浪的顶峰。
过着奇异而甜美的真正的生活，
歌声里弥漫着预感和憧憬。

弟兄们，为必然的胜利而尽情欢腾！
站在高处，要展望远景！
我们没有怀疑，不会战栗，
我们是掀起的巨浪的顶峰。

斯泰因

斯泰因：Gertrude Stein, 1874 – 1946
代表作：小说《三个女人的一生》、《美国人的成长》，自传性小说《爱丽丝·B·托克拉斯自传》等
作品特点：在艺术形式上勇于创新，如模仿儿童的简朴重复的语言形成一种稚拙的文体，吸收电影的特点，用重复的而又有细微差别的语言表现一种流动的景象等

美国女作家。出生在宾夕法尼亚州一个富裕家庭，早年在国外学习，1893年进入拉德克利夫学院攻读心理学，毕业后一度研究人脑解剖学。1902年后，大部分时间住在巴黎，对先锋派艺术发生兴趣，主持文艺沙龙，结交了很多年轻作家，流行一时的"迷惘的一代"的名字就出自她口。她的主要作品有描写两个女仆和一个黑白混血女人的

斯泰因（左）与女秘书兼终身女伴侣爱丽斯·托克拉斯在巴黎弗勒鲁街的寓所，那里被人称为"美国的文学首都"，是许许多多新兴的画家、音乐家、诗人、小说家、戏剧家们经常出入的文学沙龙。

不幸一生的小说《三个女人的一生》、取材自己家庭史的《美国人的成长》和自传性小说《爱丽丝·B·托克拉斯自传》等，这些作品在艺术形式上勇于创新，如模仿儿童的简朴重复的语言形成一种稚拙的文体，吸收电影的特点，用重复的而又有细微差别的语言表现一种流动的景象等，对海明威、菲茨杰拉尔德等都有影响。

美国作家斯泰因的肖像画

毛 姆

毛姆：William Somerset Maugham，1874－1965
代表作：戏剧《周而复始》，长篇小说《刀锋》
作品特点：结构严谨，语言简洁，叙述生动，具有很高的艺术水平

英国小说家、戏剧家。出生在巴黎，父母双亡后，由伯父送入英国的寄宿学校，在那里度过了孤独凄清的童年，养成了孤僻敏感的性格。1892年到德国海德堡大学学习了一年，接触到费希尔的哲学和易卜生的戏剧。返回英国后，做了一段时间医生。1897年起弃医专事文学创作。他的主要作品有戏剧《周而复始》、《比我们高贵的人们》和《坚贞的妻子》等，揭露了上流社会尔虞我诈、钩心斗角的堕落生活。小说主要有反映现代文明扼杀艺术家个性和创作的《月亮和六便士》，讽刺文坛不良现象的《寻欢作乐》等，长篇小说《刀锋》是其代表作，试图通过一个青年人探求人生哲理的故事，揭示精神与实利主义之间的矛盾冲突。另外，他的短篇小说风格接近莫泊桑，结构严谨，语言简洁，叙述生动，具有很高的艺术水平。

毛姆像

里尔克

里尔克：Rainer Maria Rilke, 1875 – 1926
代表作：长诗《祈祷书》、《新诗集》和《新诗续集》
作品特点：不仅展示了诗歌的音乐美和雕塑美，而且表达了一些难以表达的内容，扩大了诗歌的艺术表现领域，对现代诗歌的发展产生了巨大影响

里尔克像
他的作品试图为其特殊的内在洞察力寻求可传达的外在符号

奥地利诗人。生于工人家庭，在校读书期间开始诗歌创作。1917年后游历欧洲各国，与托尔斯泰、罗丹等结识，并深受法国象征派诗人波德莱尔等的影响。他的早期创作有偏重主观抒情的浪漫风格，如诗集《生活与诗歌》、《梦幻》等，但内容偏重神秘、梦幻与哀伤。欧洲旅行之后，他开始写以直觉形象象征人生和表现自己思想感情的"咏物诗"，对资本主义的"异化"现象表示抗议，对人类平等互爱提出乌托邦式的憧憬。著名作品有长诗《祈祷书》、《新诗集》和《新诗续集》。晚年，他思想更趋悲观，代表作为长诗《杜伊诺哀歌》和诸多十四行诗。里尔克的诗歌艺术造诣很高，不仅展示了诗歌的音乐美和雕塑美，而且表达了一些难以表达的内容，扩大了诗歌的艺术表现领域，对现代诗歌的发展产生了巨大影响。

里尔克的主要诗歌：

《梦幻》（1897）
《基督降临节》（1898）
《祈祷书》（1905）
《圣母马利亚生平》（1913）
《杜伊诺哀歌》（1913）
《晚年诗歌》（1924）

黑 塞

黑塞：Hermann Hesse, 1877 – 1962
代表作：小说《彼得·卡门青》、《荒原狼》、《纳尔齐斯和戈尔德蒙德》
作品特点：侧重从精神和心理领域来描写和分析它所处的社会

德国作家。出生于传教士家庭，接受了广泛的文化熏陶，1946年获诺贝尔文学奖。黑塞的创作分三个时期。第一时期的作品主要是早期浪漫主义诗歌、田园诗风格的抒情小说和流浪汉小说，代表作是《彼得·卡门青》。中期作品充满了苦恼和迷惘的气息，1927年的《荒原狼》是黑塞作品中最受西方青年喜爱的作品，托马斯·曼把它誉为德国的《尤利西斯》。小说反映两次世界大战期间中年知识分子的孤独、彷徨。《纳尔齐斯和戈尔德蒙德》是作者中后期的重要著作，被评论者称为融合了知

黑塞像

识和爱情的浮士德变奏曲。晚年两部重要著作是《东方之行》和《玻璃球游戏》，是企图从宗教、哲学思想中寻找理想世界的作品。黑塞的作品侧重从精神和心理领域来描写和分析它所处的社会。被称为"德国浪漫派最后一个骑士"。

德布林

德布林：Alfred Deblin, 1878－1957
代表作：长篇小说《柏林，亚历山大广场》
作品影响：吸收了意识流、内心独白、蒙太奇等20世纪以来欧洲小说的多种表现手法，以高超的叙事艺术和多元文化的视野对现当代德语文学产生了深远而持久的影响

德布林像

德国现代派文学作家。出生于波美拉尼亚的斯德丁，父亲是一个犹太商人。他早年行医，并曾发起创办表现主义杂志《风暴》。在政治上持左翼立场，希特勒上台后，被通缉。先后旅居法国、美国等地。1945年后回到德国。他的创作吸收了意识流、内心独白、蒙太奇等20世纪以来欧洲小说的多种表现手法，以高超的叙事艺术和多元文化的视野对现当代德语文学产生了深远而持久的影响。德布林的小说体系结构宏大，包罗万象，长篇小说《柏林，亚历山大广场》是他最著名的代表作，描写一个工人出狱后欲从善而不得的故事，创造了揭示现代资本主义大都市里人的心理状态的新表现形式，被认为是20世纪最重要的德语长篇小说之一，为意识流小说。

辛克莱

辛克莱：Upton Sinclair, 1878－1968
代表作：长篇小说《石油》、《波士顿》
作品特点：新闻报道性的作品，人物描写一般化，缺乏艺术特色

美国作家，以提倡社会改革的小说闻名。出生在马里兰州一个贫穷家庭，后全家迁居纽约。他半工半读，先后在纽约市立大学和哥伦比亚大学学习，同时给一些通俗刊物写文章。1902年发表的长篇小说《屠场》揭露了芝加哥肉类加工厂恶劣的劳动条件，描写了立陶宛移民约吉斯一家在美国定居后的悲惨遭遇，后来他在一些社会主义者的教育和帮助下才看到光明。这部小说是20世纪初美国文艺界"揭露黑幕运动"的第一部小说，在它之后陆续出现了很多同类主题的作品。其他作品还有长篇小说《石油》、《波士顿》等，但多数是新闻报道性的作品，人物描写一般化，缺乏艺术特色。

莫里兹

莫里兹：Zsigmomd Moricz, 1879－1942
代表作：长篇小说《沙金》、《在上帝背后》、《火炬》
作品影响：主要描写劳动大众的苦难，揭示社会的不公正，并塑造出一些敢于跟命运抗争的人物形象，语言上力求精练朴实

匈牙利小说家。他出生在农村，先是在神学院就读，后又考入布达佩斯大学文学院。没有毕业即开始工作，长期当记者，业余时间进行创作。1908年因短篇小说《七个铜板》而成名。一战期间曾以战地记者身份到过欧洲战场，发表《绿草地上的故事》、《穷人们》等，反映士兵疾苦，以及战争给人民所带来的苦难。革命失败后一度因思想苦闷而停笔，20世纪20年代后重新开始创作。他的主要作品有长篇小说《沙金》、《在上帝背后》、《火炬》、《永远做一个好人》、《破晓》、《老爷的欢宴》、《亲戚》和《强盗》等。他的作品主要描写劳动大众的苦难，揭示社会的不公正，并塑造出一些敢于跟命运抗争的人物形象，语言上力求精练朴实。

匈牙利的穷人、劳苦大众是莫里兹大部分小说的主人公。图为穿着双面式长毛斗篷的匈牙利牧羊人。

勃洛克

勃洛克：Aleksandr A.Blok, 1880－1921
代表作：长诗《十二个》
作品特点：具有象征主义的艺术风格

出生于圣彼得堡一个贵族家庭。1898－1901年在圣彼得堡大学攻读法学，后改学语文学。1903年开始发表诗作。他定期赴意大利、法国、比利时、荷兰、德国等欧洲国家旅行。1916年应征入伍，但没有被派往前线。1920年任彼得格勒诗人协会主席。他1904年出版象征主义诗集《美妇人集》，歌颂永恒美丽纯洁的女性和"世界之灵"。1918年发表的长诗《十二个》是他的代表作，根据十二使徒寻找基督耶稣的故事，写十二个赤卫军在革命风暴侵袭的夜晚勇敢地行进着，反映了十月革命的伟大风暴和新旧世界的尖锐对立，在艺术上仍有象征主义的特点。他是俄国诗歌史上革命时期新旧交替中承前启后的大诗人。

象征派文学历来有两种思路：强调形式精练的美学与制造梦幻世界并以现实主义技巧描写的宗教神秘主义技巧。而这两思路在最伟大的象征派诗人勃洛克的作品中都得到完美的体现。他的《美女诗篇》是描写恋爱的，他的《十二个》是叙述革命的，但都是结合着神秘主义与韵律美感的作品。勃洛克可算是莱蒙托夫以后俄国最杰出的诗人。

罗伯特·穆齐尔

> 罗伯特·穆齐尔：Robert Musil, 1880－1942
> 代表作：长篇小说《学生特尔莱斯的困惑》和《没有个性的人》等
> 作品特点：故事情节比较简单，主要记录了主人公生活中产生的感悟，通过对他以及千万个像他一样"没有个性的人"，表现了奥匈帝国崩溃前的精神危机和社会危机。善用心理刻画，扩大了小说的源头

奥地利作家。出生在克拉根福特一个知识分子家庭，早年学习机械制造，1903年入柏林大学，1908年获哲学博士学位。曾做过杂志编辑等，参加过第一次世界大战。1922年起成为职业作家，希特勒占领奥地利后，被迫流亡瑞士，在日内瓦去世。他的主要作品有长篇小说《学生特尔莱斯的困惑》和《没有个性的人》等。后者的创作从1930年开始一直持续到作者去世仍未完成，描写乌尔里希参加一个"平行活动"时，与自己的妹妹之间的恋情。故事情节比较简单，主要记录了主人公生活中产生的感悟，通过对他以及千万个像他一样"没有个性的人"，表现了奥匈帝国崩溃前的精神危机和社会危机。穆齐尔的小说善用心理刻画，扩大了小说的源头，被有的评论家看作和乔伊斯、普鲁斯特一样的心理小说大师。

图中，维也纳的所有人——包括许多著名的画家、音乐家、作家——都聚到皇家画苑，欢送奥地利军团开出维也纳，进行伟大的复仇计划，"他们全都疯了"，狂热使他们以为这场战争不久就会结束，但是1914年7月开始的这场战争结束了具有数百年历史的哈布斯堡帝国。奥地利作家穆齐尔描绘了这种盲从的危机。

茨威格

> 茨威格：Stefan Zweig, 1881－1942
> 代表作：短篇小说集《恐惧》
> 作品特点：他的作品以描写孤独的人的奇遇为主，常用弗洛伊德的心理分析法深入探索人的灵魂

奥地利作家。生于维也纳一个企业主家庭，是犹太贵族家庭后裔，中学毕业后在维也纳和柏林攻读哲学和文学。后到西欧、北非、印度等地游历，1901年出版第一部诗集《银弦》，有法国象征主义和里尔克等人的影响。他的文学创作的主要成就在传记和中短篇小说方面。传记主要有为巴尔扎克、狄更斯和陀思妥耶夫斯基作传的《三大师》，他的中短篇小说集有《恐惧》、《象棋的故事》等，大多描写孤独的人的奇特遭遇，常用弗洛伊德的心理分析法深入探索人的灵魂。尤其是在《一个女人一生中的二十四小时》和《一个陌生女人的来信》等名篇中，塑造了不少令人难忘的女性形象。另外，他的小说还尝试不同的叙述方法和体裁，如书信体、自述体等，并有所创新。二战中，由于他的犹太人出身，而被驱逐出萨尔斯堡，开始流亡生活，但他无法适应在新的地方生活，于是在1942年和妻子在巴西自杀。

乔伊斯

乔伊斯：James Joyce，1882－1941
代表作：短篇小说集《都柏林人》，长篇小说《尤利西斯》
作品特点：他的作品主要描写下层人民的生活，表现社会环境给人们理想带来的幻灭与悲哀

爱尔兰小说家。生于都柏林一个贫穷的税务员家庭，从小在耶稣会学校念书，在中学时代便尝试用散文和诗歌创作。1898年入都柏林大学攻读现代语言学，1902年赴巴黎学医，1903年因母亲病重辍学，并开始短篇小说的创作。1904年，他结婚后赴欧洲大陆，宣布"自愿流亡"，与天主教会以及教会统治下的爱尔兰彻底决裂。他曾先后在罗马、苏黎世等地以教授英语、做银行小职员为生，同时从事写作。1920年定居巴黎，专心从事文学创作活动。乔伊斯的作品题材和人物都集中在都柏林，短篇小说集《都柏林人》通过描写都柏林中下层市民的琐屑生活，表现了社会环境给人们的理想带来的幻灭和悲哀。还有自传体中篇小说《青年艺术家的肖像》，长篇小说《尤利西斯》和《费尼根们的苏醒》（又译《为芬尼根守灵》），诗集《室内乐》等。

手持放大镜的乔伊斯
乔伊斯在1917年患青光眼，这直接影响到了《为芬尼根守灵》的创作。不过，他仍于1938年完成了这部著作，并于1939年5月出版。

乔伊斯以一部颇有特色的小说《尤利西斯》成为令人瞩目的作家。

《尤利西斯》

《尤利西斯》：Ulysses，乔伊斯的长篇小说代表作
特点：小说将内容和形式统一起来，力求用特定的形式传达书的内容，并发展了意识流的叙述技巧

发表于1922年，是乔伊斯的长篇小说代表作，奠定了他在文学史上的地位。小说共分为三部，主体部分以广告经纪人布卢姆一天的活动为主线展开。他早上八点起床，十点钟开始出门上班，开始了奔波劳碌的一天，晚上十点多到医院探望朋友时遇到青年斯蒂芬，然后又将喝醉的他带回自己家中，二人交谈一阵

《尤利西斯》的作者乔伊斯与出版者丝薇雅·毕奇

后，斯蒂芬告辞，布卢姆上床睡觉。而他的妻子莫莉凌晨时分仍未入睡，最后一章记述她似睡非睡时的无意识状态。小说以荷马史诗《奥德赛》作类比，象征性地展现了现代人的"非英雄"状态：斯蒂芬要寻找精神上的父亲，布卢姆则只是一个平庸的小市民，他的妻子莫莉更没有古希腊英雄妻子的忠贞，而是一个爱寻欢作乐的女人。在艺术形式上，小说将内容和形式统一起来，力求用特定的形式传达书的内容，并发展了意识流的叙述技巧。

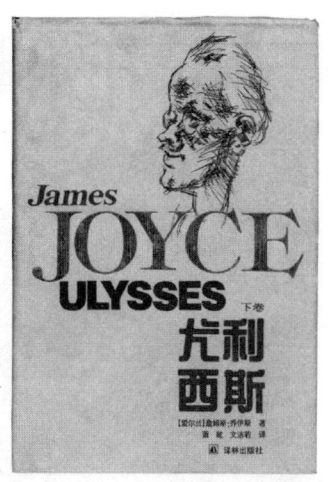

《尤利西斯》封面 乔伊斯
此书写成于 1922 年初，占去了乔伊斯 8 年的时间，但正是它使乔伊斯闻名于世，并且奠定了乔伊斯意识流派中心人物的地位。

伍尔芙

伍尔芙：Virginia Woolf, 1882－1941
代表作：短篇小说《墙上的斑点》，长篇小说《雅各的房间》、《黛洛维夫人》
作品特点：着重描写人物的内心世界和感受，更强调"意识流"的创作方法，在小说的内容和形式上都有所创新

英国女作家。出生在伦敦一个文学世家，虽因身体关系从未上过正规学校，但在家庭的教育和熏陶下接受了多方面的知识。她是一个女权主义者，关注妇女的命运和权利，1941 年在乌斯河投水自尽。伍尔芙创作上的主要成就在小说方面，有短篇小说《墙上的斑点》，长篇小说《雅各的房间》、《黛洛维夫人》、《到灯塔去》、《海浪》、《远航》、《奥尔兰多》、《幕与幕之间》、《一间自己的房间》等。她的作品着重描写人物的内心世界和感受，更强调"意识流"的创作方法，在小说的内容和形式上都有所创新。此外，她还是一个独特的评论家，评论集《普通读者》中的文章，写了对列夫·托尔斯泰、契诃夫等作家、作品的阅读体验，涉及小说、诗歌、理论等多个领域，推崇现实主义，见解新颖，多有启发，为评论家和读者所称道。

伍尔芙像
图中，伍尔芙陷入了一种难以抑制的抑郁情绪中，这是第二次世界大战给她带来的后遗症。1941 年 3 月 28 日，她终于溺水身亡。

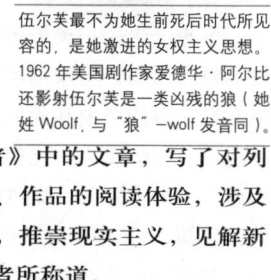

伍尔芙最不为她生前死后时代所见容的，是她激进的女权主义思想。1962 年美国剧作家爱德华·阿尔比还影射伍尔芙是一类凶残的狼（她姓 Woolf，与"狼"－wolf 发音同）。

阿·托尔斯泰

阿·托尔斯泰：Count Aleksei Konstantinovich Tolstoy, 1882－1945
代表作：小说《苦难的历程》，长篇科幻小说《艾里达》，长篇历史小说《彼得大帝》、《伊凡雷帝》
作品特点：擅长描绘大规模的群众场面，安排复杂的情节结构

阿·托尔斯泰像
苏联小说家和剧作家，其作品在苏联位于最受欢迎之列。

苏联作家。出身贵族家庭，1901年前后受象征主义影响开始文学创作，发表诗集《抒情诗》。一战爆发后，曾以战地记者身份到过英国和法国。1918－1922年，过着流亡生活，1923年回到祖国，创作也开始发生转变。他的代表作有三部曲《苦难的历程》，长篇科幻小说《艾里达》，长篇历史小说《彼得大帝》、《伊凡雷帝》和中篇小说《粮食》等。三部曲包括《两姊妹》、《一九一八年》和《阴暗的早晨》，以十月革命前夕、革命时期和国内战争时期的历史事件为背景，描写达莎、卡嘉两姐妹的曲折经历，表明知识分子只有与人民结合，献身祖国才能获得幸福。阿·托尔斯泰擅长描绘大规模的群众场面，安排复杂的情节结构，也是一位语言大师。

卡夫卡

卡夫卡：Franz Kafka, 1883－1924
代表作：长篇小说《审判》、《城堡》，短篇小说《变形记》等
作品影响：大都用变形荒诞的形象和象征直觉的手法，表现被充满敌意的社会环境所包围的孤立、绝望的个人，成为席卷欧洲的"现代人的困惑"的集中体现

奥地利小说家。出生于布拉格的犹太商人家庭。父亲"专横有如暴君"。1901年进入布拉格大学学习文学，后学习法律，1904年开始写作，1923年迁居柏林。他的主要成就是小说。代表作有长篇小说《美国》、《审判》、《城堡》，短篇小说《变形记》、《乡村的故事》、《地洞》等。卡夫卡生活在奥匈帝国行将崩溃的时代，又深受尼采、柏格森哲学影响，对政治事件也一直抱旁观态度，故其作品大都用变形荒诞的形象和象征直觉的手法，表现被充满敌意的社会环境所包围的孤立、绝望的个人，成为席卷欧洲的"现代人的困惑"的集中体现。如《审判》写银行职员约瑟夫·K.莫明其妙被"捕"，又莫明其妙被杀害的荒诞事件，揭露资本主义社会司法制度的腐败及其反人民的本质；短篇小说《变形记》通过

卡夫卡像

小职员萨姆沙突然变成一只使家人都厌恶的大甲虫的荒诞情节，表现现代社会把人变成奴隶乃至"非人"的"异化"现象的。他笔下的主人公几乎都是小资产阶级及其知识分子，是他们之中受欺压的弱者。他们对社会不平，但又无力反抗。他们孤独、恐惧的这些变态心理是当时社会现实的产物。他的作品画面支离破碎，主题晦涩不明。他被称为现代派文学的鼻祖。

卡夫卡《变形记》的首页笔迹及亲笔签名

《城堡》

《城堡》：The Castle，奥地利小说家卡夫卡未完成的长篇小说之一
特点：被认为是具有时代意义的杰作，全书以一种"卡夫卡式"的形象塑造和多层含义的隐喻来加以表现，笼罩着一种神秘的、梦魇般的气氛

奥地利小说家卡夫卡未完成的长篇小说之一。写于1922年，主要写了土地丈量员K在象征神秘权力或无形枷锁统治的城堡面前欲进不能，欲退不得，只能坐以待毙的荒诞景象。它突出体现了卡夫卡的创作特色。但小说最终未能完成，据布罗德的回忆，卡夫卡原定的结局是K将"奋斗至精疲力竭而死"，他临终时才批准他的要求。

这个城堡是整个国家的统治机器的缩影。它阴森地窥视着广大的人们给人民造成的致命的威胁。在《城堡》中，卡夫卡揭露和批判了资本主义社会中一些带普遍性的问题。这部小说是被认为以一种"卡夫卡式"的形象塑造和多层含义的隐喻来加以表现，笼罩着一种神秘的、梦魇般的气氛，被认为是具有时代意义的杰作。

在卡夫卡留给好友马克斯·勃罗德的遗嘱中，《城堡》被列烧毁书单中，靠勃罗德的眼力，《城堡》才得以保留下来，并由杂乱的状态，被勃罗德整理成有序的整体，于1926年作为单行本出版。《城堡》被公认为卡夫卡创作风格成熟和定型的标志，堪称作者的"压轴之作"。

《城堡》手迹

卡赞扎基斯

卡赞扎基斯: Nikos Kazantzakis, 1883 – 1957
代表作: 长篇史诗《奥德修续纪》, 长篇小说《基督的最后诱惑》
作品特点: 深受尼采等人虚无主义思想的影响, 其作品着力于反映自己思想上的主要矛盾与经历

希腊作家。出生于赫拉克利翁城, 1902 – 1906 年间在雅典攻读法律, 后又在巴黎学习哲学。早年接触到柏格森的唯生论哲学, 深受尼采等人虚无主义思想的影响。1924 年从德国旅游回来写了长篇史诗《奥德修续纪》。这是同名的荷马史诗的续篇, 共 24 卷。写奥德修斯再次漫游, 建立了一座

卡赞扎基斯主要作品:

《奥德赛: 现代续篇》(1924–1938)
《希腊情》(1948)
《不自由, 毋宁死》(1949–1950)
《基督的最后诱惑》(1950–1951)
《向希腊人报告》(1955–1956)

乌托邦并遇到基督、浮士德等各种象征性的人物。其中包括了他自己在思想上的主要矛盾和经历。后期写了许多长篇小说,《基督的最后诱惑》是其中的代表作。作品试图把耶稣还原为"人之子", 描写了耶稣在走向十字架的过程中遇到的种种来自外界和内心的诱惑, 通过他来表现人类经历过的所有阶段。由于作品表现了耶稣和众门徒的脆弱、胆怯等方面, 发表后引起较大争议。

耶稣被钉十字架
卡赞扎基斯在作品《基督的最后诱惑》中, 对已成定论的无所不能、无所不会的耶稣基督的"重塑", 将耶稣描绘成胆小、脆弱的"人之子"的形象, 体现出其思想受到尼采"重塑一切"的哲学思想的影响。

扎米亚京

扎米亚京: Y. I. Zamyatin, 1884 – 1937
代表作: 中篇小说《外省小城》, 长篇小说《我们》等
作品特点: 运用荒诞、象征、梦幻和变形等多种艺术手法, 思考人性和非人性、道德和不道德等悖论, 对人类社会的未来的发展表示担忧

俄国作家。出生在一个知识分子家庭, 曾就读于彼得堡综合技术学校, 后因参加革命活动被迫潜逃。1913 年才取得在彼得堡的合法居住权。他从 1906 年左右开始创作, 主要作品有中篇小说《外省小城》、《在遥远的地方》和《阿拉德》、《岛民》, 长篇小说《我们》等。他的创作集象征、幻想和现实于一身, 被称为"新现实主义"。其中,《我们》描写了千年后人类居住在一个巨大的玻璃城堡里, 没有姓名, 只有编号, 一切生活都按照严格制定的日期表进行, 人们的任何生活都没有秘密可言。这部小说

成功地运用荒诞、象征、梦幻和变形等多种艺术手法，思考人性和非人性、道德和不道德等悖论，对人类社会的未来的发展表示担忧。它被誉为20世纪世界三大反乌托邦小说之一。

梦幻 卢梭 法国
这幅表现主义画作描绘出那位少女躺在床上梦见自己在丛林中心旷神怡，那梦是虚无的，然而却令人神魂颠倒，充满原始、神秘的魅力。扎米亚京的"新现实主义"文学作品也是运用了这样的梦幻、象征、变形等种种表现手法。

劳伦斯

劳伦斯：David Herbert Lawrence, 1885 – 1930
代表作：长篇小说《查太莱夫人的情人》
作品特点：打破传统方式，以其独特的风格揭示人性中的本能力量，希望通过对理想健康的两性关系的回归，召唤人们从资产阶级文明的灰烬中重建现代社会

英国现代主义诗人、小说家和散文家。出生在诺丁汉州一个矿工家庭，作过会计、厂商雇员。他很早就开始写诗，于1911年发表了第一部长篇小说《白孔雀》，表达了作者对大自然勃勃生机的礼赞、对畸形文明迫害人们天性的谴责。一次大战中发表长篇小说《虹》和《恋爱中的女人》，反映了西方世界人的异化和深刻的精神危机。1928年出版了最后一部长篇小说《查太莱夫人的情人》，表现了现代工业对人的精神和肉体的摧残，小说的性爱描写多次引起争论。劳伦斯是20世纪英国文学史上最独特、最有争议的作家之一，他敢于打破传统方式，以其独特的风格揭示人性中的本能力量，希望通过对理想健康的两性关系的回归，召唤人们从资产阶级文明的灰烬中重建现代社会。

劳伦斯像

恋母情结的典范之作
1913年，劳伦斯的《儿子与情人》出版。这部以自传体形式写的小说，描述了一位母亲和她儿子之间不同寻常的爱。

刘易斯

刘易斯：Sinclair Lewis, 1885 – 1951
代表作：长篇小说《大街》、《巴比特》、《阿罗史密斯》
作品特点：善于描绘小镇风貌，刻画市侩典型，嘲弄"美国生活方式"，充满讽刺、诙谐，风格粗犷直率

美国小说家。生于明尼苏达州的索克中心镇，童年的他被认为是个古怪的孩子，成为同伴们玩弄和嘲笑的对象。17岁时考入耶鲁大学。1908年大学毕业后，他在几家出版公司打杂，并开始创作。1914年，他的第一部长篇小说《我们的雷恩先生》问世。刘易斯一生创作20多部作品。1920年以描写小市镇生活闭塞和保守的长篇小说《大街》一举成名，接着推出了《巴比特》和《阿罗史密斯》，这三部作品被认为是他的最优秀之作，其中《巴比特》被公认为他的代表作，成功塑造了一个庸俗的市侩巴比特。他善于描绘小镇风貌，刻画市侩典型，嘲弄"美国生活方式"，充满讽刺、诙谐，风格粗犷直率。1930年，"由于其描述的刚健有力、栩栩如生和以机智幽默创造新型性格的才能"，他成为美国第一位获得诺贝尔文学奖的作家。

刘易斯像

莫里亚克

莫里亚克：Francois Mauriac, 1885 – 1970
代表作：中篇小说《黛蕾丝·德斯盖鲁》，长篇小说《蝮蛇结》
作品特点：深入刻画人物内心生活的隐秘，反映对传统精神的强烈反抗，具有现代派艺术的特征

法国作家。出生在波尔多附近一个富有的资产者家庭，幼年丧父，由笃信宗教的母亲抚养大。受过教会教育，1906年赴巴黎学习并开始文学创作。他共有20多部长篇小说，还有诗集和回忆录等。其中，主要代表作有1922年发表的《给麻风病人的吻》，写一个女子嫁给有钱人家残疾的独生子后，在精神与身体上受到的巨大折磨，结局悲惨，这也是他的成名作。中篇小说《黛蕾丝·德斯盖鲁》写一个地主资产阶级家庭的悲剧。长篇小说《蝮蛇结》也是一个家庭悲剧，写冷酷、爱财如命的路易，把妻子儿女都看成觊觎他钱财的敌人，一生生活在自己营造的"蝮蛇结"中，死前才悔悟。莫里亚克的作品往往深入刻画人物内心生活的隐秘，反映对传统精神的强烈反抗，具有现代派艺术的特征。1952年获诺贝尔文学奖。

莫里亚克像

庞 德

庞德：Ezra Pound, 1885－1973
代表作：诗集《狂喜》，诗歌《休·赛尔温·毛伯利》，长诗《诗章》等
作品特点：运用准确的日常语言，创造新的韵律以及自由选材，对现代自由体诗的发展有重要影响

美国诗人、评论家。出生于美国爱达荷州海莱市，获宾夕法尼亚大学硕士学位。1909年前往伦敦；参与发起了意象派诗歌运动，提倡用准确的日常语言，创造新的韵律以及自由选材。这些主张对现代自由体诗的发展起了重要作用，也为庞德之后改写现代派诗做了准备。不久庞德脱离了意象派并于1920年前往巴黎，后到意大利定居。第二次世界大战时，由于在电台为墨索里尼的政权宣传，1943年被控叛国罪，一度入狱。1958年到意大利定居直至去世。他的主要作品有诗集《狂喜》，诗歌《休·赛尔温·毛伯利》和长诗《诗章》等，他的《神州集》翻译并改编了选自中国《诗经》等的一些古诗。庞德的诗歌理论推动了英美现代派诗歌的发展，他对中国古诗及日本能乐的介绍，也在西方文学界掀起了东方文化的热潮。

年老时的庞德
庞德通过自己的作品和其支持的作家，推动了现代文学的进程，文学成绩斐然。但由于庞德强烈的反犹情绪以及支持法西斯令他颜面扫地，年老时被判徒刑。

《诗章》

《诗章》：Cantos, 庞德的代表作
特点：全诗是用一种"意象"的手法叙述，缓缓流出作者那真诚、纯洁的感情，这种"意象"构成庞德诗歌的特色

庞德的代表作，1917～1959年分批陆续发表的一首长诗。全诗共包括109首"诗章"和8首未完成的草稿。第1～7章是关于诗的构思及主题；第8～11章是写一位庇护艺术的威尼斯军人西吉斯门多；第12～13章将现代的经济与孔子道德哲学所向往的社会秩序相对比；第14～16章以现代伦敦为背景，描写地狱的一条通道，通向中世纪时的威尼斯，这是诗人心目中的天堂的象征。第31～71章的有些章节描写了诗人爱慕的几位美国总统，还写到了中国孔子的哲学。诗中有许多汉字、希腊语、意大利等，都给阅读和理解这首诗歌造成了一定困难。诗中最突出的部分是诗人被囚禁在比萨俘虏营时所写的《比萨诗章》，描写了一次穿越灵魂的黑夜走向爱之女神的过程。庞德的诗歌总是用一种"意象"的手法叙述，缓缓流出作者那真诚、纯洁的感情，这种"意象"构成庞德诗歌的特色，于1948年获博林根诗奖。

阿赫玛托娃

阿赫玛托娃：Anna Akhmatova, 1886 – 1966
代表作：诗集《黄昏》，诗歌《念珠》
作品特点：语言简洁准确，善于用生动的细节表现抽象的感情

俄国女诗人。出生在敖德萨，父亲是一个海军军官。童年在北方皇村度过，生活比较封闭，诗歌启蒙来自家里仅有的涅克拉索夫的诗集。10岁时，大病一场，并从此开始诗歌写作，她本人一直觉得自己的诗歌道路和这场病有着某种神秘的联系。后来，她曾在彼得堡女子大学学习。1910年，她与诗人古米廖夫结婚，游历了很多国家。1912年，她的第一部诗集《黄昏》出版，受到好评，两年后，《念珠》的出版奠定了她在俄语诗坛上的重要地位。她的语言简洁准确，善于用生动的细节表现抽象的感情。20年代以后，她的生活和创作都进入低谷，从1924年开始，被非正式地禁止发表作品长达15年。但她仍坚持长诗《安魂曲》和《没有主人公的叙事诗》等重要作品的修改。50年代后被恢复名誉。

N·I·阿尔特曼为阿赫玛托娃创作的肖像画

尤金·奥尼尔

尤金·奥尼尔：Eugene O'Neill, 1888 – 1953
代表作：悲剧《安娜·克里斯蒂》、《毛猿》、《榆树下的欲望》等
作品特点：取材于他熟悉的现实生活，特别是海上生活和美国新英格兰的生活，表现人与环境的斗争和对人类命运的思考，带有悲观主义和神秘主义色彩

美国戏剧家。出生在一个演员家庭，从小随父亲在美国各地作巡回演出。从普林斯顿大学肄业，辍学后度过了漫长的流浪生活。1912年患肺结核，养病期间开始进行戏剧创作，后参加过一些戏剧创作和演出活动。1920年发表的两部多幕剧《天边外》和《琼斯皇帝》是其成名作。此后，他又创作了很多重要悲剧，如《安娜·克里斯蒂》、《毛猿》、《榆树下的欲望》、《伟大之神布朗》、《拉撒路笑了》、《哀悼》和《卖冰的人来了》等。这些作品取材于他熟悉的现实生活，特别是海上生活和美国新英格兰的生活，表现人与环境的斗争和对人类命运的思考，带有悲观主义和神秘主义色彩。奥尼尔是美国戏剧史上具有划时代意义的重要作家，1936年获诺贝尔文学奖。

奥尼尔像

艾略特

艾略特：Thomas Stearns Eliot 1888—1965
代表作：诗歌《普鲁弗洛克情歌》、《荒原》等，诗剧《大教堂谋杀案》
作品特点：形象具体准确，感情和思想融合，反映了西方社会中存在的怀疑和幻灭情绪

英国诗人、剧作家、批评家，后期象征主义诗歌最杰出的代表。出生于美国密苏里州圣路易斯的一个清教徒家庭。1906－1910年在哈佛大学攻读哲学时，受到新人文主义者巴比特的影响。后去法国，在巴黎大学听柏格森讲哲学，接触到波德莱尔、马拉美等象征派诗歌。1914年起定居英国。1922年创办文学评论季刊《标准》，并任主编，直至1939年。1948年因"对当代诗歌做出的卓越贡献和所起的先锋作用"获诺贝尔文学奖。艾略特的诗歌受法国象征派、文艺复兴后英国剧作家和玄学派诗歌的影响，形象、具体、准确，感情和思想融合，反映了西方社会中存在的怀疑和幻灭情绪。重要的诗歌作品《普鲁弗洛克情歌》、《一位夫人的写照》、《荒原》、《四个四重奏》等。最著名的诗剧是《大教堂谋杀案》，他的批评著作收编为《古今论文集》。

艾略特像

《荒原》

《荒原》：The Wasteland，艾略特的成名作
特点：它通过对历史的透视和现实的观照，从整体上向我们展示了一幅了无生气、枯寂、冷漠的"荒原"图景，警醒着现代人

1922年出版，是艾略特的成名作，也是西方文学史上一部具有划时代意义的作品。全诗共分5章，第一章《死者葬仪》，暗指生活在现代社会的人和死人无异。第二章《对弈》，通过对两位女性的描写，揭示现代人道德的堕落。第三章《火戒》，标题出自佛教教义，该章写沉溺情欲之火的现代人失去了健康的两性关系，并强调现代西方文明也随之失去生机。第四章《水淹之死》，这里的水象征泛滥的情欲之水，寓意现代人在淫乱和金钱的漩涡中丧生。第五章《雷霆的话》，再次集中描写凋敝的荒原景象，借雷霆的话强调"舍予"、"同情"、"克制"，为荒原的居民指出一条求生之路。"荒原"，既是西方文明没落的象征，也是现代西方人精神衰败的象征。

157

帕斯捷尔纳克

帕斯捷尔纳克：Boris Pasternak, 1890－1960
代表作：诗集《云雾中的双子星座》，长篇小说《日瓦戈医生》
作品特点：他的作品触及了当时苏联社会深层次的问题，对社会和人生提出了全面的思考

帕斯捷尔纳克像

苏联作家。生于莫斯科一个犹太人家庭，父亲是画家，曾为托尔斯泰作品画过插图。1909年入莫斯科大学法律系，后转入历史哲学系。1912年夏赴德国马尔堡大学攻读德国哲学，第一次世界大战期间回国。曾同未来派诗人交往。主要作品有诗集《云雾中的双子星座》和《生活啊，我的姊妹》、叙事诗《1905年》和《斯佩克托尔斯基》等。1957年在国外发表的长篇小说《日瓦戈医生》，表现了十月革命后作家对政治高压环境下知识分子命运和思想的思考和探索，因触及当时苏联社会的一些敏感问题，受到国内的严厉批判。1958年获诺贝尔文学奖后，作家也迫于国内的压力而放弃领奖。他掌握多种语言，翻译过歌德的《浮士德》、莎士比亚的剧本和其他一些西方诗人的作品。

> 我一直想写一部小说，它要像一次爆炸，我可以在爆炸中把我在这个世界上看到的和懂得的所有奇妙的东西都喷发出来。
> ——帕斯捷尔纳克

布尔加科夫

布尔加科夫：Mikhail Afanasievich Bulgakov, 1891－1940
代表作：中篇小说《不祥的鸡蛋》，长篇小说《大师和玛格丽特》
作品特点：文笔幽默辛辣，内容极富魔幻色彩

布尔加科夫的主要作品：

《白卫军》（1925）
《不祥的鸡蛋》（1925）
《魔障》（1925）
《卓伊金的住宅》（1926）
《屠尔宾一家的命运》（1926）
《紫红色的岛屿》（1928）
剧本《莫里哀》（1936）
《大师与玛格丽特》（1936）

苏联作家。出生于乌克兰基辅市一个教授家庭。自幼喜爱文学、音乐、戏剧，深受果戈理、歌德等的影响。1916年基辅大学医疗系毕业后被派往农村医院，后弃医从文，开始写作生涯。1920年开始在《汽笛报》工作，发表了中篇小说《不祥的鸡蛋》、《魔障》和长篇小说《白卫军》等作品，以幽默辛辣的文笔

著称，但因在"红""白"两个对立阵营中的"中立"立场引起争议。晚年坚持用业余时间写出了他一生最重要的长篇小说《大师和玛格丽特》（又译《撒旦起舞》），小说有一实一虚两条线索，一是撒旦及其随从在人间的见闻，一是大师的小说，写耶稣之死。最后大师和玛格丽特在魔王的带领下离开了莫斯科，飞向永恒的栖身之地，意味着大师和爱情远离了莫斯科。小说极富魔幻色彩，也被看作魔幻现实主义的开山之作。

布尔加科夫像

爱伦堡

爱伦堡：Ilya Grigoryevich Ehrenburg,1891－1967
代表作：长篇小说《暴风雨》、《九级浪》，中篇小说《解冻》
作品特点：以一定的历史事件为背景，反映人物的命运，并进行思索

苏联作家、社会活动家。出生于一个工程师家庭，读中学时就因参加布尔什维克地下革命活动而被开除学籍，后流亡巴黎。1910年开始发表诗作，有受象征主义影响的痕迹。一战爆发后，作为战地记者到法德前线采访，产生了怀疑悲观思想，这在他此后几年的《火》、《前夜》、《毁灭性的爱》等诗集中都有所体现。1921年后，以记者身份长期居住国外。二战时，发表了多篇政论和长篇小说《巴黎的陷落》，赢得世界性声誉。他重要的作品是二战后发表的长篇小说《暴风雨》、《九级浪》和中篇小说《解冻》。他往往以一定的历史事件为背景，反映人物的命运，并进行思索。《解冻》更是带动了一大批"解冻文学"作品的涌现。60年代，他的六卷本回忆录《人·岁月·生活》，记叙了同时代文艺家的生活和多舛命运，揭示了社会的动荡和阴暗，当时在苏联国内引起了激烈争论，在欧洲和中国影响都很大。

爱伦堡像

赛珍珠

> 赛珍珠：Pearl Buck，1892－1973
> 代表作：长篇小说《大地》
> 作品内涵：作者对中西文化交流和融合进行独特思考，希望能达到两种文化互相理解沟通的理想境界

赛珍珠像

美国女作家。出生于美国弗吉尼亚州西部，父母都是传教士。她自小到中国，曾读中国经书。17岁回美国读大学，攻读心理学专业，毕业后又来中国，从事传教工作。1927年北伐军进入南京，她离开中国，回国后从事编辑和写作。她于1922年开始写作，1931年发表长篇小说《大地》一举成名，作品描写一个中国农民王龙在战乱中发家致富的经过，对中国乡村的生活和习俗作了比较真实生动的描绘。此后，她发表了多部以中国为背景的作品，主要有《大地》三部曲（包括《大地》、《儿子们》、《分家》）、《东方·西风》、《群芳亭》、《龙子》、《同胞》等，此外还有为父母写的传记《放逐》、《奋斗的天使》。这些作品中体现了她对中西文化交流和融合的独特思考，希望能达到两种文化互相理解沟通的理想境界。晚年由于政治上的隔阂，为美国的外交政策辩护，攻击共产主义，在后来的作品中也流露出对新中国的敌对情绪，如《北京来信》等。由于她描绘了"中国农民生活的丰富多彩而真挚坦率的史诗"和"传记文学的杰作"，1938年被授予诺贝尔文学奖。她的作品，至今仍是西方社会认识中国的重要来源之一。

赛珍珠的作品《大地》一书书影

马雅可夫斯基

> 马雅可夫斯基：Vladimir Mayakovsky，1893－1930
> 代表作：长诗《向左进行曲》、《列宁》
> 作品特点：他的诗将叙事和抒情融为一体，语言简练有力

苏联诗人。出生在格鲁吉亚库塔伊西省，父亲是林务官，1906年迁居莫斯科，开始接触革命书籍和共产主义者。后受未来主义影响开始诗歌创作，1912年参与发表了俄国未来派宣言《给社会趣味一记耳光》，反对传统，在写作上标新立异。他的代表作是长诗《穿裤子的云》，对资产阶级的爱情、艺术、宗教等表示愤怒的抗议，

号召进行反抗并预言革命的到来,阶梯诗的形式对后来很有影响。十月革命后,创作进入新阶段,1918年的长诗《向左进行曲》,表达了对革命事业必胜的信心。1924年发表的长诗《列宁》标志着他艺术上进入成熟阶段,将叙事和抒情融为一体,语言简练有力,被认为是社会主义现实主义诗歌的代表作。他还著有讽刺剧《臭虫》和《澡堂》。1930年自杀。

马雅可夫斯基塑像
屹立于莫斯科高尔基大街

赫胥黎

赫胥黎:Aldous Huxley,1894—1963
代表作:小说《旋律与对位》、《美丽新世界》
作品特点:他的作品包罗万象,作品中人物多是某些概念和思想的化身,情节是各种矛盾思想的交锋

英国小说家、诗人、剧作家。出生在萨里郡,祖父是《天演论》的著者科学家赫胥黎。早年入伊顿公学,后入牛津大学攻读文学,20世纪30年代积极参加英国反战运动。他是一个多产小说家,有长篇小说、诗集、剧本等多部。他的作品包罗万象,涉及现代文明的各个方面。小说中的人物多是某些概念和思想的化身,情节是各种矛盾思想的交锋,因此被称为"概念小说"。《旋律与对位》是他的代表作,描写一战后伦敦上流社会知识分子的各种思想矛盾,反映了"迷惘的一代"的苦闷与彷徨。1932年发表的《美丽新世界》是一部著名的反乌托邦小说,对科学给人类社会的发展可能造成的灾难做了悲观的预测。当时,这部小说在英国很畅销;但在美国,人们认为这种物质富裕导致灵魂毁灭的观点十分荒谬;到第二次世界大战后的美国,大众生活模式的整齐划一和政治上的歇斯底里,使人们对赫胥黎的书中关于一个过度享乐的社会,会使人们麻木得像奴隶一样生活的告诫产生了共鸣,赫胥黎也被称为"现代预言家"。之后,赫胥黎又出版《加沙的盲人》、《时间必须停止》等作品,都贯穿着一种悲观主义思想。他的短篇小说集有《地狱的边缘》、《短暂的蜡烛》等。

赫胥黎像

伊瓦什凯维奇

伊瓦什凯维奇：Jaroslaw Iwaszkiewicz, 1894－1980
代表作：长篇历史小说《红色的盾牌》，剧本《诺汉特之夏》、《假面舞会》等
作品特点：作品情节引人入胜，心理描写细腻

波兰诗人、小说家、剧作家。出生在乌克兰一个农民家庭，1912年入基辅大学。1919年发表第一部诗集。后在政府部门工作，游历了意大利、法国等地。二战后曾任波兰议会议员等。前期作品有诗集《白天的书和黑夜的书》、《回到欧洲》等，记述了作者游历外国的感受，表达了他的艺术观。长篇历史小说《红色的盾牌》，分别表现肖邦和普希金生平的剧本《诺汉特之夏》、《假面舞会》等，都有一种悲观色彩。后期作品有诗集《秋天的辫子及其他诗歌》、《阴暗的小道》和《一整年》等，表达了诗人对祖国、大自然的热爱之情。还有《新的爱情及其他短篇小说》、《老砖瓦厂》、《关于狗、猫和魔鬼》等中短篇小说集，长篇小说《荣誉和赞扬》等。他的作品情节引人入胜，心理写细腻，曾多次获奖。

伊瓦什凯维奇像

> ……
> 此刻我才察觉到早已不是六月。每一月，每一周，甚至每一天都有它自己独特的色调。我以为一切都没有变，其实只不过是一种幻觉！草莓的香味形象地使我想起，几个月前跟眼下是多么不一般。那时，树木是另一种模样，我们的欢笑是另一番滋味，太阳和天空也不同于今天。就连空气也不一样，因为那时送来的是六月芬芳……
>
> ——伊瓦什凯维奇

描

叶赛宁

叶赛宁：Sergei Yesenin, 1895－1925
代表作：诗集《一个流氓的自白》、《小酒馆式的莫斯科》，长诗《四十天祈祷》、《回归祖国》，诗剧《普加乔夫》
作品特点：意象和感情水乳交融，充满乡土气息和田园风情，对城市的喧嚣和腐朽表现出极大的憎恨，是俄罗斯抒情和意象派诗歌的代表

俄国诗人。出生在一个农民家庭，曾就读于教会师范学校，毕业后在莫斯科当店员、校对等，同时在民众大学学习，后成为左翼社会革命党人。1916年他的第一部诗集《扫墓日》发表，其中包括优美的风景诗和宗教诗，受到好评。十月革命后曾创作过许多歌

吻 俄国 莫勒
叶赛宁的爱情生活正如画家笔下所描绘的一样浪漫。

颂革命的诗歌，如《同志》、《宇宙的鼓手》等。20年代进入创作上的黄金时期，发表了诗集《一个流氓的自白》、《小酒馆式的莫斯科》、《俄罗斯与革命》，长诗《四十天祈祷》、《回归祖国》、《列宁》、《孤独的俄罗斯》、《安娜·斯涅金娜》、《黑影人》，诗剧《普加乔夫》、《坏蛋的国度》等。他的诗歌，意象和感情水乳交融，充满乡土气息和田园风情，对城市的喧嚣和腐朽表现出极大的憎恨。他是俄罗斯抒情和意象派诗歌的代表。1925年12月死于自杀。

画家笔下的俄罗斯郊外风光
叶赛宁忧郁的个性使他爱在大自然中寄托心怀。正是忧郁的心理促使他走向自杀吗？

菲茨杰拉尔德

菲茨杰拉尔德：Francis Scott Fitzgerald, 1896－1940
代表作：长篇小说《了不起的盖茨比》
作品特点：通过一位有双重性格的叙事人安排结构，采取了印象式的描写方法，常用美丽奇特的比喻，有一种深藏的幻灭感

美国作家。出生在一个商人家庭，在普林斯顿大学肄业。1917年入伍，但没上过战场。退伍后做抄写员，业余时间创作。1920年发表第一部长篇小说《人间天堂》一举成名。1925年，《了不起的盖茨比》奠定了他在文坛的地位，小说主人公盖茨比战后靠非法经营致富，想和已经嫁人的旧日恋人苔西重温旧梦。可是，却被苔西的丈夫陷害，置于死地。小说通过盖茨比的悲剧，表现了"美国梦"的幻灭和对上层特权阶级的谴责。小说通过一位有双重性格的叙事人安排结构，采取了印象式的描写方法，常用美丽奇特的比喻，有一种深藏的幻灭感。此后，他被认为是"爵士时代"的代言人和"迷惘的一代"的代表作家，其他的作品还有《夜色温柔》等。

1928年，由小说《了不起的盖茨比》改编的美国无声电影剧照。

1973年，好莱坞导演杰克·克莱顿改编的《了不起的盖茨比》剧照。

福克纳

福克纳：William Faulkner, 1897－1962
代表作：长篇小说《喧哗与骚动》、《村子》、《小镇》
作品特点：展现了200多年来美国南方社会生活的变迁和各种人物的命运，揭示了现代人的精神风貌和面临的问题，运用了意识流、时序颠倒等多种新颖的艺术手法

美国现代主义小说家。出生在密西西比州一个没落的庄园主家庭。1919年考入密西西比大学，一年后即辍学到大学邮电所工作。1925年发表处女作《士兵的报酬》，此后曾到巴黎、意大利和瑞士等地游历。1926年回到奥克斯福镇，开始专心写作。他自称，发现家乡那邮票般小的地方倒也值得一写。他一生共创作19部长篇小说，70多篇短篇小说，其中绝大多数以一个虚构的约克纳帕塔法县作为背景，人称"约克纳帕塔法体系"。这些小说展现了200多年来美国南方社会生活的变迁和各种人物的命运，揭示了现代人的精神风貌和面临的问题，运用了意识流、时序颠倒等多种新颖的艺术手法。

福克纳像

1985年，瑞典发行纪念获诺贝尔文学奖的福克纳的邮票。

1929年发表的《萨托里斯》是第一部以虚构的约克纳帕塔法县为背景的小说，写南方贵族地主有害的精神遗产对子孙的不良影响。此后的《喧哗与骚动》、《我弥留之际》、《押沙龙！押沙龙！》、《村子》、《小镇》等长篇小说都是这一类型的著名作品。因为"他对当代美国小说做出了强有力的和艺术上无与伦比的贡献"，1949年获诺贝尔文学奖。

《喧哗与骚动》

《喧哗与骚动》：The Sound and the Fury, 福克纳的长篇小说代表作
特点：从不同人物角度的每一次叙述都给小说带来新的深度和意义，有意打破了时间的顺序，在叙述的过程中运用了大量的内心独白、梦呓和意识流等，使阅读有一定难度

发表于1929年，福克纳的长篇小说代表作。名字来自莎士比亚的戏剧《麦克白》中的一句台词："人生不过是痴人说梦，充满了喧哗与骚动。"小说描写杰弗逊镇的贵族康普生家的没落及其各个成员的遭遇和精神状态：父亲酗酒成性，母亲不善理家，只会发牢骚；女儿凯蒂未婚先孕，后被迫离家沦落风尘；大儿子昆丁神经脆弱，投河自杀；二儿子杰生自私精明，竟私吞凯蒂寄来养活女儿小昆丁的钱；小儿子班吉是个白痴，不理世事。全书共四部分，分别从班吉、昆丁、杰生和老保姆迪尔希的视角进

行叙述，从不同人物角度的每一次叙述都给小说带来新的深度和意义，另外，有意打破时间的顺序，在叙述的过程中运用了大量的内心独白、梦呓和意识流等，使阅读有一定难度。

"如果你心中有所经历，它就迫不及待地要表现出来。"这是1950年12月10日威廉·福克纳在接受诺贝尔奖时的讲话。他的早期作品行文朦胧，时序混乱，不易读懂，但这丝毫不妨碍人们对他的称赞。图中正是瑞典科学院在为福克纳颁奖，称他为"20世纪小说家中最伟大的现实主义者"。

布莱希特

布莱希特：Bertolt Brecht, 1898 – 1956
代表作：戏剧《母亲》、《四川好人》、《三便士歌剧》等
作品特点：应用"史诗剧场"和"间离效果"的文学理论，目的是让观众意识到故事是假的，进而产生自己的价值判断，达到教育的目的

德国剧作家、诗人，20世纪最有影响的戏剧理论家之一。出生在奥格斯堡一个富裕市民的家庭，1917年进入慕尼黑大学哲学系，次年改修医科。做过战地医生。之后，重入慕尼黑大学学习。1922年处女作《夜半鼓声》发表并获"克莱斯特奖金"。1925－1932年，他系统地钻研了马克思的唯物辩证法，并将之实践在戏剧上。1933年希特勒上台后，被迫流亡海外16年。他的主要理论是"史诗剧场"和"间离效果"，即让观众意识到故事是假的，进而产生自己的价值判断，达到教育的目的。他的戏剧创作按体裁可分为三类：以《母亲》为代表的教育剧；以《四川好人》和《高加索灰阑记》为代表的寓意剧；以《大胆妈妈》和《伽利略传》为代表的历史剧。此外，他还著有诗集《歌曲集》和剧作《三便士歌剧》等。

布莱希特像

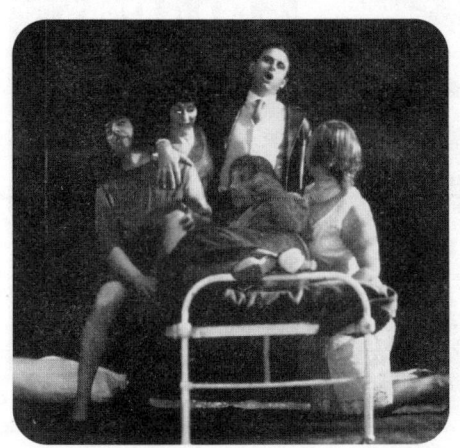

1928年，布莱希特创作的《三便士歌剧》是他为自己奠定世界性声誉的剧作，这部讽刺性作品成为布莱希特上演次数最多的一部剧作。

海明威

海明威：Ernest Hemingway, 1899 – 1961
代表作：短篇小说集《没有女人的男人》，长篇小说《太阳照常升起》、《永别了，武器》、《丧钟为谁而鸣》，中篇小说《老人与海》
作品特点：他前期的作品主要反映战后青年一代迷惘、失落的心态，以及战争给人类带来的创伤；后期的作品主要表现人如何勇敢面对失败并同失败斗争的经历。他的作品以独特的风格和简洁的文体以及塑造的硬汉形象对欧美文学产生了深远的影响

美国小说家。出生在芝加哥附近一个医生家庭，从小酷爱体育、狩猎和捕鱼。曾参加过两次世界大战，做过战地记者等，曾长期驻欧洲，结识了女作家斯泰因、诗人爱兹拉·庞德等人。1922年开始在报刊上发表寓言、短篇小说等作品。1961年7月自杀。早期的两部长篇小说《太阳照常升起》和《永别了，武器》，是美国"迷惘的一代"的代表作品，反映了战后青年一代的迷惘、失落的心态，以及战争给人类带来的创伤。还有短篇小说集《没有女人的男人》等，其中《打不败的人》、《杀人者》、《五万大洋》等作品中塑造了一种视死如归的"硬汉性格"，对美国通俗文学的影响很大。三四十年代逐渐摆脱迷惘，创作了反映反法西斯英雄事迹的长篇小说《丧钟为谁而鸣》和剧本《第五纵队》等，此外有描写西班牙斗牛的专著《死在午后》，短篇小说《乞力马扎罗的雪》，长篇小说《有的和没有的》等。50年代发表长篇小说《过河入林》和中篇小说《老人与海》等，后者的主题是要人勇敢地面对失败。"你尽可以把他消灭掉，可就是打不败他"的孤军奋战的主人公桑提亚哥是他二三十年代创造的"硬汉性格"的继续和发展。1954年由于他的小说体现了人在"充满暴力与死亡的现实世界中"表现出来的勇气而获得诺贝尔文学奖。他那独特的风格和简洁的文体以及塑造的硬汉子形象对现代欧美文学产生了深远的影响。

海明威像

海明威第一部小说《春潮》封面

《丧钟为谁而鸣》剧照

《永别了，武器》的美国首版防尘封面 1929年

《太阳照常升起》

> 《太阳照常升起》：The Sun Also Rises，海明威于1926年创作的一部长篇小说
> 特点：小说以社会现实与个人之间的矛盾为轴线，写出了一代人对社会的失望之感

美国著名作家海明威于1926年创作的一部长篇小说。小说描写战后一批青年流落欧洲幻想破灭、整日酗酒放荡的生活情景。女主人公勃瑞特·艾希利是英国人，战争中失去了亲人；男主人公杰克·巴恩斯是美国记者，战争中失去了性能力。杰克和勃瑞特相爱，但却无法结合。战争给他们带来生理上和心理上的创伤，他们对生活感到迷茫、厌倦和颓丧。小说还描写了一个美国作家罗伯特·科恩，他自以为富有英雄气概，对生活抱有浪漫的幻想，但他的生活观不被这批青年认可。这部作品表现了战后青年一代的幻灭感。斯泰因曾对海明威等人说过："所有服役打仗的年轻人，你们都是迷惘的一代。"恰如其分地道出了小说的实质。海明威把这句话当作小说的一句题词。由于小说写出这一代人的失望情绪，《太阳照常升起》成了"迷惘的一代"的代表作。

海明威自豪地向人们展示一条重达400公斤的箭鱼。他在书中写道：只有不怕死的精神才是世界上最伟大力量的表现，才是永恒的人生，也才是太阳升起的地方。

雷马克

> 雷马克：Erich Maria Remarque, 1898－1970
> 代表作：长篇小说《西线无战事》
> 作品特点：以简练深沉的笔调表现了战争给人们带来的灾难

德国小说家，原名埃里希·保尔·雷马克。父亲是一名普通工人，家境贫寒。他青少年时期一直在天主教会学校读书，后进入当地的师范学校。1916年从学校应征入伍参加第一次世界大战，战争中多次受伤，退伍后做过小学教师、石匠等多种工作，期间开始为一些报纸撰写短篇评论和一些小说。1929年出版《西线无战事》，通过一个班8名战士在战壕中的生活，展示了帝国主义战争的残酷和毁灭性。之后，他的作品主要反映法西斯专制统治下德国青年一代的遭遇和痛苦的精神状态，其中很大一部分以流亡者为主人公，如《凯旋门》、《里斯本之夜》等。50年代创作的《黑色方尖碑》、《最后的一站》等以简练深沉的笔调表现了法西斯给人们带来的灾难以及青年一代在生活道路上所做的痛苦探索。

雷马克像

博尔赫斯

博尔赫斯：Jorge Luis Borges, 1899－1986
代表作：诗集《布宜诺斯艾利斯的激情》、《面前的月亮》，短篇小说集《小径分岔的花园》
作品特点：基调低沉，题材具有幻想性，充满孤独、失望和迷茫。对时间的否定使他的小说似是而非，语言多变，宛如进入了知识迷宫，主题带有很大程度的哲理性、荒诞性和神秘性

博尔赫斯
阿根廷诗人及小说家，擅长写艰深无结局、介于虚构与真实之间的故事，其最受喜爱的主题是人类精神体系与宇宙社会奥秘的悲喜冲突，因此"博尔赫斯式"如同"卡夫卡式"一样流行。

阿根廷诗人、小说家和翻译家。生于布宜诺斯艾利斯一个有英国血统的律师家庭。在日内瓦上中学，在剑桥读大学。掌握英、法、德等多国文字，中学时代开始写诗。1919年赴西班牙，与极端主义派及先锋派作家过从甚密，同编文学期刊。1950－1953年间任阿根廷作家协会主席，1955年任国立图书馆馆长。重要作品有诗集《布宜诺斯艾利斯的激情》、《面前的月亮》、《圣马丁笔记本》、《老虎的金黄》、《深沉的玫瑰》，短篇小说集《世界性的丑事》、《小径分岔的花园》、《手工艺品》、《阿莱夫》、《死亡与罗盘》、《沙之书》等。还译有卡夫卡、福克纳等人的作品。思想上他受尼采、叔本华影响，融贯东西方文化，形成其独特的风格。其作品基调低沉，题材具有幻想性，充满孤独失望和迷茫。对时间的否定使他的小说似是而非，若有若无，无穷无尽，语言多变，宛如进入了知识迷宫，主题带有很大程度的哲理性、荒诞性和神秘性。很多作家都从他的作品中得到灵感，故被称为"作家们的作家"。

《小径分岔的花园》

《小径分岔的花园》：A Garden with a Fork in the Road，博尔赫斯的短篇小说
特点：小说将哲理、象征、虚幻和东方的神秘气氛熔于一炉，表现了作者对时间、迷宫、小说等观念的独特见解和深奥思考

博尔赫斯的短篇小说。这是一部恐怖黑色幽默的哲理性短篇小说集。文中，为英国服务的马登上尉奉命抓捕德国间谍，为德国服务的中国人俞琛逃到阿希格罗夫镇，寻找能为他传递情报的人——史蒂芬·阿尔贝，要把英军大炮的新阵地所在地柏林告诉阿贝尔。谈话中，阿尔贝拿出俞琛的曾祖父崔明留下的一部残简，上面写着"我将我的小径分岔的花园遗留给不同的

60年代，博尔赫斯举世闻名时，他已完全失明。

(并非全部的）未来"。这实际上是一部小说，"各种不同的未来"指时间上的交叉形象。阿尔贝微笑着说："时间是永远交叉着的，直到无可计数的将来。在其中的一个交叉里，我是你的敌人。"这时，只见马登上尉从花园的小径上走来。随后，报纸上刊登了俞琛击毙阿尔贝和他被判绞刑的消息。他就这样达到了自己的目的，柏林对阿尔贝进行了轰炸。小说将哲理、象征、虚幻和东方的神秘气氛熔于一炉，表现了作者对时间、迷宫、小说等观念的独特见解和深奥思考。

玛格丽特·米切尔

玛格丽特·米切尔：Margaret Mitchell, 1900－1949
代表作：长篇小说《飘》
作品特点：极富于浪漫情调的构思、细腻生动的人物和场景的描写以及优美生动的语言、个性化的对白都使整部作品极具魅力

美国女作家。出生在亚特兰大，父亲曾是亚特兰大历史学会主席。她曾就读于亚特兰大史密斯学院，作过当地报纸的记者。1926年因腿伤辞去工作，开始写作。处女作和成名作《飘》（Gone with the Wind）于1936年出版，小说以南北战争为背景，主要描写一个农场主的女儿郝思嘉和白瑞德、卫希礼之间的爱情纠葛以及郝思嘉在战争中逐步成熟的过程，她为了振兴家业，不惜以爱情和婚姻为交易，自私残酷、勇敢自信等多种品质构成了她复杂的性格。小说极富于浪漫情调的构思、细腻生动的人物和场景的描写以及优美生动的语言、个性化的对白都使整部作品极具魅力，出版后第二年获得普利策奖。1938年被改编成电影。1949年，米切尔因车祸在亚特兰大去世。

米切尔像

1939年，由米切尔作品《飘》改编的电影《乱世佳人》剧照，此片共获八项奥斯卡奖。

西格斯

西格斯：Anna Seghers，1900－1983
代表作：长篇小说《第七个十字架》、《战友们》，短篇小说《格鲁贝契》
作品特点：以反映社会现实为主，人物刻画细腻、逼真，语言生动优美

德国女作家。出生在德国西部一个商人家庭，曾在科隆和海德尔堡大学学习语言、文学、历史等，1924年获博士学位。毕业后参加了德国共产党，希特勒上台后在国外流亡多年，1947年回到东柏林，曾任东德作家协会主席等。她的主要作品有短篇小说《格鲁贝契》，中篇小说《圣巴巴拉岛的渔民起义》，长篇小说《战友们》、《人头悬赏》、《二月的道路》、《拯救》和《第七个十字架》等。其中，《第七个十字架》是其代表作，小说以希特勒统治的法西斯德国为背景，描写集中营里七个囚犯在一个大雾弥漫的早晨，打倒看守他们的党卫军，逃出集中营的故事。通过这七个不同经历、不同身份的囚犯，展示了法西斯统治下德国的现实以及社会中形形色色的亲情、爱情、友情等，是一幅德国社会的全景图，也是德国流亡文学中唯一史诗性的作品，为西格斯赢得了世界性的荣誉。

西格斯在纳粹上台后，被迫在外国逃亡多年。

法捷耶夫

法捷耶夫：Aleksandr Aleksandrovich Fadeyev，1901－1956
代表作：小说《毁灭》，长篇小说《青年近卫军》
作品特点：遵循现实主义的原则，将细腻的心理分析与浪漫主义的抒情笔调有机结合，宣扬社会主义革命精神

法捷耶夫像

苏联作家。在乌苏里边区度过了贫苦的童年和青少年时代，1912年到海参崴商业学院学习，同时参加了革命活动。1926年底到莫斯科后专职从事文学创作，并积极参与社会活动。1956年自杀。法捷耶夫的主要作品有描写一支游击队战斗的小说《毁灭》和描述青年一代和全体人民英勇反抗法西斯占领军的长篇小说《青年近卫军》。他的作品是在社会主义革命精神的鼓舞下写成的，他笔下的主人公都是为建设新生活而斗争的英勇战士。在现实主义原则下，他的作品把细腻的心理分析和浪漫主义的抒情笔调有机结合了起来。此外，他还针对苏联文学问题发表了多篇评论，收集在《三十年间》中，对社会主义现实主义文艺理论的建设做出了贡献。

马尔罗

马尔罗：André Malraux，1901－1976
代表作：长篇小说《征服者》、《希望》
作品特点：文笔优美，具有一定的史料价值，对西方人眼中中国形象的形成有重要影响

　　法国作家、政治家。出生在巴黎，年轻时过了一段冒险生活。1923年，他偕同第一个夫人到远东游历，和当时越南、中国、苏联的革命者有过频繁接触，于1927年返回法国。第二次世界大战后，曾经任戴高乐政府的文化部长。他的小说创作主要有写中国省港工人大罢工的《征服者》，描写1927年上海工人武装起义和蒋介石镇压工人运动的《人类的命运》，以西班牙内战为背景的长篇小说《希望》等。晚年，写有《反回忆录》，以写回忆录的形式，记述了对人类命运有重要影响的事件和领袖人物，如中国的毛泽东、周恩来，美国的尼克松等，具有一定的史料价值，且文笔优美。他对中西文化交流做出了贡献，并且对西方人眼中中国形象的形成有一定影响。

马尔罗像

斯坦贝克

斯坦贝克：John Steinbeck，1902－1968
代表作：长篇小说《愤怒的葡萄》
作品特点：通过现实主义的、富于想象的创作，表现出富于同情的幽默和对社会的敏感观察

　　美国作家。生于加利福尼亚州的一个中产阶级家庭，在母亲熏陶下，很早就接触欧洲古典文学作品，深受《圣经》和亚瑟王传奇故事的影响。1919年，进入斯坦福大学，并从事各种体力劳动谋生，熟悉底层人民的生活。毕业后长期从事记者工作。他在读大学期间就开始创作，主要作品有长篇小说《托蒂亚平地》、《愤怒的葡萄》、《伊甸园以东》、《我们不满的冬天》，中篇小说《红马驹》、《珍珠》、《月落》，剧本《鼠与人》，短篇小说集《长谷》等。《愤怒的葡萄》是其代表作，表现了美国20世纪30年代大萧条时期农民和工人的反抗，是一部史诗性作品。由于他"通过现实主义、富于想象的创作，表现出富于同情幽默和对社会的敏感的观察"，1962年获得诺贝尔文学奖。

《愤怒的葡萄》剧照

伏契克

伏契克：Julius Fučík，1903－1943
代表作：《绞刑架下的报告》
作品特点：属于无产阶级文学创作

捷克文艺评论家、作家。生于布拉格一个工人家庭，在俄国十月革命的鼓舞下投身革命活动。1924年进入查理大学文学院学习。曾做过短工、广告员等。后任共产党党刊《创造》的总编辑。曾两次去苏联，对苏联实现的无产阶级专政深感鼓舞。1938年慕尼黑协定后，他撰写了许多政论，揭露反对派的阴谋，领导人民的地下斗争，同时，从事捷克19世纪文学的研究，为无产阶级文学评论的发展做出了贡献。1942年被捕后，在狱中秘密写出了长篇特写《绞刑架下的报告》，记录了在狱中遭受的迫害。1943年，被纳粹在柏林杀害。《绞刑架下的报告》1945年在捷克初版后，已被译成了80多种文字，曾在中国有较大影响。

伏契克的作品《绞刑架下的报告》中文版一书封面

乔治·奥威尔

乔治·奥威尔：George Orwell，1903－1950
代表作：政治讽刺小说《动物庄园》、《1984年》
作品特点：风格明晰简练，有一种冷幽默的感觉

英国小说家。原名埃里克·阿瑟·布莱尔，1903年出生在印度的英国殖民地，1917年进入著名的伊顿公学学习，毕业后曾任印度皇家警察，后因信仰原因离职。先后在巴黎和伦敦居住，生活潦倒，做过书店店员、采摘工人、饭店服务员等，开始信仰马克思主义，小说《让叶兰在空中飞舞》就反映了这段时间的生活。1936年在西班牙内战中受重伤，以后开始转向民主主义。之后的作品都有比较鲜明的政治倾向，反对极权主义，拥护民主社会主义。最著名的两部是政治讽刺小说《动物庄园》和《1984年》，前者以寓言的形式嘲笑苏联的社会制度，后者想象人类在未来的极权社会中的命运，是世界反乌托邦三部曲之一。奥威尔的作品风格明晰简练，有一种冷幽默的感觉。1950年，因肺结核去世。

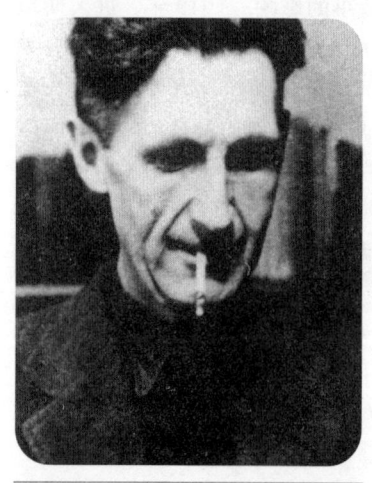

奥威尔像

伊夫林·沃

伊夫林·沃：Evelyn Waugh, 1903－1966
代表作：小说《邪恶的肉体》、《标记》等
作品特点：对传统价值进行否定，讽刺上流社会的虚伪和庸俗，技巧新颖、笔锋犀利

摄影师塞西尔·比顿所拍摄的伊夫林·沃的经典照片。

英国小说家。出身中产阶级家庭，毕业于牛津大学，做过教师、记者等。1928年发表第一部小说《衰落与瓦解》，一举成名，从此开始文学创作生涯。第二次世界大战前，他的作品主要有《邪恶的肉体》、《标记》、《远方的人们》、《黑恶作剧》、《抢新闻》等，大多采用闹剧形式，通过主人公近乎胡闹的荒唐行为表现对传统价值的否定，讽刺上流社会的虚伪和庸俗，技巧新颖、笔锋犀利。战后的作品有《旧地重游》、《爱人》、《荣誉之剑》三部曲等，开始宣扬天主教思想，讽刺的风格也比较严肃。伊夫林·沃以他的讽刺小说而出名，后期的作品在某种意义上暗示了下一代的创作中"反英雄"式人物的崛起。

埃德加·斯诺

埃德加·斯诺：Edgar Snow, 1905－1972
代表作：《红星照耀中国》（中译《西行漫记》）
作品特点：以新闻采集的形式向世界介绍了真实的中国和中国的革命斗争，在世界范围内引起了极大的反响

美国记者、作家。出生在美国堪萨斯城一个小印刷主家庭，年轻时作过铁路工人、印刷工人等，大学毕业后开始从事新闻工作。后作为海员游历了中美洲等地，1928年来到中国上海，任纽约《太阳报》和伦敦《每日先驱报》等的特约通讯员。为采集新闻走遍了中国主要城市和西南地区、东北三省、"台湾省"及日本、印度等地，1936年进入陕甘宁边区，是第一个在红色区域采访的西方新闻记者。此后，他写作了《红星照耀中国》（中译《西行漫记》）等书，向世界介绍了真实的中国和中国革命斗争，在世界范围引起极大反响。从此，斯诺的后半生一直关注中国问题，他死后还有一部分骨灰安葬在任教过的北京大学校园内。

毛泽东主席与斯诺在北京天安门城楼上

萨 特

萨特：Jean-Paul Sartre, 1905 - 1980
代表作：长篇小说《恶心》，话剧《苍蝇》
作品特点：思想丰富，充满自由气息和探求真理精神

萨特像

　　法国存在主义哲学家、作家。生于巴黎，19岁考入巴黎高等师范学校攻读哲学。1933年赴柏林进修哲学，逐渐形成存在主义哲学体系。回国后发表哲学著作《想象》、长篇小说《恶心》、短篇小说《墙》等。二战被俘，1943年上演话剧《苍蝇》，隐喻反抗法西斯恐怖统治。第二年又发表哲理剧《间隔》。战后创办《现代》杂志，提出"介入文学"的主张。他的戏剧统称为"境遇剧"，以艺术形式宣传他的"存在先于本质"、"自由选择"等哲学思想。1947－1975年间的文章结集为《境况种种》十卷。还有哲学专著《辨证理性批判》以及对诗人波德莱尔、小说家福楼拜等人的研究专著。1964年瑞典文学院"因为他那思想丰富、充满自由气息和探求真理精神的作品已对我们时代发生了深远的影响"，决定授予萨特诺贝尔文学奖，但被他拒绝，原因是他"不接受任何来自官方的荣誉"。

肖洛霍夫

肖洛霍夫：Sholokhov, 1905 - 1984
代表作：长篇小说《静静的顿河》，短篇小说《一个人的遭遇》
作品特点：深刻思考了战争与人的关系

　　苏联作家。出生在一个商店职员的家庭，中学毕业后参加过征粮队等。1922年到莫斯科学习，同时开始创作。1924年成为职业作家。早期作品有中短篇小说集《顿河故事》、《浅蓝的原野》等，以顿河地区为背景，揭示了国内战争时期哥萨克内部阶级冲突的尖锐性和悲剧性。1926年开始创作长篇巨著《静静的顿河》，期间还写了反映农业集体化运动的长篇小说《被开垦的处女地》等。卫国战争期间，他作为战地记者奔赴前线，写了很多充满爱国主义精神的短篇小说。1956年发表的短篇小说《一个人的遭遇》

肖洛霍夫
1965年，"由于在描绘顿河农村的史诗式作品中，作家以真正的品格和艺术感染力，反映了俄罗斯人民某个历史阶段的生活面貌"而获诺贝尔文学奖。

以卫国战争为背景,通过一个普通苏联人的遭遇,控诉了法西斯的侵略战争给苏联人民带来的深重灾难。小说对战争和人的关系的深刻思考,对苏联当代文学尤其是战争文学影响很大。1965年,肖洛霍夫获诺贝尔文学奖。

《静静的顿河》

《静静的顿河》:The Quiet Don,肖洛霍夫的长篇小说代表作
特点:通过主人公的悲剧,对哥萨克的前途和道路进行了深入的思索。篇幅宏大,人物众多,是一部史诗性的作品

肖洛霍夫的长篇小说代表作,1926—1940年间写出。全书共四卷,描绘了1912—1922年间俄国两次革命(二月革命、十月革命)和两次战争(第一次世界大战、国内战争)中的重大历史事件和顿河哥萨克在这10年中的动荡生活。小说中的鞑靼村是哥萨克社会的缩影,他们都按古老的哥萨克传统生活着,但尖锐的阶级对立已经到了一触即发的地步。小说主人公葛利高里·麦列霍夫原是一个勤劳勇敢的哥萨克青年,他热爱自由,并有积极行动,探索真理的性格。在一战中,他因作战英勇而立功。革命战争时期,他两次参加红军,三次投身反革命阵营,在动荡的年代里走着一条独特而坎坷的人生道路。小说通过他的悲剧,对哥萨克的前途和道路进行了深入的思索。这部作品篇幅宏大,人物众多,是一部史诗性的作品。

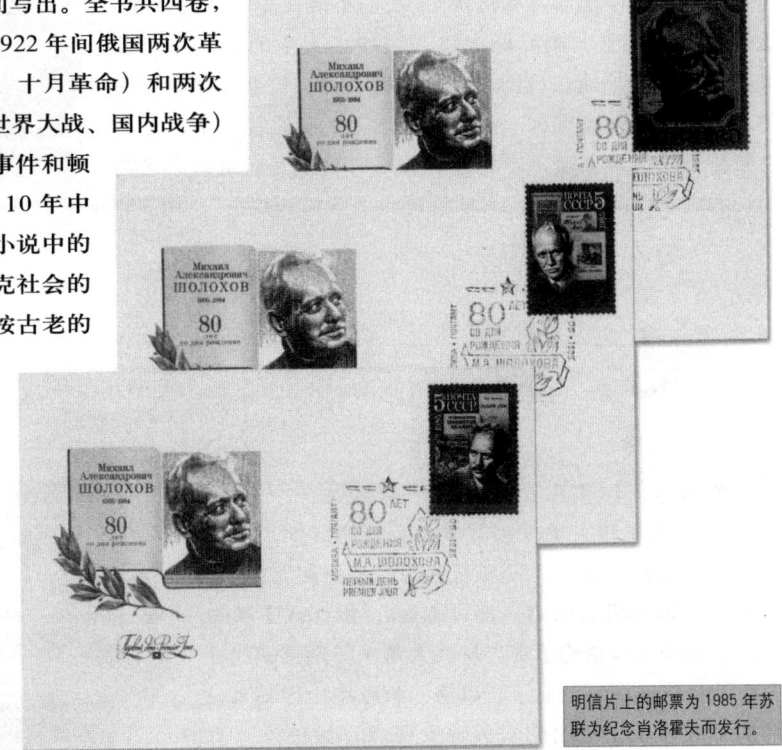

明信片上的邮票为1985年苏联为纪念肖洛霍夫而发行。

贝克特

贝克特：Samuel Beckett, 1906－1989
代表作：长篇小说《无名的人》，戏剧《等待戈多》
作品特点：以诙谐、幽默的方式，表现了人生的荒诞、无意义和难以琢磨

爱尔兰荒诞派剧作家、小说家。出生在都柏林一个犹太人家庭。1827年毕业于都柏林三一学院，之后在巴黎高师任法文教师，并结识了乔伊斯，曾任后者的秘书，把他的一些小说译成法文。1931年，他回到三一学院当教师，并获得硕士学位。1938年后定居巴黎，成为职业作家。贝克特在创作上受到乔伊斯、普鲁斯特和卡夫卡的深刻影响，小说方面的主要作品有三部曲《马洛伊》、长篇小说《无名的人》等，这些小说以诙谐、幽默的方式，表现了人生的荒诞、无意义和难以琢磨。他在戏剧方面的成就最大，代表作《等待戈多》使荒诞派戏剧盛极一时。人永远无法确定任何事，是贝克特剧作的基本主题。1969年，由于"他那具有奇特形式的小说和戏剧作品，使现代人从精神困乏中得到振奋"，荣获诺贝尔文学奖。

贝克特像

奥登

奥登：Wystan Hugh Auden, 1907－1973
代表作：长诗《西班牙》、《忧虑的时代》、《海与镜》等，诗作有《阿喀琉斯的盾牌》、《无墙的城市》等
作品特点：通过生动形象变化多端的丰富辞藻，表现出他对道德的敏锐关切

英国诗人。出生在约克郡，父亲是一个名医。他1925年进入牛津大学攻读文学，后赴德留学，同时在诗歌创作上初露锋芒，30年代成为"奥登派"的重要诗人。1930年发表的第一部《诗集》，用现代生活的新意象和现代口语的节奏，反映大萧条时期英国的社会政治经济问题，创造了新风格、新意境。1933年之后的作品体现了鲜明的左翼政治观点，如长诗《西班牙》（1937年）声援西班牙人民的反法西斯斗争。1940年以后，他皈依了基督教，并定居美国，思想和政治态度也有所转变，如长诗《忧虑的时代》、《海与镜》等。晚年他过着乡居生活，作品有着浓郁的宗教色彩，同时对走向堕落的现代文明感到悲观失望，主要诗作有《阿喀琉斯的盾牌》、《无墙的城市》等。

奥登像

莫拉维亚

莫拉维亚：Alberto Moravia, 1907 – 1990
代表作：小说《冷漠的人们》
作品特点：通过清新有力的文字与具有临场感的风格，主要探讨人与现实的关系，是存在主义作品的典范

意大利作家。出生在罗马，少年时代就阅读了大量作品。1929 年发表处女作《冷漠的人们》，获得好评，从此开始写作生涯。他的创作可分为三个时期，第二次世界大战结束前发表的长篇小说《未曾实现的抱负》、《随波逐流》等作品刻画了一群在法西斯主义思潮中随波逐流的资产阶级人物。战后到 60 年代，发表了短篇小说集《罗马故事》、长篇小说《罗马女人》等，记叙罗马城中的普通人在战争中的苦难历程和恢复期的艰辛生活，是他的主要代表作。他创作的第三阶段是 60 年代到 80 年代，主要表现资产阶级的"异化"，揭示其繁华表面背后的荒唐和堕落等思想危机，主要作品有长篇小说《内心生活》、《愁闷》，短篇小说集《不由自主》和《天堂》等。

新现实主义画家雷纳托·格托索的油画，风格与莫拉维亚的小说有异曲同工之妙，都有一种客观因素含在里面。

赖 特

赖特：Richard Wright, 1908–1960
代表作：长篇小说《土生子》
作品影响：被看作"黑人文学中的里程碑"，对后来的黑人文学创作产生很大影响

赖特像

美国黑人作家。出生在密西西比州一个种植园里，15 岁起就自己谋生。在芝加哥等地做各种体力劳动，同时勤奋自学。他从小深受歧视，对白人怀着又恨又怕的心理，这在他的作品中都有所反映。三四十年代他成为美国左翼文学中"抗议小说"的创始人之一。他的主要作品有长篇小说《土生子》、短篇小说集《汤姆大叔的孩子们》等。《土生子》塑造了一个敢于向现存社会制度挑战的新一代黑人形象，通过对青年黑人别格的活动的深入剖析，指出他的犯罪行为是美国的社会制度造成的。小说被看作"黑人文学中的里程碑"，对后来的黑人文学创作产生很大影响。

西蒙娜·波伏娃

西蒙娜·波伏娃：Simone de Beauvoir, 1908－1986
代表作：《第二性》
作品特点：运用存在主义小说的模式，关注"他人"这一存在主义领域的重要问题

波伏娃具有作家、哲学家、散文家、戏剧家等多重身份。出生在巴黎一个天主教色彩很浓的资产阶级家庭，少年时代阅读了大量文学作品。在巴黎高师读书时，结识了萨特、列维·施特劳斯等人。毕业后在马赛、卢昂等地教书。1945年成为职业作家。波伏娃的第一部作品是小说《女宾》，取材于1933年的萨特—波伏娃—奥尔加三角情感纠纷。在这部小说中，波伏娃避开此类主题惯用的心理分析和手法，而向读者展现了存在主义小说的模式，特别提出了"他人"这个存在主义关注的重要问题。之后的《名士们》描绘了形形色色的知识分子形象，获龚古尔文学奖。波伏娃的名字是与萨特、《现代》杂志、存在主义运动、妇女解放运动等紧密地结合起来的。特别是她和萨特长达51年的亲密关系，已经成为现代文化史上的一段佳话。

西蒙娜·波伏娃像

> 女人不是先天生成的，而是后天长成的。
> ——西蒙娜·波伏娃

《第二性》

《第二性》：The Second Sex，波伏娃的代表作
作品影响：这部书在发表30年后被公认为是妇女思想史中独一无二的著作，在20世纪西方文化史中占有重要的地位。

1949年发表，是波伏娃的代表作。在书的第一卷中，波伏娃从生物学、弗洛伊德心理学及马克思主义的角度分析女性的条件，通过宗教、神话、文学分析批判了"女性"的观念。她指出："女人不是天生就是女人的，而是变成女人的。"波伏娃尖锐地抨击了把女人规定为他者的男人强加在女人身上的种种神话，她

波伏娃划时代的女权主义理论经典《第二性》问世之初，轰动一时，被誉为"有史以来讨论妇女的最健全，最理智，最充满智慧的一本书。这本获得世界性成功的作品，被西方妇女当作必读之书和女人的'圣经'"。

指出:"在历史的长河中,男人是主人,女人总是奴隶。"在第二卷中,波伏娃对女人从童年到老年的条件进行了一系列详细考察,展望从以前处境解放出来的前景。这部书在发表30年后被公认为是妇女思想史中独一无二的著作,在20世纪西方文化史中占有重要的地位。

威廉·戈尔丁

威廉·戈尔丁:William Golding, 1911－1994
代表作:长篇小说《蝇王》
作品特点:具有清晰的现实主义叙述技巧以及虚构故事的多样性与普遍性

英国小说家。生于英格兰康沃尔郡一个知识分子家庭,自小爱好文学。1935年毕业于牛津大学,获文学学士学位,此后在一家小剧团工作。1940年参军,退役后教授英国文学,并坚持业余写作。1954年发表长篇小说《蝇王》,获得巨大的声誉。之后发表了《继承者》、《品契·马丁》、《塔尖》、《看得见的黑暗》、《纸人》、《近方位》、《巧语》等多部长篇小说。此外,他还写过剧本、散文和短篇小说,并于1982年出版了文学评论集《活动的靶子》。戈尔丁运用现实主义的叙述方法编写寓言神话,承袭西方伦理学的传统,着力表现"人心的黑暗"这一主题,表现出作家对人类未来的关切。由于他的小说"具有清晰的现实主义叙述技巧以及虚构故事的多样性与普遍性,阐述了今日世界人类的状况",1983年获诺贝尔文学奖。

戈尔丁像

戈尔丁的小说《蝇王》于1990年被拍摄成电影。图为《蝇王》剧照。

尤内斯库

> 尤内斯库：Eugene Ionesco, 1912 – 1994
> 代表作：戏剧《秃头歌女》、《椅子》、《带行李的人》等
> 作品特点：在创作手法上，突破了传统的戏剧形式，人物被抽象化，没有个性，丧失"自我"，以此揭示人类精神生活的空虚和互不理解

法国剧作家。出生在罗马尼亚，出生第二年回到法国。1925 年回罗马尼亚上学，毕业于布加勒斯特大学。1938 年后返回法国定居。他从 1949 年后开始戏剧创作，用法语写作。重要作品有《秃头歌女》、《椅子》、《雅克和驯服》、《未来在鸡蛋里》、《新房客》、《不为钱的杀人者》、《空中行人》、《饥与渴》、《屠杀的游戏》和《带行李的人》等，基本都表现了人生是荒诞不经的，在创作手法上，突破了传统的戏剧形式，人物被抽象化，没有个性，丧失"自我"，以此揭示人类精神生活的空虚和互不理解。尤内斯库的创作是第二次世界大战后西方社会精神危机的一种曲折的反映，被誉为是"荒诞派的经典作家"。

尤内斯库像

加　缪

> 加缪：Albert Camus, 1913 – 1960
> 代表作：小说《局外人》、《鼠疫》，哲学随笔《西绪福斯神话》
> 作品特点：着力探究现代人面临的基本困境，运用变化多样的文学技巧凸现出主题即对荒诞的反抗和人类对自己处境的判断

法国作家。生于移民家庭，父早亡，在贫困中长大。1942 年发表了他的成名作《局外人》，这部小说形象化地表现人生荒诞的观念，小说塑造了一个"荒诞的人"的形象。他是个具有"清醒的理性的人"，但违反了社会形式主义的道德规范而为社会所不容。同年又发表哲学随笔《西绪福斯神话》进一步阐释荒诞哲学，是他最重要的理论著作。1947 年出版小说《鼠疫》，用象征的手法表现人们团结起来反抗法西斯势力，获批评家奖。此外，还有剧本《正义者》、随笔《反抗者》等作品。作品《流放与王国》包括六个短篇小说，以不同的方式探求再生的途径。1957 年，"因为他的重要文学创作以明澈的认真态度阐明我们同时代人的意识问题"而获诺贝尔文学奖。

阿尔贝·加缪像

田纳西·威廉斯

田纳西·威廉斯：Tennessee Williams, 1914 – 1983
代表作：戏剧《玻璃动物园》、《欲望号街车》
作品特点：剧中人一般具有凶残或堕落等病态心理，是畸形社会造就的畸形人物

美国剧作家、诗人和小说家。原名托马斯·拉尼尔·威廉斯，出生在密西西比州，家境贫困，1938年毕业于依阿华大学，后成为电影公司的专业剧作者。他的成名作是1945年上演的《玻璃动物园》，表现了大萧条时期普通人在困苦中挣扎的情况，曾被推崇为开创了"西方戏剧史的新篇章"。其他作品还有《欲望号街车》、《热铁皮屋顶上的猫》、《去年夏天突然来到》、《可爱的青春小鸟》和《夏天与烟雾》等，多反映南方的没落，表现普通人的苦闷和他们对现实的不满。剧中人一般具有凶残或堕落等病态心理，是畸形社会造就的畸形人物。《欲望号街车》是他的主要代表作，女主人公布兰奇是一个具有典型意义的遭受摧残的南方女性，施暴的妹夫斯坦利则象征着肆意欺凌弱小的社会现实。

威廉斯像

玛格丽特·杜拉斯

玛格丽特·杜拉斯：Marguerite Duras, 1914 – 1996
代表作：小说《太平洋大堤》、《塔吉尼亚的小马》、《琴声如诉》等
作品特点：内容丰富，体裁多样，而且尤其注重文体，具有新颖独特的风格

法国当代女小说家、剧作家和电影艺术家。出生在越南嘉定，父母都是小学教师。四岁丧父，童年的苦难和母亲的悲惨命运深深地影响了她的一生。18岁时来到巴黎求学，获巴黎大学法学学士和政治学学士学位。1943年以小说《厚颜无耻之辈》开始她的文学生涯。她的作品不仅内容丰富，体裁多样，而且尤其注重文体，具有新颖独特的风格。早期的小说不少是以印度支那的社会现实为题材，如《太平洋大堤》等。后来的小说如《塔吉尼亚的小马》、《琴声如诉》等，则善于

1965年在家中的玛格丽特·杜拉斯。杜拉斯不仅文学成就过人，在电影语言的探索方面也有诸多贡献。

打破传统的叙述模式，把虚构与现实融为一体，重视文体的诗意和音乐性，通过描绘贫富对立和人的欲望揭露社会现实。她70岁时发表的小说《情人》，以惊人的坦率回忆了自己十六岁时在印度支那与一个中国情人的初恋，荣获当年的龚古尔文学奖。

索尔·贝娄

> 索尔·贝娄：Saul Bellow, 1915 – 2005
> 代表作：小说《赫索格》
> 作品特点：继承了欧洲现实主义文学的某些传统，并采用了现代主义的一些观念和手法，强调表现充满矛盾和欲望的反英雄

美国作家。生于加拿大，父亲是个犹太商人，1924年，举家迁至美国芝加哥。1933年考入芝加哥大学，两年后转入伊利诺伊州埃文斯顿的西北大学，获得社会学和人类学学士学位。同年，赴威斯康星大学攻读硕士学位。1938年以后，长期在大学执教。1953年的《奥吉·玛琪历险记》是其成名作，也是当代美国文学中描写自我意识和个人自由的典型之作。其后，陆续出版了《雨王汉德逊》、《赫索格》、《赛姆勒先生的行星》、《洪堡的礼物》、《系主任的十二月》、《偷窃》等。

贝娄像

这些作品表露了中产阶级知识分子的精神苦闷。其他作品还有中短篇小说集《且惜今朝》和《莫斯比的回忆》，剧本《最后的分析》以及游记《耶路撒冷去来》等。贝娄在创作上继承了欧洲现实主义文学的某些传统，并采用了现代主义的一些观念和手法，强调表现充满矛盾和欲望的反英雄。1976年，由于他"对当代文化富于人性的理解和分析"，获得诺贝尔文学奖。

1977年，巴拉圭为纪念索尔·贝娄获诺贝尔文学奖发行的邮票。

阿瑟·米勒

> 阿瑟·米勒：Arthur Miller, 1915 – 2005
> 代表作：剧作《不合时宜的人》、《推销员之死》
> 作品特点：反映社会现实，关注现代人的生存，有严肃的社会意义

美国剧作家。出生在纽约一个商人家庭，中学毕业后做过两年工人、卡车司机等。50年代因与左派作家接近受到调查。1947年，他以剧本《全是我儿子》成名。之后的重要作品有《推销员之死》、《炼狱》、《不合时宜的人》、《堕落之后》

1954年，阿瑟·米勒的社会四幕剧《政治迫害》在纽约演出时的剧照。此剧是米勒1953年为还击麦卡锡主义而创作的。

和短篇小说集《我不再需要你》等。其中《推销员之死》是其代表作,描写推销员威利·洛曼勤恳工作,希望实现自己的"美国梦"。却因年老体衰被辞退,重击之下,深夜开车自杀。作品通过一个小人物的死,影射了现代工业社会对人的摧残和扼杀,是对"美国梦"的有力批判。该剧获普利策奖,奠定了米勒在美国戏剧史上的地位。米勒认为戏剧是一项反映社会现实的严肃事业,他的剧作一般都关注现代人的生存,有严肃的社会意义。

阿瑟·米勒像

伯 尔

伯尔:Heinrich Boll, 1917 – 1985
代表作:小说《莱尼和他们》、《小丑之见》
作品特点:基本上遵循批判现实主义传统,同时也采用了一些西方现代派手法。他的作品大多是回忆式的,叙述故事情节时,时空概念颠倒跳跃,塑造人物形象时大量采用内心独白

德国作家。生于科伦一个雕刻匠家庭。1939年入科伦大学学习日耳曼语文学,同年,应征入伍,参加第二次世界大战,但对法西斯战争深恶痛绝。1951年成为职业作家。他的前期作品主要取材于第二次世界大战,旨在探索战争给德国及其民族带来的种种灾难。五六十年代,他的作品主要写西德战后"经济奇迹"中的小人物的种种遭遇。70年代,他的创作从内容到形式都达到高峰,成为"废墟文学"的扛鼎者。代表作有中篇小说《正点到达》,长篇小说《小丑之见》、《丧失了名誉的卡塔琳娜》等。伯尔的小说创作手法基本上遵循批判现实主义传统,同时也采用了一些西方现代派手法。他的作品大多是回忆式的,

伯尔像

叙述故事情节时,时空概念颠倒跳跃,塑造人物形象时大量采用内心独白。1972年,"为了表扬他的作品,这些作品兼有对时代广阔的透视和塑造人物的细腻技巧,并有助于德国文学的振兴",获得诺贝尔文学奖。

1995年,圭亚那为纪念获诺贝尔文学奖的伯尔发行的邮票。

索尔仁尼琴

索尔仁尼琴：Aleksandr Isayevich Solzhenitsyn, 1918 – 2008
代表作：长篇小说《癌症楼》
作品特点：主题主要是揭露斯大林时代残酷而无人性的生活情形

索尔仁尼琴在演说

苏联作家。生于北高加索的基斯洛沃茨克市，童年全靠母亲做教员的微薄薪水维持生活。1941年毕业于罗斯托夫大学数学物理系，1945年，他在卫国战争的前线被捕，监禁8年。1957年才因"无犯罪事实"被恢复名誉。此后，他在做中学教员的同时，从事文学创作。1962年11月，《新世界》杂志发表了他描写劳改营生活的中篇小说《伊万·杰尼索维奇的一天》。小说轰动了整个苏联，继它之后，写斯大林时代劳改营、囚车和监狱的作品便大量产生。此后，在国外出版了暴露斯大林时代阴暗面的长篇小说《癌症楼》和《第一圈》，以揭露十月革命以来"非人的残暴统治"为主旨的《古拉格群岛》等，引起巨大的反响。1970年被授予诺贝尔文学奖，但他没有前去领奖。1974年2月，索尔仁尼琴被驱逐出境，先后到过西德和瑞士，1976年迁往美国，1994年回归俄罗斯。

迪伦马特

迪伦马特：Friedrich Duerrenmatt, 1921 – 1990
代表作：剧作《老妇还乡》、《物理学家》
作品特点：一般是用"悲喜剧"形式曲折反映现实，想象奇特，象征精妙，情节荒诞，但都反映严肃的社会问题

迪伦马特像

瑞士剧作家、小说家。出生在伯尔尼州一牧师家庭。曾在伯尔尼和苏黎世学习文学、神学和哲学，毕业后当过新闻记者和剧场解说词作者，后在苏黎世《世界周报》任美术和戏剧评论编辑。他的代表剧作《老妇还乡》，写一个亿万富婆回到故乡，用金钱收买了全城的人，害死了对不起她的旧日情人，揭露了资本主义社会金钱万能的现象。《物理学家》写一个发明了万能原理的物理学家虽百般逃避，还是落入了大垄断资本家手中。他的剧作一般是用"悲喜剧"形式曲折反映现实，想象奇特，象征精妙，情节荒诞，但都反映严肃的社会问题。此外，他还创作了一些"犯罪小说"，试图探索犯罪的生理、心理原因和社会根源。其代表作是长篇小说《诺言》。

凯鲁亚克

凯鲁亚克：Jack Kerouac, 1922－1969
代表作：小说《在路上》
作品特点：属于自发的即兴写作，大多带有自传性质，主题基本上是"垮掉分子"的生活方式及精神实质

美国小说家。出生在马萨诸塞州洛厄尔城，曾就读于哥伦比亚大学，未毕业即离校求职。曾当过记者、消防队员等。1943－1950年在美国各地流浪，最后酗酒而死。他提倡自发的即兴写作，共有18部小说，大多带有自传性质，其中《杜鲁士传奇》包括12部小说，从作者的童年时代一直写到他信仰禅宗和酗酒为止，反映了一群对现实不满的青年，通过流浪、性爱、吸毒等发泄苦闷的生活方式和经历。发表于1957年的《在路上》是其中的代表作，描写主人公萨尔·帕拉戴斯和他的朋友们在美国各地的流浪生活，通过对一系列"垮掉分子"的描绘，揭示了20世纪50年代以"垮掉的一代"为代表的叛逆青年的精神实质。小说一出版，就在全美掀起了一阵"背包革命"的风潮。凯鲁亚克也成为公认的"垮掉的一代"运动的精神领袖和发言人。

凯鲁亚克像

凯鲁亚克的自传体小说《在路上》的写作方法，也值得一提。作者用老式打字机以每分钟100个字的速度，整整打了三个星期，终于完成了一篇冗长、狂热的小说，却无人问津，直到六年后才付印。

罗布－格里耶

罗布－格里耶：Alain Robbe-Grillet, 1922－2008
代表作：小说《橡皮》
作品特点：属于新小说派的风格，力图纯客观地表现物的世界

法国当代新小说派作家、理论家。出生在布勒斯特，毕业于巴黎国立农学院，曾在非洲、拉丁美洲等地从事热带水果研究。1955年起任午夜出版社文学顾问。1953年发表第一部小说《橡皮》，此后又有《窥视者》、《嫉妒》、《在迷宫里》、《约会的房子》、《美貌的女俘虏》、《金三角的回忆》和短篇小说集《快照》等作品问世。这些作品都属于新小说派的风格，力图纯客观地表现物的世界。60年代起他还从事电影编导工作，他的《去年在马里昂巴德》和《不朽的女人》等"新浪潮"影片都曾获奖。晚年，他写作了有传奇色彩的回忆录《重现的镜子》、《昂热丽克或迷醉》等。罗布－格里耶认为世界是没有意义的荒诞的存在，因此作者的任务不是做价值判断，而是实录。这在他的《未来小说的道路》、《为了一种新小说》等批评论著中都有论述。

卡尔维诺

> 卡尔维诺：Italo Calvino, 1923 – 1985
> 代表作：小说《我们的祖先》，短篇小说集《马可瓦多》
> 作品特点：幻想与现实结合，过去与现在结合，内心世界和外部世界结合。以游戏似的新颖的结构和变化不定的视角来考察各种机遇、巧合和变化，开创了现实主义文学的新天地

意大利小说家。出生在古巴，1947年毕业于都灵大学。同年发表第一部长篇小说《蛛巢小径》，50年代问世的3部小说《分为两半的子爵》、《树上的男爵》和《不存在的骑士》，后来辑为三部曲《我们的祖先》，通过借助离奇的情节表现了当代社会里被异化的人的境遇，蕴含着作家对社会现实和人的命运的哲理的思考。1963年，短篇小说集《马可瓦多》标志着他的文学创作达到了新的高度。小说以寓言式的风格，揭示了从社会学、心理学和生理学的角度都业已蜕化的人类社会，描述了当代人孤寂、惶恐、陌生和不安的心态。70年代发表了三部有后现代特色的小说《看不见的城市》、《命运交叉的古堡》和《寒冬夜行人》，进一步确立了卡尔维诺的创作风格：幻想与现实结合，过去与现在结合，内心世界和外部世界结合。他以游戏似的新颖结构和变化不定的视角来考察各种机遇、巧合和变化，开创了现实主义文学的新天地。

卡尔维诺像

《我们的祖先》

> 《我们的祖先》：Our Ancestor，卡尔维诺寓言小说的代表作
> 内容：50年代创作的三部曲：《分为两半的子爵》、《树上的男爵》、《不存在的骑士》

卡尔维诺寓言小说的代表作，包括《分为两半的子爵》、《树上的男爵》和《不存在的骑士》3部小说。作家在前言中说，《分成两半的子爵》讨论了缺憾、偏颇、人性的匮乏；《树上的男爵》的题旨则包括孤立、疏远、人际关系的困顿；《不存在的骑士》探索空洞的形体以及具体的生命实质，自我建塑命运以及入世的意识，还有出世的全然撤离。中篇小说《子爵》写被分成两半的子爵具有了善恶完全相反的性格，再度合而为一后才成为一个完整健康的人。《男爵》以第一人称叙述，写"我"的哥哥男爵8岁起一直在树上生活，终生都没有下来，但也获得了丰富的知识。《骑士》写一具空铠甲依靠强烈的意志，成为英勇的骑士。这部小说在叙述的方式上采取了小说中设小说的方式，同时还颠覆性地描写了军旅生活等。

海 勒

> 海勒：Joseph Heller, 1923 – 1999
> 代表作：长篇小说《第二十二条军规》、《出了毛病》，剧本《我们轰炸了纽黑文》
> 作品特点：注重社会重大问题，揭示现代社会中使人受到摧残和折磨的异己力量，具有象征意义。他的创作方法是超现实主义的，以夸张的手法把生活漫画化

美国黑色幽默派代表作家。生于纽约市的布鲁克林区一个犹太移民家庭，二次世界大战时期曾任空军中尉。1948年毕业于纽约大学，此后做过杂志编辑、教师等。他的代表作长篇小说《第二十二条军规》是二战后出现的"抗议文学"名作之一。他的另一部著名小说是《出了毛病》，描写美国中产阶级日常生活中的疑惧和烦恼。此外还有剧本《我们轰炸了纽黑文》等。他注重社会重大问题，揭示现代社会中使人受到摧残和折磨的异己力量，具有象征意义。他的创作方法是超现实主义的，以夸张的手法把生活漫画化。作品的基调是绝望的，排斥圆满的结局。所以黑色幽默又称为"绝望的喜剧"或"绞刑架下的幽默"等。

约瑟夫·海勒
他的长篇小说《第二十二条军规》是第二次世界大战后出现的"黑色幽默小说"最重要的作品之一。这部讽刺小说受到评论界和读者的欢迎，于1970年被拍成电影。

《第二十二条军规》

> 《第二十二条军规》：Catch 22，美国作家海勒的代表作
> 特点：主要抨击了"有组织的混乱"和"制度化的疯狂"这一荒诞的社会现实，并以其形式和内容的创新开创了美国20世纪60年代荒诞小说的先声

发表于1961年，美国作家海勒的代表作。这部小说是二次世界大战后出现的"抗议文学"中最重要的作品之一。描写的是美国第二十七飞行大队的故事。小说的主人公尤索林厌恶战争，并想尽一切办法逃避。但最终仍未摆脱第二十二条军规的阴影，而陷入了两难境地。小说通过空军官兵之间、上下级之间荒诞滑稽的关系，反映了二战期间美国空军内部的专横、残暴、贪婪和人们受到的迫害，以及现代社会中各种权势利欲的争夺。"第二十二条军规"实际上并不存在，只是一个圈套，经常被执法者按照自己的需要加以解释，以便随心所欲地置人于死地。小说主要抨击的是"有组织的混乱"和"制度化的疯狂"这一荒诞的社会现实，并以其形式和内容的创新开创了美国20世纪60年代荒诞小说的先声。

金斯堡

金斯堡：Allen Ginsberg, 1926－1997
代表作：诗集《嚎叫》、《现实三明治》、《美国的堕落》
作品特点：语言平实有力，充满热情，集悲伤、怜悯、幽默及独创等表现于一体

美国诗人，"垮掉派"代表人物。生于新泽西州一俄国移民家庭，母亲是个激进的共产主义者，对他影响较大。中学时代开始写诗，1948年毕业于哥伦比亚大学，之后过着放荡不羁的生活。1953年来到旧金山，作过市场调研员等。1955年10月，金斯堡在6号美术举行的朗诵会上朗诵了《嚎叫》的第一部分，在听众中引起强烈反响。次年，全诗由"城市之光"书店出版，反映了美国青年对资本主义现实生活的失望情绪和幻灭感以及反对一切的无政府主义思想，被称为"垮掉的一代"的代表作之一。其他诗集有《现实三明治》和《美国的堕落》，后者包括一些反对美国侵越战争的作品。《你看过这部影片吗？》诉说美国各种污染和公害问题，并对资本家进行谴责，鼓吹人类之爱和同性爱。

金斯堡加入了"垮掉的一代"

漫画：金斯堡在表演

加西亚·马尔克斯

加西亚·马尔克斯：Gabriel Garcia Marquez, 1928－
代表作：长篇小说《百年孤独》
作品特点：幻想与现实的巧妙结合，以此来反映社会现实生活，审视人生和世界

哥伦比亚作家，记者。生于马格达莱纳省阿拉卡塔卡镇。父亲是医生，在外祖父家中长大。外祖父当过上校军官，性格善良、倔强，思想比较激进；外祖母善讲神话传说及鬼怪故事，这对作家日后的文学创作有着重要的影响。18岁进国立波哥大大学攻读法律，后因内战辍学。不久开始作记者，并长期从事文学、新闻和电影工作。1982年获诺贝尔文学奖。马尔克斯作品的主要特色是幻想与现实的巧妙结合，以此来反映社会现实生活，审视人生和世界。重要作品有长篇小说《百年孤独》、《家

1995年，马尔代夫为纪念获得诺贝尔文学奖的马尔克斯发行的邮票。

长的没落》、《霍乱时期的爱情》，中篇小说《枯枝败叶》、《恶时辰》、《一件事先张扬的凶杀案》等，短篇小说集《格兰德大妈的葬礼》，文学谈话录《番石榴飘香》等。

米兰·昆德拉

米兰·昆德拉：Milan Kundera, 1929 –
代表作：长篇小说《生命中不能承受之轻》
作品特点：善于以反讽手法，用幽默的语调描绘人类境况。他的作品表面轻松，实质沉重；表面通俗，实质深邃而又机智，充满了人生智慧

捷克小说家。生于捷克布尔诺市，他童年时代受过良好的音乐熏陶和教育。少年时代，开始广泛阅读世界文艺名著。青年时代，写过诗歌和剧本，并从事过音乐和绘画等。50年代初，他作为诗人登上文坛，出版了《独白》等诗集。1967年，第一部长篇小说《玩笑》在捷克出版，获得巨大成功。苏联入侵捷克后，他1975年移居法国，之后创作了长篇小说《笑忘录》、《生活在别处》、《告别圆舞曲》、《生命中不能承受之轻》、《不朽》，戏剧《雅克和他的主人》，短篇小说集《好笑的爱》等。还出版有《小说的艺术》和《被背叛的遗嘱》等三本论述小说艺术的文集。昆德拉善于以反讽手法，用幽默的语调描绘人类境况。他的作品表面轻松，实质沉重；表面通俗，实质深邃而又机智，充满了人生智慧。他一直用捷克语进行创作，但最近出版《慢》、《身份》和《无知》等法语小说。

米兰·昆德拉在他巴黎的书屋里

《生命中不能承受之轻》

《生命中不能承受之轻》：The Unbearable Lightness of Being，昆德拉长篇小说的代表作
特点：小说意蕴深远，意义层次丰富，引人思考但并不枯燥

昆德拉长篇小说的代表作，小说以"布拉格之春"前后为背景，从"永恒轮回"的讨论开始，在两条线索下展开，一是托马斯的故事，通过他和特蕾莎及其他情人之间的关系，通过"灵与肉"的两性关系探讨"轻与重"；另一条线索围绕托马斯的女友之一画家萨比娜展开，布拉格事件后，她选择了留在国外过着漂泊的生活，而她的情人弗兰茨则怀着满腔政治热情死在了曼谷街头。生活中沉重的负担压迫着我们时，也正是我们的生命贴近大地，显得真切实在之时；而当一切负担都缺失时，人就会变得比空气还轻。那么，面对生活和历史中的"轻"与"重"时，到底选择什么？小说意蕴深远，意义层次丰富，引人思考但并不枯燥。

克丽斯塔·沃尔夫

> 克丽斯塔·沃尔夫：Christa Wolf, 1929 –
> 代表作：长篇小说《分裂的天空》
> 作品特点：作品注重对社会现实问题的思考和探索，具有深刻的思想性

克丽斯塔·沃尔夫像

德国女作家。出生在一个商人家庭，1949－1953年在耶拿和莱比锡大学学习日耳曼语言文学。毕业后在报社工作并常到工厂体验生活。主要作品有长篇小说《分裂的天空》、《回忆克里斯塔·T》、《童年典范》，短篇小说《莫斯科的故事》、《六月的下午》、《菩提树下》和《一只公猫的新生活观》等。这些作品都触及了现实中人们关注的问题，其中《分裂的天空》是60年代德意志民主共和国中成功的作品之一，真实自然地反映了德国的分裂引起的人与人之间的关系变化，东西德社会的对立给个人生活的影响——在爱情、婚姻上的抉择。沃尔夫还写过很多评论、散文和随笔等，评论集《读和写》集中表达了她的美学观点，认为文学作品就是要表现个人认识自我、发现自我的过程，要表现主观真实性。

品　特

> 品特：Harold Pinter, 1930 – 2008
> 代表作：戏剧《生日晚会》、《升降机》
> 作品影响：善于运用象征和比喻手法，表现人失去"自我"，在一个荒诞世界中的不知所措。作品在整体构思的荒诞性上，还融入了现实主义的成分。另外，还将威胁和喜剧的成分结合起来，形成了"威胁喜剧"的独特风格

英国剧作家，荒诞派戏剧的代表。出生在伦敦东部工人区的一个裁缝家庭。1948年进入英国皇家戏剧学院学习，1950年开始创作，同时也参加演出。他的主要代表作有《生日晚会》、《升降机》、《看房者》、《地下室》、《侏儒》和《虚无乡》等。这些作品的背景大多是第二次世界大战后和当前英国社会的生活，人物多是小职员、流浪汉等下层人物，善于运用象征和比喻手法，表现人失去"自我"，在一个荒诞的世界中的不知所措。他和贝克特等荒诞派作家的不同在于，作品在整体构思的荒诞性上，还融入了现实主义的成分。另外，作为"愤怒的青年"的同龄人，他还在作品中将威胁和喜剧的成分结合起来，形成了"威胁喜剧"的独特风格。

品特像

翁贝尔托·埃科

> 翁贝尔托·埃科：Umberto Eco, 1932 –
> 代表作：长篇小说《玫瑰的名字》
> 作品特点：通过不同人物的塑造，解释理性与信仰之间的冲突以及各自的局限性，将通俗性和深刻性糅合在一起，取得了雅俗共赏的效果

意大利作家、评论家。出生在意大利北部的阿历山德里亚城，1954年大学哲学系毕业，后从事符号美学研究。60年代末曾组织参与激进的作家和学生运动。之后开始文学创作。1980年发表第一部长篇小说《玫瑰的名字》，一举成名。故事发生在14世纪的意大利北部山区一座修道院内，教会内部为了争夺一部珍贵的历史手稿，连续发生了几起谋杀案。最后，手稿和修道院都在一场大火中化为灰烬。小说通过不同人物的塑造，解释理性与信仰之间的冲突以及各自的局限性，将通俗性和深刻性糅合在一起，取得了雅俗共赏的效果。之后，埃科又推出了《弗科的钟摆》、《昨日之岛》两部长篇小说，在结构上采取漫游方式，进行自由开放的叙述，多种情节任意交错。埃科以一个睿智学者的身份进行创作，是为数不多的后现代派文学大师之一。

1986年根据翁贝尔托·埃科的小说《玫瑰的名字》拍成的影片成为票房热门，F.默里·亚伯拉罕扮演宗教裁判所的审讯官贝尔纳多·古伊。

奈保尔

> 奈保尔：V. S. Naipaul, 1932 –
> 代表作：短篇小说集《米古埃尔街》、《比斯瓦兹先生的房子》
> 作品特点：将深具洞察力的叙述和不受世俗侵蚀的探索融为一体，迫使我们去发现被压抑历史的真实存在

印度裔英国作家。他的著作反映出他的印度传统与西印度背景。生于特立尼达和多巴哥的一个印度婆罗门家庭，就读位于西班牙港的王后皇家学院，1950年获奖学金赴英国牛津大学留学。毕业后为自由撰稿人，曾为BBC做"西印度之声"广播员，并为《新政治家》杂志做书评。1955年在英国结婚并定居。他早期的短篇小说集《米古埃尔街》、《神秘的按摩师》等以故乡为背景，具有浓郁的地方色彩。稍后的主要作品有《比斯瓦兹先生的房子》、《抵达之谜》和《半生》等，这些作品以表现"去国者"的困境和"外方人"的疏离感为主题，并以毫不掩饰的真切细节，表现了外裔劳工的悲惨处境。2001年，因为他的作品"将深具洞察力的叙述和不受世俗侵蚀的探索融为一体，迫使我们去发现被压抑历史的真实存在"而获得诺贝尔文学奖。

后现代主义

后现代主义：Post Modernism，发生于欧美60年代，并于70与80年代流行于西方的艺术、社会文化与哲学思潮特点：有论者以为后现代主义文学的特征有主体消失、深度消失、历史消失等。总的说，表现了现代社会人们的焦灼感和危机感等心绪

这个概念至今没有明确的界定，一般认为这是一场发生于欧美20世纪60年代，并于70与80年代流行于西方的艺术、社会文化与哲学思潮。其要旨在于放弃现代性的基本前提及其规范内容。在后现代主义艺术中，这种放弃表现在拒绝现代主义艺术作为一个分化了文化领域的自主价值，并且拒绝现代主义的形式限定原则与党派原则。其本质是一种知性上的反理性主义、道德上的犬儒主义和感性上的快乐主义。后现代主义并不是一个文学流派或团体，它甚至没有统一的观念和指导原则。更多的，是作为一个包容性极强的概念使用，指随着全球化进程出现的一种多元化的思潮。有论者以为后现代主义文学的特征有主体消失、深度消失、历史消失等。总的说，表现了现代社会人们的焦灼感和危机感等心绪。

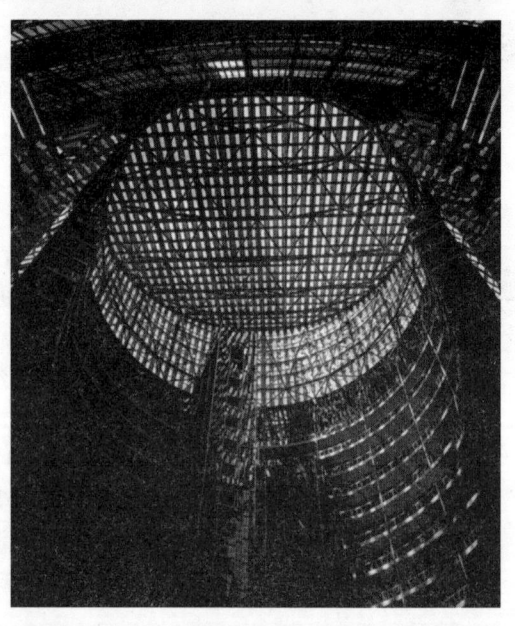

后现代主义风格的典型建筑物，这种风格与传统格格不入，它们富有极强的个性与无穷的想象力，也透露出一定程度的不平衡、不稳定。

亚非古典文学

YAFEI GUDIAN WENXUE

亚非古典文学是世界文学史上的巨大财富。古希伯来文学中的神话传说、英雄故事、寓言及各类诗歌都汇入《圣经·旧约》中，成为欧美文学两大书面来源之一；巴比伦的《吉尔伽美什》是人类已知最古老的英雄史诗；印度两大史诗《摩诃婆罗多》与《罗摩衍那》是世界上编订成书的最长史诗；《一千零一夜》成为一部既有众多民族文化色彩又具有阿拉伯文化个性特征的民间文学精品，被译成多种文字广泛流传世界各地，以及日本的物语文学、草纸文学等等，都堪称世界文学瑰宝。

蚁垤

蚁垤：Valmiki
代表作：《罗摩衍那》
作品特点：充满浪漫主义色彩，丰富比喻、联想和细致的描绘结合得非常巧妙

音译为"跋弥"（Vālmīki），印度古代诗人，据传为史诗《罗摩衍那》的作者。据说他早年曾是强盗，受仙人点化，出家修行。由于长时间端坐，白蚁在其身上筑窝而不知，因此被称为"蚁垤"。有一天他到河边沐浴，看见一对麻鹬在交欢，突然雄麻鹬被射杀，雌鸟悲鸣不已。蚁垤心生悲愤，脱口而出吟了一首短诗，就是"输洛迦"（Sloka，短颂）。后来，他遵大神梵天之命创作了《罗摩衍那》。

印度史诗《罗摩衍那》中的情节，主人公罗摩与其兄罗什曼在苦苦寻找罗摩的妻子悉多。相传它的作者是蚁垤。

《吉尔伽美什》

《吉尔伽美什》：Gilgamesh，古巴比伦史诗
特点：故事情节完整，语言优美生动，结构严谨

古巴比伦史诗，也是目前发现的世界上最早的一部完整的史诗。大概形成于公元前19世纪，巴比伦第一王朝时期有了最初的定本。全诗共三千余行，用楔形文字记

录在 12 块泥板上，主要情节是讲述乌鲁克国王吉尔伽美什与野人恩奇都不打不相识，由交战的敌人变为好友，然后合力杀死了巨妖芬巴巴和危害人间的天牛，因此触怒天神，恩奇都患病而死。吉尔伽美什对好友的死十分悲伤，远走他乡探求永生的秘密，结果失望而归。史诗含有丰富的文化内涵，现代学者多从史诗反映的人和自然的关系、对人类生命奥秘的探求，以及结构主义方法和原型批评等角度对史诗进行解读和分析，挖掘史诗中潜在的文化意蕴。这部史诗对古代希伯来文学和希腊罗马文学也有一定影响，是东西方文学共同的源头之一。

公元前 8 世纪亚述人的一幅浅浮雕，图为吉尔伽美什正与狮子搏斗。

印度两大史诗

印度两大史诗：The Two Epics of India，是印度古代《摩诃婆罗多》和《罗摩衍那》两部史诗的合称
意义：它们不但开辟了印度文学的新时代，对印度人民世界观的形成、印度文学的发展，都有重要意义

赤陶画上刻着史诗《罗摩衍那》的两位英雄弓箭手——罗摩（左）和他的兄弟。

印度古代的《摩诃婆罗多》和《罗摩衍那》两部史诗的合称。它们约形成于公元前 4 世纪到公元 4 世纪的八百年间，长期在民间流传，主要颂扬传说中的民族英雄业绩，表现了光明战胜黑暗、正义战胜非正义的主题。《摩诃婆罗多》的作者相传是广博仙人，题目的意思是"伟大的婆罗多族的故事"，全诗约 10 万颂（每颂两行，每行 16 个音），共分 18 篇，是世界上已有写本的最长史诗。主要写了婆罗多的后代堂兄弟之间为争夺王位和国土而进行的斗争和战争。《罗摩衍那》成书稍晚，书名的意思是"罗摩的漫游"或"罗摩传"，传说作者是"蚁垤"。全书共 7 篇 500 章，2400 颂。史诗以罗摩和妻子悉多的悲欢离合为主要线索，展示了印度古代社会生活的全貌。两大史诗都用"输洛迦"诗律，都体现了婆罗门教的基本教义。它们不但开辟了印度文学的新时代，对印度人民世界观的形成、印度文学的发展，都有重要意义。

《雅歌》

> 《雅歌》：Song of Solomon，古希伯来抒情诗集，形成于公元前3世纪的希腊化时期
> 特点：丰富生动、形象新奇的比喻描写和抒发了男女欢爱之情。风格质朴而奔放，自然清新，对性爱的描写艳而不俗

古希伯来抒情诗集，形成于公元前3世纪的希腊化时期。题目是"歌中之歌"，为所有诗歌中最美的诗歌之意。收入《旧约全书》中，又名《所罗门的雅歌》，因为所罗门王是诗中的主人公，诗歌叙述的就是他与牧羊女书拉密的爱情。历代引起最多议论的是它的体裁，有3种主要说法：一说是恋歌集，一说是一出诗剧，一说是一组牧歌。至今没有统一的说法。实际上，《雅歌》虽然收录在《旧约》中，却并无宗教成分，而是以男女相互调情、相互取悦和赞美为主要内容，用丰富生动、形象新奇的比喻描写和抒发了男女欢爱之情。风格质朴而奔放，自然清新，对性爱的描写艳而不俗。泼辣俊俏，爱情专一，敢于抗拒帝王的求爱的牧羊女形象，也是空前的。

所罗门雕像

以赛亚人古卷 长24英尺 《旧约》（《雅歌》就收在其中）

《佛本生故事》

> 《佛本生故事》：Jatakas，印度巴利文三藏《小部》的一部经典
> 特点：情节紧凑，主题突出，寓教于乐地宣扬佛教教义，如恬淡寡欲，提倡忍辱负重等

印度巴利文三藏《小部》的一部经典，包括童话、寓言等故事五百多个。佛教认为，释迦牟尼在成佛前，只是一个跳不出轮回的菩萨。他必须经过多次转生，在每一次转生中都行善积德才能成佛。该书故事就是讲述释迦牟尼成佛前的转生故事，大约是公元前3世纪佛教僧侣由民间故事改编而成。这些故事里的正面角色或主要角色都被说成是转生的释

佛陀像

迦牟尼的形象，并且故事有固定的模式：今生故事，由佛讲述前生故事发生的地点和缘由；前生故事，是故事的主体部分；偈颂诗，一般插在前生故事中，总结故事，点明主题；注释，揭示偈颂诗的含义；对应，指出前生故事和今生故事中对应的形象，说明哪个是佛陀的前身。这些故事情节紧凑，主题突出，寓教于乐地宣扬佛教教义，如恬淡寡欲，提倡忍辱负重等。

迦梨陀娑

> 迦梨陀娑：Kālidāsa，
> 代表作：剧本《沙恭达罗》，叙事诗《鸠摩罗出世》、《罗怙世系》，抒情长诗《云使》
> 作品特点：想象丰富，心理刻画细致，尤其善于借景抒情，具有端庄高雅、潇洒和谐的独特风格

印度古代诗人和剧作家。他的生卒年月和生平事迹没有确凿的材料，只是根据作品等推测，大概生活在公元330年至432年之间，属婆罗门种姓，居住在当时笈多王朝的首都，信奉湿婆教，是宫廷诗人。他的名字是一个复合词，"迦梨"（kā li）是一个女神的名字，"陀娑"（dā sa）意为奴隶，合起来就是"迦梨女神的奴隶"。传说他本是孤儿，后与公主结婚，公主耻其出身低贱，他遂向迦梨女神祈祷，终于变成了一个伟大的诗人和学者。他取这个名字表示不忘女神的恩典。迦梨陀娑的作品很多，主要有剧本《沙恭达罗》、《尤哩婆湿》、《摩罗维迦和火友王》，叙事诗《鸠摩罗出世》、《罗怙世系》，抒情长诗《云使》，抒情诗集《时令之环》等。其中《云使》是他的代表作之一，描述一个被贬谪他乡的小神仙药叉委托天边北飞的雨云向故乡的妻子传递信息的故事。分为《前云》和《后云》两个部分。长诗歌颂了真挚专一的爱情，并含蓄地表达了对造成相爱夫妻分离的社会的不满，想象丰富，心理刻画细致，尤其善于借景抒情，形成了端庄高雅、潇洒和谐的独特风格。

图为公元6世纪的6英尺高的雕塑——神圣恒河的拟人形象迦梨女神，迦梨陀娑的名字是一个复合词，"迦梨"是一个女神的名字，"陀娑"意为奴隶。传说他本是孤儿，后与公主结婚，公主耻其低贱，他遂向迦梨女神祈祷，终于变成伟大的诗人，于是他取名"迦梨陀娑"，表示不忘女神恩典。

《沙恭达罗》

《沙恭达罗》：Sakuntala，迦梨陀娑最著名的剧本
代表作：诗集《在七座树林中》
特点：戏剧人物生动丰满，情节曲折跌宕，用古典梵语写成，风格淳朴，语言流利雍容，取得了很高的艺术成就，是古典梵剧的典范之作

迦梨陀娑最著名的剧本。它的基本情节取自《摩诃婆罗多》和《莲花往世书》。全剧共分7幕，第一幕描写国王豆扇陀打猎来到净修林，和净修女沙恭达罗一见钟情，便隐瞒身份和她接近。第二幕写国王热恋沙恭达罗，并以净修林保护人的身份继续留在净修林内。第三幕写豆扇陀和沙恭达罗结合，国王临走时把一只刻有自己名字的戒指作为信物送给沙恭达罗。第四幕写沙恭达罗孕育了国王的儿子，决定前往城市寻找丈夫。但因为对来访的仙人失礼，受到"诅咒"：只有国王见到戒指时，二人才能相认。第五幕写豆扇陀不承认与沙恭达罗的婚姻，她被天女接上天去。第六幕写国王见到沙恭达罗丢失的戒指，

迦梨陀娑的诗

在你离开村子的时候
伤心的不只是你；
树木都因为你的离去而伤感。
你只需看看，
鹿儿吃不下草，
樱树停止了舞蹈，
芦苇落下苍白的叶子
像是滴落的悲伤的眼泪。

——节选自印度诗人迦梨陀娑的《沙恭达罗》

记起往事，思念儿子。第七幕写豆扇陀上天，一家团圆。剧本通过豆扇陀和沙恭达罗之间的爱情磨难，批评了造成婚姻悲剧的统治权贵，歌颂了美满的爱情和幸福的婚姻，在当时具有较强的时代意义。戏剧人物生动丰满，情节曲折跌宕，用古典梵语写成，风格淳朴，语言流利雍容，取得了很高的艺术成就，是古典梵剧的典范之作。

笈多残卷

《万叶集》

《万叶集》：Manyoshu，日本现存最早的诗歌总集
意义：《万叶集》是研究日本古代社会的重要资料之一，对日本文学的影响更是深刻

日本现存最早的诗歌总集，全集20卷，收诗歌4500多首。书名中的"万叶"，一说是"万语"之意，表示内容丰富多彩；一说是"万世"之意，表示生命万古长新。

关于本书的编者和成书年代，说法不一。大致是由多人参与，经过多次编辑，760年左右大体编成。《万叶集》中的诗歌，按内容大体上可分为相闻、挽歌、杂歌三类。相闻是互相闻问的意思，是表示长幼相亲、男女相爱等内容的作品；挽歌是哀悼死者的作品；杂歌范围很广，包括不属于上述两类内容的其他作品，另外还有一些民谣。按形式来说，可分为短歌、长歌、旋头歌、佛足石体歌四类。《万叶集》的作者上自天皇、后妃、贵族，下到农民、士兵甚至乞丐，署名作者

桂本《万叶集》（表纸绘）16世纪前半叶 朝鲜

中有代表性的有大伴家持、山上忆良等。《万叶集》是研究日本古代社会的重要资料之一，对日本文学的影响更是深刻。

《古事记》

《古事记》：Kojiki，日本现存最早的历史和文学著作

特点：本书保存了大量神话、传说和诗歌，保留了古代日本丰富的语言，具有重要的文学价值

日本现存最早的历史和文学著作，用汉字表意和注音的方法写成，8世纪初期安万侣奉元明天皇之命编纂而成。内容分"帝纪"和"本辞"两部分。帝纪记载了从神武天皇到推古天皇历代天皇的故事，表现了天皇世袭思想；本辞是神话、传说和故事的汇编，就全书而言，神话的中心是突出天照大神及其后裔，以说明天皇的绝对权力来自天授神赐。《古事记》的文体主要是散文和诗歌，散文叙事用古汉语，诗歌则使用汉字作日语的标音，这些构成了日本古代创作的基本文体。从文学意义上看，该书保存了大量神话、传说、故事和诗歌，保留了古代日本丰富的语言，有重要意义。

《古事记》首页，公元712年编纂，日本第一部历史。

往世书

> 往世书：Purana，一种印度民间神话传说的总称，被印度教的教徒奉为圣典
> 内容：往世书共18部，成书时代不一，其中最重要的有《毗湿奴往世书》、《湿婆往世书》、《薄伽梵往世书》等

一种印度民间神话传说的总称，被印度教的教徒奉为圣典，同时也被看作是古代的史籍，是古代历史、神话、传说故事的汇集，所以"往世书"也有"历史传说"的意思。传说它和史诗《摩诃婆罗多》都出自广博仙人之手。它主要采用诗体，也有部分散文，全部采用对话形式，诗的格律与史诗基本相同。被系统地编成文献并广泛流传是在纪元前后不久一直到公元10世纪左右，其中的神话传说主要是在《梨俱吠陀》的基础上丰富和发展起来的，主要歌颂印度教三大神中的大梵天、毗湿奴和湿婆，毗湿奴的化身黑天的事迹流传尤广。往世书共18部，成书时代不一，其中最重要的有《毗湿奴往世书》、《湿婆往世书》、《薄伽梵往世书》等。

湿婆和难近母的青铜像

《一千零一夜》

> 《一千零一夜》：One Thousand and One Nights，阿拉伯的民间故事集
> 特点：全书具有浓郁丰富的浪漫主义的想象，大胆的夸张与离奇的情节，并且故事中常出现具有神奇力量的宝物

阿拉伯的民间故事集，中国又译《天方夜谭》。其中的故事和早期手抄本大约在八九世纪之交就开始流传，后来经过多次增补变化，16世纪才基本定型。书中的故事共有三百个左右，包括神话传说、历史故事、现实故事、道德训诫故事、笑话、童话等，其中，商人的故事占主导地位，广泛反映了中古阿拉伯社会的生活状况。书名来自这部故事集的引子：国王山鲁亚尔因痛恨王后与人有私，将其杀死。此后每日娶一少女，翌晨杀掉。宰相之女山鲁佐德自愿嫁给国王，每夜讲故事引起国王的兴趣，免遭杀戮。她一直讲了一千零一个故事，终于将国王感化，立她为后。这种大故事套小故事的框形结构对后世文学很有影响，如意大利薄伽丘的《十日谈》、

阿拉伯文版的《一千零一夜》

英国乔叟的《坎特伯雷故事集》等。它在艺术上的突出特点还有浓郁丰富的浪漫主义的想象，大胆的夸张，离奇的情节，故事中常常出现具有神奇力量的宝物，如能自由飞翔的乌木马、飞毯，可以驱使神魔的手杖、神灯等。其中不少故事都是流传很广的名篇，如《阿里巴巴和四十大盗》、《辛伯达航海旅行的故事》、《阿拉丁和神灯》、《渔翁的故事》、《驼背的故事》等。

崔致远

崔致远：Cui Zhiyuan, 857 - ?
代表作：诗歌《寓兴》、《古意》
作品特点：感情真挚，深沉，现实意义较强

新罗（今朝鲜）诗人。字孤云，王京梁州人。12岁来中国学习，并参加过科举考试。后在中国从仕十余年，写了很多诗歌，多数失传，今存的作品多是怀念故国之作，如《秋夜雨中》中"窗外三更雨，灯前万里心"和《山阳与乡友话别》中"莫怪临风偏怅望，异乡难遇故乡人"等，感情真切、深沉。884年以唐使身份回国，后官至阿餐。因遭人诬陷，对现实不满，最后率全家隐居伽山。他归国后创作的诗歌现实意义较强，反映了新罗王朝末期黑暗动乱的社会现实。如《寓兴》写冒险家和名利之徒"轻生入海底"的丑态，五言律诗《古意》讽刺某些人的伪善面目。

弘觉禅师塔碑 统一新罗 886年
龟高54cm，江原道襄阳郡西面。

崔致远的著作只有《桂苑笔耕》和收在《东文选》等书中的少量诗歌传世，被公认为朝鲜汉文学的奠基人，为中朝两国的文化交流做出了贡献。

芬皇寺石塔 新罗 634年

菲尔多西

> 菲尔多西:Abolghasem Ferdousi, 940－1020
> 代表作:史诗性长篇叙事诗《王书》
> 《王书》意义:这部巨著在维护波斯历史传统,激发人民的爱国热情等方面发挥了很大作用,对波斯文学也产生了深远影响

菲尔多西出生在波斯一个破落贵族家庭,自幼受到良好的教育,精通波斯语和阿拉伯语等,熟悉民间传说故事。从975年开始,他历时35年,创作完成了史诗性长篇叙事诗《王书》(一译《列王记》)。全诗从远古神话传说中的国王一直写到萨珊王朝末代国王为止,叙述了25代王朝、50多个帝王的故事,歌颂了历代道德高尚、体恤下情的贤明君主,也鞭笞了好大喜功、昏庸无能的国王。另外,还歌颂了历史上抗击异族侵略的民族英雄,保留了一部分波斯传说故事。这部巨著在维护波斯历史传统,激发人民的爱国热情等方面发挥了很大作用,对波斯文学也产生了深远影响。11－13世纪,许多诗人都以此为范本进行创作。

菲尔多西的作品《王书》封面

14世纪波斯人为菲尔多西的叙事诗《王书》所绘插图

紫氏部

> 紫氏部:Murasaki Shikibu,978－1014
> 代表作:长篇物语《源氏物语》
> 作品特点:语言细密典雅,常从最细微处入手,细腻地刻画人物,抒发情感,体现了日本传统悲剧的"物哀"风格

日本平安朝女作家,约生于978年,逝于1015年。出身中层贵族家庭,本姓藤原,式部是她在宫廷服务期间的称呼。本为藤式部,因《源氏物语》中的紫姬为世人传颂,故又称为紫氏部。她幼年随父亲学习中国古典文学,对白居易的诗造诣颇深。有过短暂的

紫氏部像

婚姻，后入宫当女官。《紫氏部日记》中详细记载了她在宫中的生活和感受。她的代表作长篇物语《源氏物语》约成书于11世纪初期，被公认为世界上最早出现的完整的长篇散文体小说。全书共54卷，卷帙浩繁，场面复杂，主要描写了源氏和他的儿子薰君与众多女性的恋情，塑造了紫上、空蝉、藤壶妃子、浮舟等众多感人的女性形象，同时又有当时贵族的权力斗争，比较完整地反映了平安时代贵族的生活。小说的语言绵密典雅，常从最细微处入手，细腻地刻画人物，抒发情感，体现了日本传统悲剧的"物哀"风格。

《源氏物语》中的插图

欧玛尔·海亚姆

欧玛尔·海亚姆：Ghiyasodddin Abual—Fath Omar Khayyam, 1048－1122
代表作：诗集《柔巴依集》
作品特点：着重于探讨人生的意义，认为人生有限而宇宙无穷，对来世和神表示否定和讽刺，具有强烈的反宗教迷信的色彩，被统治阶级认为是"吞噬教义的色彩斑斓的毒蛇"

波斯诗人、哲学家和天文学家。一译我默·伽亚谟，出生在霍拉桑尼沙浦尔，幼年在家求学，一生致力于各种学术的研究，曾奉当时苏丹之命筹建天文台。他在世时并不以诗闻名，1859年英国作家爱德华·菲兹杰拉德将他的诗集《柔巴依集》译成英文，出版后以四行诗闻名欧洲。1928年郭沫若将之译成中文，题名《鲁拜集》（鲁拜是阿拉伯语，意为四行诗）。四行诗是伊朗传统的诗体，类似中国的绝句。海亚姆的诗大部分关于死亡与享乐，并对当时学者的腐败和学术环境的窒息表示担忧和不满。他还在诗中探讨人生的意义，认为人生有限而宇宙无穷，对来世和神表示否定和讽刺，具有强烈的反宗教迷信的色彩，被统治阶级认为是"吞噬教义的色彩斑斓的毒蛇"。

欧玛尔·海亚姆著名诗集《鲁拜集》中的插图

萨迪

萨迪: Moshlefoddin Mosaleh Sa'di, 1208－1292
代表作: 哲理性叙事长诗《蔷薇园》
作品特点: 语言优美自然，简洁朴质，对话风趣，取得了卓越的艺术成就

中古波斯诗人。出生在波斯北部名城设拉子，父亲是一个清贫的传教士，十分注重对他的教育。后经人帮助，他进入最高学府尼扎米亚神学院学习，在波斯和阿拉伯诗学方面造诣很深。毕业前离校，作为一个游方僧人度过了近30年的流浪生活，晚年回故乡定居。他早在少年时代就开始写诗，但主要代表作哲理性叙事长诗《果园》、《蔷薇园》都是晚年完成的。《蔷薇园》是一部散文和诗歌相结合的作品，全书除写作缘由和跋外，共8卷，内容涉及帝王言行、僧侣言行、论知足常乐、论青春与爱情、论老年昏庸、论教育的功效和交往知识等。前7卷是短小的故事，第8卷主要是一些警句和格言，表现出反对奴役和压迫的人道主义思想。语言优美自然，简洁朴质，对话风趣，取得了卓越的艺术成就。

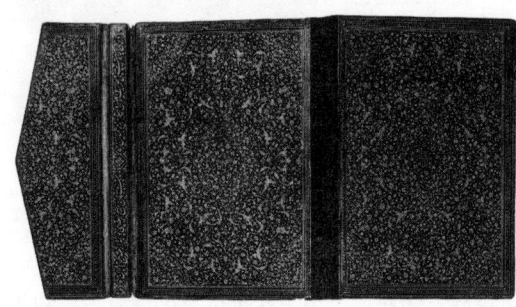

《果园》（金彩装饰的写本装订）萨迪 藏于伦敦

哈菲

哈菲: Shamsoddin Mohammad Hāfez, 1320－1389
代表作: 近500首抒情诗"嘎扎勒"
作品特点: 寓意深刻，富有哲理，比兴新奇，充满浪漫主义精神

波斯诗选集

波斯诗人。出生在一个破产的商人家庭，幼年丧父，勤奋好学，能背诵《古兰经》，他的名字的含义就是"熟背古兰经的人"。他少年时代就开始写诗，并且引起了宫廷贵族的注意。他创作时正值蒙古人统治波斯，他的诗歌对封建统治阶级的专横暴虐、宗教势力的猖獗和社会道德的沉沦，进行了无情的揭露和嘲讽。他的主要诗作是近500首抒情诗"嘎扎勒"，这是波斯的一种古典抒情诗体，只用一个韵脚，通常在最后一联点出主题。哈菲兹的诗作寓意深刻，富有哲理，比兴新奇，充满浪漫主义精神。长期以来，他的诗通过手抄本和民间艺人的吟唱得以流传，他的诗集于1791年出版，得到很多国外诗人的高度评价。

世阿弥

> 世阿弥：Motokiyo Zeami, 1363－1443
> 代表作：剧作《高砂》、《实盛》、《老松》、《忠度》等
> 作品特点：语言流畅、典雅，富有表现力

日本室町时代戏剧家。原名结崎三郎元清，父亲是13世纪著名戏剧家观阿弥。他少年时代即开始登台演出，成年后继承和发展了父亲的表演经验和戏剧理论。他同时还是出色的剧作家，代表作有《高砂》、《实盛》、《老松》和《忠度》等，多取材《源氏物语》和《平家物语》等古典著作，语言流畅、典雅，富有表现力。另外，《世阿弥十六部集》中的《花传书》、《花镜》和《能作书》等阐述了能乐的艺术论、演技论等，创造出"能"这一综合性的艺术形式，确立了能剧的基本理论。

图为世阿弥的作品《野守》一幕。能剧是高度艺术化的舞台表演，演员戴着假面具，穿着豪华的戏服。

贾 米

> 贾米：Jami, 1414－1492
> 代表作：诗集《七卷诗》和散文《春园》
> 作品特点：善采历代著名诗人创作手法之长，作品生动感人

波斯诗人、学者。出生在霍拉桑，童年时随父亲学习波斯文和阿拉伯文，后到赫拉特的尼扎米耶学院学习，在当地一些著名学者的指导下，攻读了文学、神学和天文学等，对阿拉伯文学造诣很深。他一生还先后7次到各地漫游，这些经验对他的创作影响较大。贾米属于苏菲派作家，在文学上善于吸收历代著名诗人之长，比如叙事诗就学习了12世纪波斯诗人内扎米的风格。他的主要作品有诗集《七卷诗》和散文《春园》，其中的爱情叙事诗《尤素福和佐列哈》、《莱伊丽和马季农》等都是生动感人的著名诗篇。

贾米著有诗集《七卷诗》。图为《七卷诗》一书中的插图"龙凤争斗图"。

井原西鹤

井原西鹤：Saikaku Ihara, 1642－1693
代表作：长篇小说《一代风流汉》
作品特点：西鹤的市井文学是反映日本町人社会的一面镜子，为近代现实主义文学提供了借鉴

日本江户时代小说家、俳谐诗人。原名平山藤五，出生在大阪一个富商家庭。青年时代主要创作俳谐，并大量取材于城市商人生活，反映了新兴的商业资本的发展面貌，代表作有《西鹤大矢数》等。此书是井原西鹤34岁后到各地周游并创作的市井小说，书中用松散的54个片断描述一名浪子的爱情。1682年发表的长篇小说《一代风流汉》是他第一部市井小说，被认为是日本文学史上"浮世草子"的开端。从内容上看，他的作品可以分为艳情小说和经济小说两类。前者包括《一代风流汉》、《五个痴情女子的故事》和《一个荡妇的自述》等。晚年写出的《日本致富经》和《处世费心机》等反映商人（町人）生活的作品，一定程度上触到了商人社会的阶级性质，以故事体的形式述说了商人阶级的致富以及处理债务、收款付账的事务。西鹤的市井文学是反映日本町人社会的一面镜子，为近代现实主义文学提供了借鉴，西鹤是日本古典文学中一位划时代的作家。

宫川长春 风俗画卷（局部）日本传统艺术浮世绘作品

松尾芭蕉

松尾芭蕉：Matsuo Basho, 1644－1694
代表作：俳谐集《猿蓑》
作品特点：风格深沉悲凉，具有高度艺术性和鲜明的个性

日本江户时代俳谐诗人，本名松尾宗房，别号青桃、泊船堂等。生于上野，低阶武士之子。父亲是一个私塾老师，他自幼在藤堂新七郎家为少爷做陪读，曾师从当时的著名诗人北村季吟学习俳句，风格上受到谈林派影响。1680年前后，定居在江户的芭蕉庵，并以"芭蕉"为名，开始专业俳谐师的生活。此后出版了《俳谐次韵》、《虚栗》等俳谐选集，逐渐形成了闲寂恬淡的韵味。如著名的《青蛙》俳句："闲寂古池旁，青蛙跃入水中央，水声扑通响。"1884年起多次外出游历，徒步走遍了名古屋、奈良、大阪以及奥州北陆等地，就其观点而言，一位寂寞旅行者的生活，是提供一名男子与诗人的最佳训练方式。后将旅途中所作辑为《更科纪行》、《奥州的小道》、《嵯峨日记》、《猿蓑》等俳谐诗文集出版。游历经验使他的诗风增加了深沉悲凉的情调，最能代表他这种"怜世"、"幽深"风格的是俳谐集《猿蓑》。松尾芭蕉的创作把俳谐发展成了具有高度艺术性和鲜明个性的庶民诗。

近松左卫门

> 近松左卫门：Chikamatsu Monzaemon, 1653 – 1724
> 代表作：社会剧《曾根崎情死》
> 作品特点：典雅的古文和俚谣俗谚交错使用，语言极为丰富、生动

　　日本江户时代净琉璃和歌舞伎作家。原名杉森信盛，出身没落的武士家庭，青年时做过公卿的侍臣，因有感于仕途曲折，25 岁前后毅然投身于当时被人所鄙视的演戏艺人的行列，从事演剧和剧本创作活动。近松的净琉璃历史剧，气势磅礴、场面宏伟，生动地表现了武士精神，代表作有《景清出家》、《国姓爷合战》和《曾我会稽山》等。他的反映现实生活的社会剧，深刻揭示了城市商人社会的腐朽，对店员、妓女等下层人物寄予了深切的同情。代表作有《曾根崎情死》、《大师经昔历》等，其中《曾根崎情死》是净琉璃史上最早的社会剧，为净琉璃舞台开辟了一个反映现实的新领域。他的戏剧中，典雅的古文和俚谣俗谚交错使用，语言极为丰富、生动。

和 歌

> 和歌：Waka，一种有严格规范的日本古代格律诗
> 代表作品及特点：和歌总集《万叶集》，主要内容是吟叹人生的苦闷悲哀，抒发诗人对外物的细腻感受，初步奠定了日本诗歌重主观情绪、重感受的审美基调

　　一种有严格规范的日本古代格律诗，主要是和自古以来在日本流传的汉诗相对而言。和歌包括长歌、短歌、旋头歌、片歌、佛足石体歌等形式，均由五、七音节相配交叉而成。如长歌是"五七五七"音节交替反复多次，最后以"五七七"音节结尾；短歌由"五七五、七七"共 31 个音节构成；旋头歌则以"五七七、五七七"38 个音节构成。其中，短歌是和歌的主要歌体，由于形式限制，特别讲究遣词炼字，简洁、含蓄、雅淡是它的主要特点。《万叶集》是日本现存最早的和歌总集，成书于 8 世纪中叶，收录有 4500 多首诗，其中短歌就有约 4200 首。主要内容是吟叹人生的苦闷悲哀，抒发诗人对外物的细腻感受，初步奠定了日本诗歌重主观情绪、重感受的审美基调。稍后重要的和歌集有《古今集》、《新古今集》等。

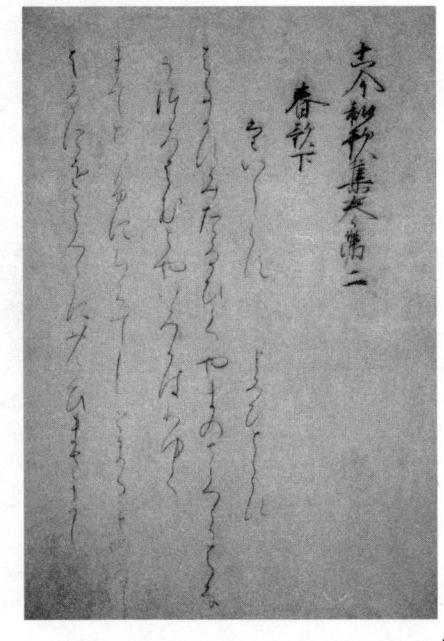

《古今和歌集》的残卷

俳句

俳句：Haiku，日本古典诗歌形式
特点：俳句实际上只有几个词构成，可以说是世界上最短的格律诗之一，俳句多采用象征和比喻手法，崇尚简洁含蓄，比和歌更为精练

日本古典诗歌形式。起源于长连歌和俳谐连歌中的"发句"，江户时代由于松永贞德等人的提倡，才逐渐独立出来，并加上与四季时节有关的词句，成为一种新的诗歌样式，这就是最早的俳句。俳句的基本规则是：每首由17个音节构成，这17个音节又分为五、七、五共三个音段。在日语中，一个音节并不等于一个实词，所以，俳句实际上只有几个词构成，可以说是世界上最短的格律诗之一。另外，每首俳句必须有一个"季题"，就是与四季有关的标志和暗示，要让读者一看就明白所吟咏的是哪个特定季节的事物。一首俳句不能有两个以上的季题。俳句多采用象征和比喻手法，崇尚简洁含蓄，比和歌更为精练。被称为"俳圣"的松尾芭蕉是最著名的俳句作者。

雅堂花鸟图
日本的艺道基本上是在中世纪时发展起来的，它的内容极其丰富，主要包括歌道、茶道、花道、棋道、画道以及柔道、剑道等，以静寂哀为核心的朴实素雅的精神境界。在俳道上，以汉俳为主体的俳句，与歌道相融合，更体现了"闲寂"这一精神实质。著名俳句诗人松尾芭蕉的作品将这种境界表现得淋漓尽致。

草纸文学

草纸文学：Literature of Kana，日本文学的一种体裁
特点：以短篇为主，多用民间方法，富有日本民族特点

　　日本文学的一种体裁。草纸，又名草子。草纸文学有两种含义：一指用假名写成的物语、日记、随笔等散文，以区别于用汉字写成的文学作品；一说是指日本中世和近世文学中的一种群众读物，是一种带插图的小说，多为短篇。前说中物语、日记、随笔与民间口语相结合，发展成为更具日本民族特点和更富文学意味的散文。最早的作品有纪贯之的《土佐日记》和清少纳言的《枕草子》等。室町时代（14世纪中叶到16世纪末）出现的大众小说称为御伽草子，多取材于民间故事，它的出现标志着平民阶级文学的兴起。江户前期（17世纪初期到17世纪80年代）兴起一种几乎全用假名书写的通俗文艺作品，称为假名草子，重要作品有《两个比丘尼》等。江户元禄前后，以京都、大阪一带为中心流行一种浮世草子，正面描写现实人生，重要作品有井原西鹤的《好色一代男》等。

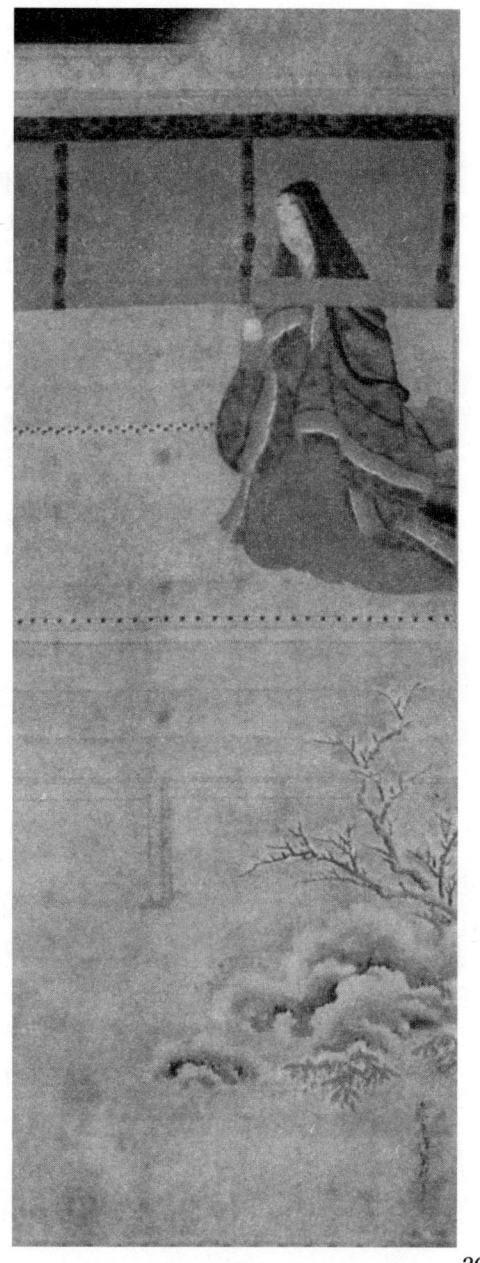

图为17世纪画家土佐光起为清少纳言绘制的画像
清少纳言是平安时期的女作家，以《枕草子》而闻名。

悬 诗

> 悬诗：Muallagat，阿拉伯蒙昧时期的七首长诗的总称
> 特点：悬诗被认为是蒙昧时期阿拉伯诗歌的代表作，内容和形式都基本成熟，韵律工整，反映阿拉伯人的生活哲学和崇高理想

即"悬挂的诗"之意，是阿拉伯蒙昧时期的七首长诗的总称。据载在伊斯兰教产生之前，阿拉伯人每年都到麦加朝觐，并在麦加附近的欧卡兹进行集市贸易活动，举行赛诗会。会后，由公认的诗人选出优秀的作品，用金水抄写在细麻布上，挂在城墙上，供人们阅读观赏，所以称为"悬诗"或"描金诗"。流传下来的这七首诗被认为是蒙昧时期阿拉伯诗歌的代表作，内容和形式都基本成熟。作品常以诗人缅怀遗址，抒发对情人的爱恋开始，描写沙漠、骆驼、羚羊等，宣扬阿拉伯人的生活哲学和崇高理想。形式上看，这七首诗都是工整的格律诗，在韵律上对后世诗歌影响很大。七位诗人中最重要的是昂泰拉·本·舍达德，他的诗仅存约1500行，最集中反映了阿拉伯沙漠骑士自由勇敢、慷慨坚忍的性格。

"伊斯兰颂歌"
悬诗如同印度的牧歌那样缓慢、温馨，这种诗歌让人感觉美不胜收、无穷无尽。

物语文学

> 物语文学：Literature of Tale，日本一种叙事性散文的统称
> 特点：语言朴实无华，描写细腻、真挚、感人

日本一种叙事性散文的统称。产生于平安时代，在日本民间评说的基础上形成。约产生于10世纪初的《竹取物语》，是日本最早的一部物语文学。早期的物语文学分为两大类，一是"传奇物语"或"虚构物语"，即充满传奇色彩的物语，如《竹取物语》和《落洼物语》。另一类是"歌物语"，以《伊势物语》为代表。它以和歌为主，使和歌和散文融为一体，成为整篇小说的有机组成部分。11世纪初产生的《源氏物语》标志着平安时代物语文学的最高成就，并将上述两种物语结合起来，使物语成为逼真地描摹人情世态，细腻地抒发情感的具有近代心理小说性质的文学体裁。到中世纪，出现了《平家物语》为代表的战记物语，在文体上，韵散并列，对后世的叙事文学影响很大。

The Concise
Handbook of World
Literature